スタイリッシュざまぁ
著 Aska
ill. 閏

ユーリシア
王子の婚約者であり麗しき
令嬢だが、本性は敵には
容赦しない覇王様。
ルルリア
自分を捨てた家族に復讐する
ため、「スタイリッシュざまぁ」を
決意した少女。

シーヴァ
ユーリシアの下僕。普段は学園の
教師をしている。相棒は胃薬。
フェリックス
ガーランド男爵家の
跡取りであり、
ルルリアの婚約者。
リリック・
ガーランド
「青ひげ男爵」と呼ばれ
ている中年の貴族。
ルルリアを身請けした。
カレリア
ルルリアの姉。周囲を操り
ルルリアを家から追い出した。
「自分が一番」の女王様。

「さあ、お鳴きなさいッ！」
この日、ルルリアは一匹《一人》の下僕《協力者》を手に入れた。
鞭を力強く握り締めながら、
勝利の雄叫びがこだまする。
ガーランド家での自分の地位を、
見事に確立した瞬間であった。

スタイリッシュざまぁ

著 Aska　ill. 闓

Unfortunate circumstances?
Luck is good!
Stylish Zamaa

宝島社

Lamaa

Contents

Stylish

プロローグ

愛される姉を持った妹の結果

黄金に靡《なび》く髪を持った一人の美女が、優しい微笑みを浮かべながら、目の前にいる男性の背中にそっと手を回す。強い風が吹き、不意に足元がふらついた女性を見て、思わずその細い身体を抱きとめてしまった男性は、最初は驚きに固まっていたが、やがて恥ずかし気にそれを受け入れた。

人気のない小さな花園の奥で、ひっそりと逢瀬《おうせ》を重ねる男女。

黄金の女性は恥ずかし気に頬を染め、赤髪の少年もそんな雰囲気にあてられ、頬に朱が走ってしまう。彼らの様子は、まるで初々しいカップルのようで、もしこの二人を見た第三者がいれば、その微笑ましさに笑みを浮かべたかもしれないであろう。

しかし。

「これは、……なんて面白い展開なの」

そんな桃色空間が広がっている陰で、微笑ましさ皆無の邪悪な笑みを浮かべる一人の少女がいた。

彼女は、目の前で抱き合っている美女、カレリア・エンバースの妹であった。

ルルリア・エンバースは、エンバース子爵家の次女である。彼女は現在、藪《やぶ》の中に潜み、目の前の光景をにやにやと眺めていた。十六歳の少女の奇行と表情を第三者が見れば、誰もが確実に引くだろう。

ルルリアの髪や目は、この国ならどこにでもいるような栗《くり》色の色彩。容姿はまぁまぁ整っている方だが、振り返るほどの美人ではない。次女という立場を含め、なんとも中途半端な感じだと彼女は思う。だが、彼女はこの立ち位置に非常に満足していた。

「さすがはお姉様。参考になるわ。男の落とし方を学ぶには、これ以上ないほどの逸材よね」

彼女が藪の中に隠れている理由は、自分の姉が繰り広げている恋愛模様を見るためである。

ルルリアと違い、輝くような黄金の髪とマリンブルーの瞳。美人として有名な母にそっくりな姉。妹の彼女と本当に血が繋がっているのか、と問いかけたくなるほどに、この姉妹は似ていなかった。

会話や表情、ボディータッチを含め、男を捕らえる手腕は歴戦の風格を感じさせる。ルルリアが見ても嫌悪や呆れより、もはやそこまで極めたのなら何も言うことはないよ、と言いたくなるぐらいの悟り状態である。

話のダシとして、さりげなくルルリアを堕とす発言や身に覚えのない行為を言葉巧みに押し付けている姿だって、いつものこととしか思わなくなった。

「それにしても、私の婚約者にもがっかりだわ。密会の場所ぐらい、もう少し他になかったのかしら。尻尾を出すのが早すぎね」

姉を抱きしめている自身の婚約者を、ルルリアは呆《あき》れたようにただ見つめる。彼の姉への態度を見ていれば、いつかこうなることはわかっていた。悲しい気持ちになるかな、と思っていたが全く堪《こた》えていない。彼にも呆れたが、むしろ自分自身の感情に一番呆れた。

十五歳の時に出会った彼とは、婚約者という立ち位置ながら、友人のような関係であった。挨拶をして、他愛のない会話をして、たまに勉強を見てもらって。それなりの付き合いをしていたというのに、心に響かない。妹の評価を話す姉の言葉に、ただ頷《うなず》くだけの姿を見ても、傷一つつかない。

嫌な慣れだなぁー、とルルリアは自嘲気味に笑った。そして自分は、婚約者相手にどれだけ表面的な付き合いしかしていなかったのだろうと感じる。彼と真剣に向き合っていたら、もしかしたら涙ぐらい流れてくれたのだろうか。婚約者はずっと自分と一緒にいてくれたのだろうか。

そんな、ふと思い浮かんだ感傷的な考えを――ルルリアは堂々と鼻で嗤《わら》った。知ったことじゃない。

「面《つら》の皮が厚いところは、血筋なのかしらね」

自分の妹の婚約者を甘い仕草と言葉で誘う姉と、そんな姉を面白そうにメモを片手に観察する妹。両親は自分たちに似て整った容姿を持った姉だけに愛情を注ぎ、違った妹を見放した。幼い頃から苦しい家庭環境で育った妹は、当然ながらグレる。そして、グレた彼女が十年経っても変わらず掲げた目標があった。

一途に目標の達成を目指す彼女の姿は、言葉だけ取れば健気な少女だろう。しかし残念ながら、ルルリアは性格が悪かった。ルルリアは姉と一緒にいる婚約者の様子を観察し、彼らの会話を一言一句逃さずにメモに書く。栗色の目は鋭く爛々《らんらん》と光り、彼女の気迫は歴戦の戦士ですら怯《ひる》ませるだろう。それほどまでに、ルルリアは本気だった。

彼女は、ただの貴族の子女ではない。ただの次女ではない。ただの哀れな小娘ではない。

「くくくっ。待っていなさい、私を見下す者どもよ。このルルリアが、あなたたちを絶望の底へと導いてあげるわ。……私の清々《すがすが》しい『ざまぁ！』のためにねッ!!」

ただの魔王だった。

第一話　少女ルルリアちゃんの軌跡

『ざまぁ』とは、マイルドな言い方をすれば、天狗《てんぐ》になっている人物の鼻を明かすことである。ぶっちゃけて直訳すると、他人の失敗を嘲る言葉である。あの様を見ろ、ざまぁみろといった言葉の略とされていた。

別単語として『プギャー』などもあることから、いかに幅広く使われているのかがご理解いただけるだろう。しかし、言われて嬉《うれ》しい言葉ではないし、表だって言うには過ぎたるものだ。決して綺麗《きれい》な言葉ではないだろう。

それでも、『ざまぁ』にだって美学がある。ルルリア・エンバースは常々そう思っていた。

『ざまぁ』とは、成り上がりの別種である、と言ってもいいと彼女は思っている。少年漫画などで見られる成り上がりものと違って、ただ目指すべき目標が違うだけなのだ。

成り上がりに大切なのは、勝利の先だ。弱く力がなかった己を蔑んでいた相手を、上回り逆転することで勝利して、……その先にある明るい未来に向かってさらに進む。言ってしまえば、相手は踏み台で噛《か》ませ犬なのだ。カタルシスの一部の材料でしかない。正統派だ。

『ざまぁ』は逆に、この噛ませ犬どもをいかに上回り、高笑いするのかを目指すものだ。どれほどみすぼらしい最後を迎えさせて、違いを見せつけてやるのかに執念を置く。カタルシス全開だ。夢ぶち壊しだ。ただの性格が悪い人だ。

それでも、気持ちがいいのである。メシウマである。自分こそが一番だと誰だって思いたい。自分より下がいることに、無意識に安心してしまう。無慈悲なカースト制度に、平等などない。人間というのはそういうものだ。奥底に潜む欲望なんてそんなものだ。

幼女ルルリアちゃんの荒《すさ》み具合は、天元突破だった。


「だいたい、顔とかどうしろって言うのよ。美貌の貯金を、姉で全部使いきったくせに……」

簡易なベッドのある小さな部屋で、真っ赤に腫れ上がった瞼の下に栗色の瞳を持つ六歳の少女は、ふつふつとした怒りを滾らせる。目元を手で擦り、涙で濡《ぬ》れてしまった毛布は小さな身体を使って、部屋の隅に干しておく。おそらくこのままにしたら、数日は洗われることもないので、自分でやるしかない。作業を終えて一息ついたルルリアは、傍《そば》にあるボロボロになってしまったぬいぐるみを抱きしめる。そして、現在の自分の置かれている現状と一緒に、これまでの己の境遇を振り返ってみた。

きっと始まりは、小さな夫婦喧嘩《げんか》だった。ルルリアの父親と母親は、貴族の間でそれなりに有名な夫婦であった。母は社交界でも美姫と噂《うわさ》され、その黄金の髪と青い瞳は、多くの男性を虜にするほどだったと言われている。そして、そんな母を射止めた父も、美貌の貴公子として有名であった。そんな二人の間に生まれた長女は、それぞれの美貌をしっかりと受け継ぎ、さすがは二人の子どもだと持て囃《はや》されていたのだ。

しかし、家族のみんなが整った顔立ちをしていた中で、次に生まれたルルリアは二人の美貌を受け継ぐことができなかった。輝くような黄金の髪や、海を連想させるような澄んだ青い瞳は持っていない。この国でも平凡などこにでもあるような栗色の髪と瞳。容姿でさえ、両親と似ているとはお世辞にも言いづらいものであった。ルルリアが成長していくにつれ、両親には何故この子だけこんなにも違うのか、という思いが心の中で芽生え始めていた。

長女であるカレリアが自分たちにそっくりだと褒められていた分、次女のルルリアがまるで自分たちにとって汚点であるかのように感じられてきたのだ。ある日ついに父親が、本当に自分との間にできた子なのか、と思わず母親に詰め寄ってしまった時、全てが壊れた。ルルリアのせいで愛する人に不貞を疑われた母は、そんな疑いをかけられたことが何よりも心外だったのだろう。

「どうして、私たちに似なかったのっ⁉」

絵本を読んでもらおうと両親の部屋を訪れたルルリアが見たのは、父と母が激しく口論を交わす姿。そして、母が憎々し気に青い瞳を吊《つ》り上げ、激情に任せて叩かれた頬に、幼かったルルリアは呆然《ぼうぜん》とするしかなかった。告《つ》げられた母の思いに、突然叩かれた娘へ目を逸らすだけの父に、ルルリアは何も言うことができなかったのだ。

その日から、ルルリアの生活は一変した。まるで、ルルリアを視界にすら入れたくないというように、両親は娘から目を背けるようになってしまった。一つ違いである姉のカレリアに全ての愛情が注がれ、おまけ程度の扱いをルルリアは受けたのだ。可愛らしい服も、新しいおもちゃも、何もかも姉が優先だった。彼女が受け取るものは、全て古いものばかり。それでもルルリアは、自分を見てもらおうと必死に努力をした。

幼かったルルリアにとって、両親は世界の全てだった。自分を見てほしくて、褒めてほしくて、笑ってほしくて、一緒にいてほしくて。遊びたいと思う心を封じ、勉強やマナーの習得に力を入れ、貴族の子女として学ぶべきことを優先した。両親の役に立つ知識を得ようと、夜遅くまで本を読んだ。まだ優しかった両親が、三歳の頃にプレゼントしてくれたぬいぐるみを毎晩抱きしめ、きっと大丈夫だと自分に言い聞かせて希望を持ち続けた日々。

しかし、状況は良くなるどころか、さらに悪化するばかりだった。その原因の一端は、彼女の姉であるカレリア・エンバースの存在。両親から冷遇される妹は、お姫様だった姉にとっていい奴隷だったのだろう。何もかも持っている自分と、何も持っていない妹。カレリアにとって、これほどまでに見下せる存在は他にいなかった。ルルリアのことを妹だと、思ったことすらなかっただろう。

「あっ、お母様！　どうしよう、ルルリアが飲み物をこぼしちゃって、部屋の絨毯《じゅうたん》が汚れてしまったみたいなの」

「えっ。それは、お姉様がこぼして……」

「本当なの、カレリア？　全く、使用人たちの仕事まで増やして……。自分の失敗を謝りもせず、カレリアに押し付けるなんて、あなたは子爵家の者として恥ずかしくないのですか？」

「違う、私の話も聞いて…」

気づいた時には、誰もルルリアの話に耳を傾けなくなっていた。カレリアが、自分の失敗をルルリアに押し付けるのは日常茶飯事となり、それが重なっていけば誰もルルリアを信じなくなる。失望の色を濃くしていく両親に、ルルリアはずっと声を上げ続けた。自分の失敗を認めろ、と周りに責められても、それを認めてしまったら、今までの努力も全部水の泡になってしまうようで。子爵家の令嬢として恥ずかしくないように、と昔母から教えられた言葉を信じて、正しい行動をしたはずなのだ。結局、そんなルルリアに残ったのは、嘘《うそ》付きの恥ずかしい娘という周囲の冷たいレッテルだけだった。

「どうして……？」

嘘なんて、一つもついていなかった。誰もルルリアがやったところなんて見ていないのに、ただカレリアの証言だけを信じた。誰も、ルルリアの言葉を信じてくれなかった。じゃあ、やってもいないことを肯定すれば良かったのだろうか。カレリアの言葉が全て正しくて、自分の言葉は全て間違っていて。カレリアにとって面倒なことを押し付けられる都合のいい人形が、みんなが望む結果だったのか？

「どうして……」

ルルリア・エンバースは、ただ両親からの愛情が欲しかった。母から憎しみの籠った目を向けられた時から、父から無感情な瞳を向けられた時から、彼女は自分にできることを必死になって探した。髪も目の色も、容姿も変えられない。だから、そんなルルリアにできることは、貴族の娘として恥ずかしくない、自慢できるような子になることだったのだ。

よく頑張ったな、と大きな手で頭を撫でてほしかった。エンバース家の令嬢として立派よ、と笑顔で褒めてほしかった。さすがは私たちの娘だ、とただ言ってほしかった。それだけしか、望んでいなかったのに。

「どうして」


決壊は、ついに訪れた。ルルリアが自分の部屋に戻った時、毎晩抱きしめていたぬいぐるみが部屋からなくなっていたことに気づいたのだ。彼女にとって、両親との唯一の繋がりを持った大切なもの。初めてルルリアが家族からもらった、誕生日プレゼント。どれだけ解《ほぐ》れても、汚れても、決して手放さなかった大事な家族の思い出。あのぬいぐるみがあったから、彼女は希望を捨てなかった。いつかこのぬいぐるみをもらえたあの日のように、元通りになってくれると信じていたから。

震える身体に力を入れ、ルルリアは部屋の中を探し回った。ベッドの布を全て払い、身体が埃《ほこり》で汚れようとも構わず、ずっと探し続けた。それでも、見つからないぬいぐるみに、まさかという思いが彼女の中を駆け巡った。

「……まさか、お姉様が？」

カレリアには、ルルリアが持っているものを欲しがるところがあった。家に届いた二人分のプレゼントやお菓子を、周りを味方につけて自分のものにしていた姿を思い出す。ルルリアには余りものしか渡さず、陰でそれをくすくすと楽しそうに笑っていた姉の顔を。

ルルリアは、カレリアを探して屋敷の中を走った。令嬢としてはしたない行為はしない、と決めていた思いすらも忘れて、無我夢中で足を進める。今まで姉に取られたものは返ってこなかった。だけど、あれだけは駄目だ。あれだけは、ルルリアにとって代わりのない唯一のものだったから。

「あら、どうしたの。そのぬいぐるみ？」

「あっ、お母様。あのね、私のぬいぐるみが、こんなにも汚れちゃったの。だから、新しく可愛いものが欲しいなって」

「そうか、カレリアが大切に使ってきた証拠だな。なら、新しいものを今度買ってあげよう」

「わぁ、ありがとうございます。お父様！」

談話室に響く笑い声が、耳に入った。ルルリアの駆けていた足はゆっくりとスピードを落とし、覗いた扉の隙間から家族三人で楽しそうに話している姿が目に入ってくる。そしてそこには、彼女が必死に探していたぬいぐるみを手に持ったカレリアがいた。

全力で屋敷の中を走っていたルルリアの息は荒く、身体中に汗が滲《にじ》んでいる。掠《かす》れて上手く紡げない言葉に、渇いた喉に唾を飲み込む。ゆらゆらと部屋に入ってきたルルリアに、先ほどまで談笑していた三人は驚き、目を瞬かせた。そして、睨《にら》むようなルルリアの視線に、カレリアはビクリッ、と肩を震わせる。しかし、すぐに両親の手を握り締めて、ふんと鼻で嗤ってみせた。

「返して……。私のぬいぐるみを、返して……」

「何を言っているの？　これは私のものよ。またそうやって、人のものを取ろうとして――」

「私のものを、返してよォッ!!」

　ルルリアが初めて叫ぶように、カレリアへ詰め寄る。両親の前で保ってきた淑女の姿をかなぐり捨てるほどの激情が、彼女の中に溢《あふ》れていた。これだけは奪われてはならない、とカレリアの持つぬいぐるみに手を伸ばした。

「やめなさいっ！」

　その手を振り払ったのは、父親だった。とっさにはたき落とされた手は、じくじくとした痛みをルルリアに訴える。頭にのぼっていた血が、その痛みで収まっていく。冷えていく頭と一緒に、身体と心も冷えていくようだった。

「何を考えているんだ⁉　これは、カレリアのぬいぐるみだろう！」

「違います……。それは、私のです。よく見てください。だってこれ、お父様とお母様が、私の誕生日に――」

　今までの、他人からもらったプレゼントとは違う。これは、二人がルルリアだけにくれたプレゼントなのだ。だから、よく見れば、このぬいぐるみがカレリアのものではないと気づいてくれるはず。ルルリアに残っていた、たった一つの宝物だから。

　信じていた。いつか元通りになるって信じていたから、ずっと大切にしてきたのだ。きっといつか、また家族で笑い合えると願って、ずっと我慢し続けていた思い。

「また、そんな嘘をつくの？」

　そんなものは、全部無駄だったのだと気づかされた。

「……えっ？」

「いい加減にしなさい。これ以上、私たちを失望させないでほしいわ」

「お母様、嘘じゃない。だって、だって、このぬいぐるみは……」

歯がカチカチと鳴り出す。汗に濡れて冷えた身体とは別に、冷たいものが自分の身体を覆っていくような感覚。とっさに父親の方に目を向けてみるが、そこにあるのは母と同じ侮蔑の瞳だった。

「どうして」

どうして彼らが、こんな目をルルリアに向けるのか。その答えを、すぐに彼女は導き出せた。

ただ、忘れてしまったのだ。自分たちが、三歳の娘にあげたプレゼントを。たった一つの贈り物を。難しいことじゃない。彼らにとって、ルルリアが大切にしていた思い出は、その程度のものでしかなかったのだ。

そのことに、ルルリアは気づいてしまった。

「――ッ、そんなに欲しいのなら、こんなもの譲ってあげるわよ。お母様、お父様、もう行こう？お腹も空いちゃったわ」

「カレリアは優しいのね。そうね。早く、夕食にしましょう」

ルルリアへ向け、叩き付けるようにカレリアは持っていたぬいぐるみを押し付けた。両親には見えないよう、勝ち誇ったような笑みを浮かべ、母親の手を握って食堂へと足を進める。力なくぬいぐるみを手に持ち、呆然と立ち尽くすルルリアへ父親は冷たく言い放った。

「……お前は、今日から自分の部屋で食事を取りなさい」

無感動に告げられた言葉は、家族の食卓からルルリアを切り離す宣言だった。ルルリアを無視する彼らと、それでも一緒の空間にいることができた時間。それをあっさりと、六歳の娘から彼らは取り上げげた。

ルルリアは、静かに頷く。そんな彼女に背を向けて、明るい食卓へと歩む家族。そんな彼らに背を向けて、ぬいぐるみを引き摺りながら一人暗い部屋へと戻る少女。部屋に戻ったルルリアは、戻ってきたぬいぐるみを静かに抱きしめる。長い時間、ずっと抱きしめた。

初めて、姉から取り返せたもの。自分が持っていた大切なもの。そのはずだったのに……。強く、強くぬいぐるみを抱きしめる力は増すのに、達成感はない。汚れてしまい、くたびれたぬいぐるみ。姉の言う通り、こんなものに価値なんてない。そこにあったのは、小さな小さな願いだったのだから。

じゃあ、その願いが失われてしまった今、果たして価値なんてあるのだろうか。

「今の私に残っているものって、何？」

使用人から届けられた食事を前に、ルルリアは自分の手を眺めた。小さく柔らかい、幼子の手。明かりもなく、月明かりに照らされた自分の手の上には、何もないことを知った。

冷たくなった食事を口に運びながら、ルルリアは考える。どうして、私は黄金の髪を持たなかったのだろう。どうして、私は海のような綺麗な瞳を持たなかったのだろう。どうして、私は両親に似なかったのだろう。どうして、誰も私を認めてくれないのだろう。どうして、私の声を誰も信じ

てくれないのだろう。

　どうして、私はこんな寂しい場所で一人、冷たい食事を取らなくてはいけないのだろう。

「……どうしてっ！」

　抑えきれなくなった心の悲鳴が、叫びになる。それと同時に、ぽたぽたと大粒の涙が零《こぼ》れ落ちた。涙をぬぐいもせず、食べかけの食事にしたたる滴《しずく》を、栗色の瞳は見つめ続けた。

「どうして、どうして…。どうして、私だけこんな目に遭わなければいけない？」

　食べかけだった食事を乱暴にトレーの上に戻し、ルルリアは握った拳をベッドへ勢いよく叩き付けた。ついでに蹴りも入れて、その衝撃で枕が吹き飛ぶ。涙を流しながら、少女は傍にあったぬいぐるみにマウントポジションを取った。

「どうして、私だけが不当な扱いに耐えなくちゃいけない？」

　少女の黄金の左フックが、ぬいぐるみの顎を的確にとらえた。

「どうして、私だけが怯《おび》えなければいけない」

　続いて振り上げた必殺の右アッパーが、ぬいぐるみの鳩尾《みぞおち》を抉《えぐ》り込む。

「どうして、私だけ地を這《は》うように惨めに生きなきゃいけない！」

　美しい軌跡を描く手刀が連続で振り下ろされ、ぬいぐるみを両断するようにひしゃげる。

「どうして、あいつらだけが幸せそうに笑っていなければいけないっ⁉」

見る人が見れば天性の才能を感じさせる拳を握り締め、少女は泣きながらぬいぐるみに打ち込み続けた。飛び散るぬいぐるみの綿と一緒に、ずっと心に抱えていた疑問がいくつも彼女の中で弾け飛ぶ。そして言葉にしていくにつれ、疑問はだんだんと疑念へと変わり、――怒りとなって憎しみの声へと生まれ変わっていった。

このまま自分は、ただ幸せそうに笑う彼らを見続ける人生を送るのか？　カレリアから奴隷のように扱われ、両親からは冷たい目で見られ、周りから手を差し伸べられることもなく、それでも自分だけ我慢して、彼らにとって都合のいい人形になるだけの人生。

「ふざけるなッ！」

ルルリアは、歯を食いしばり、最後のとどめの一撃を振り下ろした。垂直に落とされた肘が、目標の首へ吸い込まれるように決まる。ぬいぐるみとベッドが、本来鳴ってはいけないような効果音を上げた。

長い時間握り続けていた拳は、ところどころに血が滲み、赤く腫れ上がっている。腕を力なく下げ、ルルリアは痛みと怠《だる》さにしばらく天井を眺めた。しかし、少女の目に宿った怒りという熱は、決して消えることはなかった。とめどなくくべられる薪のように、目標を失い、何もかもなくなった少女へ新しい道を示してくれたのだから。

「そっか、思えば簡単なことじゃない。あいつらだけが幸せに笑っている姿を見せつけられるなんて、私は許せない。そして、私が幸せになるためにはあいつらが……邪魔なんだ」

楽しいことを思いついたように、少女は無邪気な笑い声を上げる。ずっと悩み続けていたことが馬鹿らしく感じてきて、こんなにも簡単なことに気づかなかった今までの愚かな自分を嘲《あざけ》って、哀れんで…。小さな身体をベッドへと倒し、くすくすと肩を震わせる。

「あぁーあ。どうしてこんなことに、もっと早く気づかなかったんだろう。そうよ、過去のことをどうしてって悩んでも仕方がないじゃない。これからは、どうやってあいつらを陥れていくのか、という輝かしい未来に目を向けていかなきゃいけないわ。私の明るい人生計画のためにも！」

ずっと下を向き続けていた少女は、初めて迷いのない晴れやかな笑顔を見せた。ポジティブに未来を生きることを決めながら、内容は全力でネガティブである。しかし、そんなことは新生ルルリアちゃんにとっては、可愛らしいものだった。久しく忘れていた『笑う』という行為が、少女は心から楽しくて仕方がなかった。

「うーん、どんな風に陥れようかなぁー？　私から奪ったものは全部返してもらうとして、……ううん。夢は大きく持つものよ、ルルリア。返してもらうだけじゃなくて、彼らの分も全部もらってこそじゃない。何もかも失って絶望する彼らを、全てを得た私が上から目線で嗤う未来……。やだ、すごくドキドキしてきちゃったっ……！」

頬を赤らめて、まるで初恋に熱を上げる初心《うぶ》な少女のように、ルルリアは興奮に胸を高鳴らせた。積もりに積もった積年の恨みが一周回って、別方向のベクトルへ面舵《おもかじ》いっぱいに進んでいく。幼い頃から苦しい生活を強いられ、それでも認めてもらおうと頑張ってきた健気なルルリアちゃんは、一人ぼっちで夕食を取るようになったこの日、――見事なまでにグレたのだった。

そこにあるのは、一片の曇りもない爽やかな笑み。いい汗かいたー、とまるで健康的にスポーツを楽しんでいたかのように、傍にあった布で綺麗に汗を拭き取っていく。朝一番に顔と布を洗おう、と明日への決意を新たに固め、ルンルン気分で残っていた食事に手を付け出す。ずっと流れていた涙は、いつの間にか止まってしまっていた。

彼女の即断を褒めるべきか。もう少し他に方法はないのか。と言うべきなのかはわからないが、ルルリア・エンバースの我慢は六歳が限界だったのだ。そうして心新たに目標を決め、濡れてしまったシーツなどを干し終わったルルリアは、床に転がっている自分の手で原型とさよならさせたぬいぐるみを、そっと抱きしめた。溢れ出した記憶と共に、一緒に過ごしてきた宝物。

今までずっと、ルルリアを支えてきてくれた。もうこの中には何もないけど、それでも過去のルルリアの願いが詰まっていたものだった。一人ぼっちだった自分の心を、唯一守ってくれた戦友。

「ありがとう。今まで助けてくれて」

目を瞑《つむ》り、力を込めてぬいぐるみを抱きしめる。そこには、先ほどまでの乱暴な扱いは一切なく、綿の飛び出たぬいぐるみの頭を優しく撫でた。

「……だけど、これからは私一人で大丈夫だから。あなたとは、ここでお別れ」

ぬいぐるみを通して、自分に告げるように、決別の言葉を告げていく。

「さようなら、……私の過去」

もう過去《そこ》に、価値を見つけることができないから。ルルリアは一人夜の屋敷を歩き、自分の手でぬいぐるみをゴミ捨て場に捨てた。これほど汚れたぬいぐるみなら、使用人は誰も気にせず、そのまま捨ててくれるはずだから。ゴミ捨て場には、他にもカレリアが飽きたおもちゃがいくつも捨てられていて、どれも真新しいものばかりだ。それに、無意識に口元が弧を描いた。こんなところでも、自分との違いをまざまざと見せつけてくる。

「……だからこそ、踏み越え甲斐があるってものでしょう」

細められた栗色の瞳は愉快そうな色を宿し、楽し気に開かれた笑みからは、鼻歌まで聞こえてきそうである。使用人たちの話し声が遠くから聞こえてきたことに気づいたルルリアは、小さな身体を隙間に隠しながら、誰にも見つからないように部屋へと戻った。

ベッドへと沈めた身体は、すぐに瞼《まぶた》を重くしていく。一人ぼっちの夜が怖くて、きっと大丈夫と明日に希望を繋いで、抱きしめていた温もりはもうない。そんなものに頼る必要が、もう彼女の中でなくなったのだから。

少女は諦めることで、前に進む道を選んだのであった。

第二話

明るい未来に向けて、姉の養殖をしていきましょう！

幼女ルルリアちゃんが、グレて擦《す》れて明後日《あさって》の方向に全力疾走し出した夜から、数日が経過した。自分の輝かしい未来のために頑張ろう！　と決意はしたものの、どうやればいいのか首を傾げていたのだ。これでも数日前までは、清く健気な良い子ちゃんオーラ全開だったルルリアである。それがいきなり、家族を絶望の底に叩き落とす方法を探す、というミラクル進化を遂げた思考に、必要な知識がまだ足りなかったのだ。

そんなある日、ルルリア・エンバースは運命の出会いをしてしまったのであった。

「まさか、こんなところに私の人生の先輩がいただなんてね……」

それは女の子なら、誰もが一度は読んだことがあるであろう、一冊の物語。カレリアが読まなくなったため、部屋の片隅に忘れられていたその絵本をなんとなく懐かしさに開いたルルリアの目に入ったのは、まるで悩める幼女に天啓のごとく光を差し込む、一人の少女の姿だった。

「今まで気づかなかったけど、このお話。こんなにも素晴らしいものだったのね」

誰からも忘れ去られていた一冊の絵本を胸に抱え、ルルリアは自室に戻って何度も読み返すようになった。幼子向けの絵本故に、その内容は事実を簡単に伝えているだけで、登場人物の心情を丁寧に表したものではない。しかしそれが、ルルリアにとっては良かった。物語で起こる出来事に、登場人物たちがどのような心情を持ったのかを想像するだけで、何度も楽しめたからだ。

彼女が手にした絵本は、王子様と虐げられてきた身分違いの貴族の娘によるお話である。簡単に言うと、シンデレラストーリーだった。その絵本をルルリアは、何度も読み返したのだ。燃えるような恋に？　王子様への憧れに？　健気な娘への感動に？　どれも違う。彼女が大好きだったのは、悔しがる周囲の反応だった。

冷遇していた娘が、まさかの王妃になってしまい、立場が逆転して媚び諂《へつら》う両親の反応に。主人公を虐めていた姉が、恋した王子に失恋し、虐げていた妹に奪われる様に。劣っていると思っていた娘の幸せを、悔しがる周囲の表情に。ルルリアは、頬を赤らめて興奮した。これこそが、自分が目指すべき目標なのだと、漠然としていた未来にしっかりと型を作っていったのだ。

何この、私の人生をバラ色にするためのバイブルはっ！　と絵本制作者から猛抗議を受けそうな感想を抱きながら、ルルリアは絵本を読む手を止めなかった。

ニヤニヤと何よりも嬉しそうに絵本を読む六歳児。たまたま部屋の前を通りかかった使用人が、うっすらと寒気を感じるほどであったらしい。

はっきり言えば、ルルリアは性格が悪かった。むしろこの家庭環境で、物語みたいに性格が良く育つ方がおかしいのよ、と彼女は悪びれもなく言うだろう。物語のように、健気に自分を地獄から救ってくれる王子様を待つよりも、自分の手で相手を地獄に叩き落としてこそである。逆襲上等な肉食幼女ルルリアちゃんは、気合いを入れるようにグッと拳に力を込めた。

ルルリアは知識として、「成り上がり」という言葉を知っていた。確かに自分がやろうとしていることは、その範疇に入るのかもしれない。

しかし、一般的な成り上がりと、自分がやろうとしていることを同一のものとして見ることに違和感があった。

「どっちかと言うと、私はざまぁみろ！　とあいつらを嗤うことに力を入れたいのよね。絶対に気持ちがいいだろうし……」

うんうんと頷き、冷静に自己分析をするルルリアちゃん。恐ろしい六歳児である。

「うーん。それでも、やっぱりゴールとして結婚は必要よね。彼らの顔に泥を塗っても、そこで私の人生は終わりじゃないもの。だけど、私に恋愛ができる自信はないしなぁー」

ルルリアは独り言を呟《つぶや》きながら、大好きな絵本の表紙をそっと撫でる。

この物語のゴールは、虐げられる妹が姉にざまぁを遂げた後、王子様と結婚して幸せに暮らすものだ。好きな人を取られ、幸せな様子を見せつけられる姉という構図は、なんとルルリアの優越感を満たすスパイスだろうか。絵本としては、酷い曲解である。

しかし問題は、さすがにルルリアもざまぁのためだけに結婚まではしたくないのだ。それはつまらない。カタルシスのためなら色々我慢はできるが、その後の生活にまで持ち込みたくない。自身が好きになった人と姉の好みが被れば、もう最高なのだがと考える。略奪の楽しみも増える。

荒んだ六歳児であった。

「死して相手に復讐を果たすという命がけの『ざまぁ』もあるけど、私の好みじゃない。相手の幸せを踏み台にして、さらに自分が幸せにならなきゃ意味がないわ」

歪《ゆが》んだポジティブ精神を掲げながら、彼女は真面目に頷いてみせる。恋愛は今のところ置いておき、とにかくルルリアが求めるのは完璧な『ざまぁ』であった。社会的にも、人望的にも、精神的にも、全てにおいて優位に立つことこそが目標なのだ。

そしてその優位性を、準備中には決して相手に悟られてはならない。『ざまぁ』の醍醐味《だいごみ》は、なんといっても自信に満ち溢れていた人間を、一瞬にしてどん底に堕とす最後の締めだ。その最後に至るまでをどれだけ無駄なく整え、無駄なく操作し、無駄なく堕としきるか。

そう、『スタイリッシュざまぁ』こそが、ルルリアの美学だった。


「ざまぁにはやっぱり、栄える悪が必要よね……」

妖しく笑みを浮かべながら、ルルリアは絵本の中の姉に指を這わせる。指の下には、妹に厳しくあたる姉の絵が描かれていて、その姉の髪も同じ金色。彼女の笑みが、さらに深まった。

カレリア・エンバース。ルルリア・エンバースの一つ年上の少女で、彼女はルルリアが欲しかった全てを持っていた。両親から受け継いだ容姿、彼らからの愛情、周りからの評判、信頼してくれる人たち。カレリアは、温かい陽だまりの中で、たくさんの人たちに囲まれていた。

「ねぇ、お姉様。お姉様にとって、妹《わたし》はそんなに邪魔な存在だったの？」

ぽつり、と呟かれた疑問は答えを得ることなく、宙へと消える。最初から持っていた姉と、最初から持っていなかった妹。だからせめて、別のものを持ちたいと努力したが、結局は全て姉のものになってしまった。その事実に、ルルリアは自嘲気味に小さな笑みを作った。

しかし、それを黙って受け入れる必要がどこにある。カレリアが妹を自分のおもちゃのように思っているのと同時に、ルルリアにとっても姉は敵であり――使える道具だった。

「ふふっ、お母様とお父様の一番はお姉様。守るべき、大切な二人の宝物。本当に、素晴らしいわぁ…」

何も持っていない少女と認識されているルルリアだが、『ざまぁ』に必要なものならルルリアは持っていた。貴族の子女でありながら、冷遇される自身。美しく傲慢で見下す姉という存在。愛を与えてくれない両親。次女という、いてもいなくてもいい立場。冷ややかな対応の使用人たち。なんて素敵なのだろう、と彼女はこの時、本気で神に感謝したぐらいだ。

環境というものは、選べない場合が多い。その中で、これほどまでに成り上がる要素満載の環境はない。超えるべき目標がこんなにも簡単に見つかったことに、惚《ほ》れ惚《ぼ》れした。どうやって物語のような絶望を引き出せるのか、とわくわくしたのだ。絵本の物語に憧れる、という少女らしい反応なのに素で酷かった。

「姉にはこのままで、いてもらわないといけないわ。そのためには、改心なんてされたら計画が狂ってしまう。善良な性格や中途半端な悪だと、せっかくのカタルシスが勿体ないもの。早い内から、仕込んでおくべきね」

計画を練り出したルルリアは、いかに自分の自尊心を満たすかを考える。カレリアがルルリアを奴隷としか見ていないように、ルルリアもカレリアを踏み台としてしか見ていなかった。この愚かで使えるお人形さんが、どんな風に踊って自分に喜劇を見せてくれるのか。お互いに性格の悪さが滲み出るようなお人形遊びが、大変楽しみで仕方がなかった。

もしかしたら、将来カレリアの暴虐な性格だって変わるのかもしれない。両親だって、もっと時間をかけて努力をすれば愛してくれるのかもしれない。使用人たちと打ち解け合えるのかもしれない。みんなで笑い合えるのかもしれない。前向きに努力を積み重ねていけば、いつか報われるのかもしれない。

精神は荒んでいるが、まだ六年しか経っていないのも事実。ルルリアの決断はこの先、家族に認められる全ての可能性を潰すものだ。

「……だけど、結局ただの可能性ってだけじゃない」

ルルリアは、今度は物語の主人公を指でなぞる。姉と物語の姉を同一視することはできても、この主人公と自分を同じに見ることはできなかった。彼女を目指すのに、彼女のようにはなれないと誰よりもわかっていたからだ。

一生懸命に本を読んで、勉強の成果を見せても素っ気なくて。姉より上手にできても、最初に姉を慰めて、自分には一瞬冷めた目を向けられて。笑顔で話しかけても、眉を顰《ひそ》められて。姉が壊したものを、自分のせいにされて否定しても、信じてくれなくて。三人で笑い合う家族の姿を、遠くで眺めることしかできない孤独な時間。自分は誰にも必要とされていないのだと、自分が生まれてこなければ、みんな幸せだったのかもしれない、と気づくたびに流した涙の数。

もうやめて、とカレリアに気持ちを伝えても、何も変わることはなかった。自分に歯向かう妹が気に入らなかったカレリアは、庭の池に妹を突き落としたのだ。泣いても助けてくれず、暫くして満足した姉が使用人を呼んで引っ張り上げ、妹を心配する健気な姉を演じるワンシーンに利用した。溺れて死にかけた娘への心配よりも、不注意で落ちた妹を助けようとした姉の美談ばかりを褒める周囲。冷えた身体と心に、エンバース家での自分の立ち位置を刻み付けられたようだった日々。

どんなに辛いことがあっても、心が綺麗なまま、冷たい目からも耐え抜くことができる物語の主人公の強さ。他人を許す優しさ。誰かを信じられる心。

それは、……自分にはないものだった。

きっと自分が我慢をすれば、いいことなのだろう。どんな扱いだろうと、衣食住を保証してもらっているのは事実。それでも嫌なら、この家からさっさといなくなればいいのだ。それがルルリアにとっても、この家族にとっても一番幸せな道なのかもしれない。お互いに目の届かない場所で生き、無関心で切り捨てればいいのだ。

だけど、同時に思うこともある。ルルリア・エンバースは、これほどの仕打ちを果たして受けなければならない理由があったのかと。

両親と姉ばかりが何不自由なく幸せに笑い、奪われ続け惨めに彼らから逃げるように生きていく自分。何故、自分が彼らから逃げなければならない。疚《やま》しいことなど何もないのに、彼らに怯えて見つからないように、隠れてひっそり暮らすような人生を送らなければならないのだ。自分の意思で幸せに生きたい、という願いすら叶えさせてくれないのだから。

そんな未来しか目の前にないのなら、自分の手で掴み取るしかないじゃないか。たとえ、……どんな手を使うことになったのだとしても。

「恨むのなら、恨むといいわ。私はお姉様にそっと囁《ささや》くだけで、決めるのはお姉様だもの。だけど、もし気づいたのだとしても、……その時には全て終わらせてあげる」

新しくできた自分だけの宝物を胸に抱き、ルルリアは一人笑い声をあげる。

あの日から、泣く代わりに笑うことが増えた。絵本が見つからないように棚の奥に隠した少女は、もう慣れた夜の闇の中で静かに眠りについた。

＊＊＊＊

このエンバース家で、ルルリアにできることはほとんどない。六歳の幼子であることは事実であり、何よりも誰もルルリアの言葉を聞いてくれない現状なのだ。一応、子爵家の令嬢として表向き扱ってくれるが、とてもお願いを聞いてくれるような関係ではない。ルルリアも、彼らを信用することなんてできなかった。

両親はルルリアに関しては無関心で、視界に入れたくないとさえ思っている。使用人もそれをわかっているようで、ルルリアが近づいたら「忙しいから」と追い払われていた。同じ屋敷に住んでいて、何日もお互いに顔を見ないこともあるのだから、その徹底ぶりがすごい。使用人からの報告だけを聞いて、彼らは判断しているらしい。

両親とは逆に、カレリアは定期的にルルリアの様子を探り、暇があれば高笑いして虐めに来るような姉であった。姉として妹を放っておくことなんてできないわ、と慈悲深い姉として評判だ。執念の塊のような七歳児である。そのため、ルルリアがいつもとは違う行動をすれば、彼女は喜々としてそれを潰しに来る。物でも人でも何でも、ルルリアにとって価値があると判断したものは、奪うか壊しに来るのだ。

「うーん、今は耐え忍ぶ時ね。もう少しお姉様が成長すれば、私にばかり構っている時間はなくなっていくもの。今の彼女にとって、一番のおもちゃが私なんでしょうし……」

そんな状況で、ルルリアがエンバース家を陥れるための準備などできる訳がない。反撃のチャンスを窺っていると知られたら、余計に注目を集めることになってしまう。だから、将来のための布石打ちに力を注ぐべきだとルルリアは判断したのだ。

「私の設定はどうしようかしら？　奪われるだけの力のない愚かな妹を演じていれば、カレリアは満足でしょうからね。定期的に虐めるチャンスをあげておけば、こっちは問題ないか」

適当に「これが気に入った」的な態度を出して、奪われたら泣いておけばいいだろう。姉の餌やりは大変だ、ルルリアはやれやれと肩を竦《すく》める。

それがずっと続いていけば、外への興味が増していくにつれ、ルルリアを侮って放置する時間も増えるだろう。

それに、これは使えそうだと思うのだ。ルルリアには何もできなくても、カレリアにできることは多い。彼女はこの家のお姫様なのだ。姫が願ったことは、このエンバース家にとって叶えるべきもの。カレリアに甘い両親なら、多少の無茶がきくだろう。

「今の私には、有能で私にとって邪魔そうな使用人を、姉を使って消していくことしかできそうにないかな。小さな一歩をコツコツとってね」

地道に頑張る決意をしながら、やることは汚いルルリアであった。それなら、今までの健気で努力家だけど可哀想なルルリアちゃん路線で頑張るかぁー、と大きく伸びをしておく。餌はちゃんとあげるから、しっかり妹を虐めに来てね、お姉様。と、大変楽しそうに笑みを浮かべた。

カレリアがルルリアを標的にして奪いに来るのなら、それを利用して将来的に姉にとって必要になるはずだったものをルルリアは奪えばいい。カレリアは妹を虐められてハッピーになり、ルルリアは姉の将来を奪えてハッピーになる。まさにお互いにとっての、ハッピーエンドであった。

＊＊＊＊＊

「えっ、家庭教師ですか？」

自分を監視する目的で、傍に近寄ってきた使用人に懐く様子を見せては、姉がクビにする流れを面白がっていたルルリアの耳に入ったのは、外からの来訪者を告げる内容だった。ルルリアに近づいたら辞めさせられる、とこの一年の間に使用人たちの間で広まり、どんどんルルリアの周りから人が消えていく。姉のおかげで動きやすくなってきたわー、とお姉様の頑張りに感謝していたルルリアは目を見開いた。

閉鎖的な貴族の屋敷に外から吹き込む風。ルルリアの家は子爵家であり、それなりに歴史のある貴族である。家庭教師を子どもにつけることは、貴族の屋敷ではよくあることであった。疎まれているルルリアであるが、エンバース家の子女であることは事実。あの貴族としての体裁を気にする母や、使用人が監視を嫌がる中で新しい生贄《いけにえ》を用意できる口実を作れる父にとっては、悪くないことだったのだろう。

「エンバース家の人形なだけなら、いつもの手を使えばいいんでしょうけど、これはチャンスでもあるのよね……。私も外の世界の知識が欲しいし、上手くやれば同情を利用して、立ち回ることができるかもしれないわ」

ルルリアにとって、エンバース家は全て敵であると認識している。しかし、この世界にいる全ての人間が敵だとは考えていなかった。本の知識でしかないが、世界は広いと知っている。両親のために集めた知識だったが、今はそれに感謝する。もし無知だったのなら、きっとこの狭い世界で全ての人間を恨んでいたかもしれないから。自分が幸せになるためには、他人の助力がなければ叶わない。他者を信じることはできなくても、他者と上手く生きていかなければならないことは理解していたのだ。

外から来る人間は、内しか知らなかった者にとって大きな印象を与えるものである。身内とは違う視点というのは、新鮮であり、この世界での自分の立ち位置を知る指針になるのだ。それが自信に繋がったり、卑下へと繋がったりして、自分が周りからどう見られるのかがわかる。カレリアの養殖としても、ルルリアが力を溜《た》めるためとしても、家庭教師という存在は必要不可欠なものだった。考えをまとめたルルリアは、それから迅速に行動できるように立ち回ったのであった。

「ねぇ、ルルリア。さっき私の先生と話していたそうじゃない……。いったい何を話していたの？」

「あっ、お、お姉様。大したことを話した訳じゃ……。ただ、私が書いた文をたまたま見ていただけて、その時に褒めていただけたんです。字が上手だねって。お姉様の先生って、お優しいのですね」

勉強時間を予想し、偶然出会えたように仕向けたカレリアの家庭教師との場面を、彼女にわざと見せる。彼女の家庭教師には、姉を褒めながら、自分の勉強の進みはどうかと不安そうに聞くのだ。いくら疎まれている妹とわかっていても、子爵家の令嬢であるルルリアに相手は粗相《そそう》をしでかせない。ならば、社交辞令であろうと適当に褒めておけばいい。使用人ほどエンバース家を知らない他人だからこそ、普通ならそう考える。賢い大人なら、そう思考することができるだろう。

しかし、カレリアはわがままなお姫様だった。彼女にとっては、自分の家庭教師が妹を褒めたなど、我慢ならない屈辱に映る。カレリアには、他者の考えや立場などを考えることができない。それをする必要が、今まで求められなかったからだ。事実、嬉しそうに褒められたことを、他者から認められたことを告げるルルリアの表情を見て、明らかな怒りが感じられた。

相手の気持ちや立場を考える。それは、貴族社会を生きる上で重要なスキルであり、そういった外の視点を教えるのが、家庭教師である彼らの役目でもあった。それらは、カレリアがこれから身につけるべきものだった。

「へぇー、そうなのね」

それだけ言うと、くすくすとカレリアは笑った。それから数日後、ルルリアを褒めた家庭教師はエンバース家から消える。ルルリアはそれに涙を浮かべながら、「何故？」とカレリアに問いかければいい。

繰り返していけば、姉の傍から良識的で、有能な大人はいなくなっていく。残るのは、カレリアに気に入られようと媚び諂い、イエスマンの家庭教師だけになるだろう。身内だけじゃない、他者も自分だけを褒めてくれる環境に、カレリアは酔いしれる。

自分の言葉だけが響き、全てにイエスと答えてくれる心地の良い場所を、彼女は手放すことなどできなくなっていくだろう。

「お姉様にとって、妹を認めるような者がいらないように、私にとっても、お姉様に道を示すような者なんていらないのよ。ふふっ、こんなにも意見が合うなんて、実は気の合う姉妹だったりするのかしら？」

茶目っ気たっぷりに微笑み、ルルリアは自分の宿題に取り組んでいく。ルルリアを虐《いじ》めるためなら、どんな手だって使うカレリアである。妹を虐めて奪うことで、優越感を得るためならあらゆる執念を燃やす。本当に八歳児だろうか。そしてそれを利用して、自分に都合がいいように演技をする七歳の妹。恐ろしいほどの血の繋がりを感じた。

そうやって一年という歳月を使って、ルルリアは環境作りにとにかく勤しんだ。

姉と自分にとって素晴らしい環境へと整えるために、地道にコツコツと積み上げていったのだ。

さらに、カレリアの家庭教師もだいぶルルリア好みになってきたと同時に、自分自身の家庭教師の選別も始めていた。狙うべきは、有能で同情を引ける、切羽詰まっている者だ。自分に充てられる者や姉に充てられた者も含め、彼女は最初からずっと探し続けていた。

有能そうな家庭教師には、ルルリアはひっそりとアピールをしておき、内情を探りながら健気な妹として振る舞う。さらにわざと彼らの目に映る場所で、姉の妹への扱いを見せた。カレリアはルルリアの周りに誰もいない時だけ、本性を現す。それをもし見られたとしても、両親に頼めばすぐに相手を消せると考えているため、葛藤は一切起こらないのだ。虐めるチャンスを虎視眈々と狙う姉の性質を利用しながら、ルルリアは機会を窺い続けたのであった。

「ルルリア様、わからないところなどはありますか？」

「あっ、先生。えっと、それでは、ここの問題を教えていただけませんか？」

「ええ、もちろんですよ」

しばらくしてから、自室に入ってきた一人の壮年の男性に、ルルリアは邪気のない笑顔を見せた。そんな幼子の笑みに、白髪の男は柔和に頷く。先ほどまでの邪気の化身のような笑顔ではない、可哀想なルルリアちゃんモードで彼女は熱心に勉強を進めたのであった。

ルルリアは横目でちらりと視線を向けると、先生が少しやつれているのがわかる。先ほどまで、エンバース家の当主に報告に行っていたのだろう。食事以外などでルルリアに近寄る使用人はいないため、家庭教師である彼は一番身近な人物として、ルルリアの現状を報告する義務があったのだ。お人好しな彼にとって、嘘の報告をすることは心労を増やすことでもあっただろう。

「先生、疲れていませんか？　少し、休憩なさった方が」

「大丈夫ですよ、私が選んだ道ですから。……教職を務める者として、恥ずべき行いを選んだのは私自身です。ルルリア様まで、利用しているのですから」

「そんなことありません！　先生がいてくれたから、私はこんなにも頑張れるんです。先生がいてくれなかったら、私は……」

「ルルリア様」

思わず感情的に声を上ずらせ、頬を伝う一筋の涙を見せた後、慌てて隠すように顔を背ける。姉のおかげで鍛えられたルルリアにとって、自由自在に涙腺を操ることぐらい朝飯前だった。先生は優しい手つきで背中をさすり、申し訳なさそうに涙を拭ってくれる。その顔を見て、一瞬胸にチクリとした痛みが走ったが、ルルリアは構わず笑って見せた。

「すみません、泣いちゃって……」

「謝る必要はありません。それにルルリア様は、弱い私を怒ったっていいのですから」

「そんなことできません。先生が私のためを思ってくれているのは、わかっていますから。先生がいなくなっちゃうことの方が、私は耐えられないです……」

「……大丈夫です、私はいなくなったりしませんから」

痛まし気に、心からの心配が感じられる声。強くルルリアへ、そして彼自身にも向かって告げられる宣言。それにルルリアは、心から安心して頷く。大丈夫、だってこの人はまだまだ使えるから。救われたような笑顔を見せながら、ルルリアは心の中で思った。

この男性は、元々はカレリアの家庭教師だった。使用人たちの世間話から人柄を探っていたら、彼は妻の病気の薬代を手に入れるために、このエンバース家に来たらしい。外の人間も、美しい容姿と両親の愛情から姉を一番に見る者が多い。外面のいい姉と見比べ、妹であるルルリアを蔑む者だって多かった。その中で、彼がルルリアに向ける視線は痛々しく、戸惑いを含むものだったのだ。悪意しか受けてこなかったルルリアにとって、その視線は大変目立つものであった。

彼は雇ってもらった理由故に、エンバース家をやめる訳にはいかない。そして、頭が回る人だった。ルルリアの扱いを瞬時に悟り、それをのみ込むことを選び、カレリアの教師を務めた。隠しているが、ルルリアがひっそりアピールをする度に向けられる視線に、少女は静かに笑った。この人なら使えるかもしれないと。

それからは、姉の本性を彼にばらすように、慎重に姉を誘導した。その数日後に、隠れて涙を流す姿を見せることで、見事に釣り上げることに成功したのだ。

彼は涙を見せるルルリアへ声をかけ、こっそりと慰めた。自分の家族と天秤《てんびん》にかけた葛藤もあっただろうが、幼子が理不尽な虐待を受ける姿に良心が耐えられなかったのだろう。当主へ進言しようとした彼を止めたのは、もちろんルルリアだった。初めて優しくされたことにお礼を言い、カレリアを怒らせたら駄目だと涙ながらに訴えたのだ。たまたま聞いた奥さんのことも織り交ぜて説得し、ルルリアは彼との繋がりを手に入れたのであった。

「先生には、いつも感謝しているんです。だって、先生がいなかったら、私は勉強も何もできずに泣いてばかりだったと思うから」

「わかっています。しかし、そのためにルルリア様ができ損ないだと私は当主様に報告しなければならない。自分のために偽って、……あなたはこんなにも頑張っているのに」

「でも、そうすればお姉様は安心するのでしょう。それに、先生も奥さんのために仕事を辞めないで済む。何より私は、こんなにも素晴らしい先生を得られたのです。この嬉しい気持ちは、間違いなく先生のおかげです」

安心しきったルルリアの言葉に、先生は救われたように表情を緩めながら、それでも自責の念にかられているようだった。

ルルリアは先生の良心を刺激しながら、自身の家族のために家庭教師を辞められない現状を利用し、無自覚に協力させるように仕向けた。ルルリアの家庭教師に積極的になりたい者などいない。姉であるカレリアに目が向くのは当たり前であり、冷遇されているルルリアを見たいなどと思わない。しかも、エンバース家の当主に監視の報告の義務があり、姉より優れた箇所を報告するとカレリアの機嫌を損ねて辞めさせられる危険がある。誰も真面目にルルリアの学習など見なくなるのは当然で、本当に体裁としてだけの家庭教師しかいなかったのだ。

賢い彼なら、当主にカレリアのためだと告げ、できの悪いルルリアにカレリアの素晴らしさを教えるために教師をさせてほしいと言葉巧みに伝えられる。両親はルルリアに興味などなく、カレリアを褒め称えていた教師だとわかっていたため、二つ返事で了承した。表ではルルリアを厳しく監視し、カレリアを持ち上げる教師を演じながら、裏で彼はルルリアの力となったのだ。

自分の家族と罪悪感を天秤にかけ、ギリギリの境界線を歩む道を彼は選んだ。全ては、幼い少女の心を守るための善意で。己の罪悪感に、嘘がつけなかった彼の葛藤の末の結論。ただ哀れな少女に笑ってほしくて、生きる希望を持ってほしくて始めた、独りよがりな正義感故に。

それをルルリアは、わかっているからこそ彼の前で健気に笑って見せる。涙を見せる。偽りの未来への希望を見せる。それが、ルルリア・エンバースが決めた道だから。

「ルルリア様は、本当にいいのですか。エンバース家でのあの扱いは……」

「いいのです、先生。私の力不足が原因なのですから。お母様もお父様も、いつか認めてくださると信じています。お姉様も、きっと……」

儚《はかな》げに笑う幼子に、目を伏せながらも勇気づけるように彼も笑った。先生のおかげで、ルルリアは様々な知識を手に入れることができた。外の世界を詳しく知ることができた。自分を見てくれる人間がいることに気づいた。その歓喜と、利用価値を理解することができたのだ。

「私、いつかエンバース家に認められるように頑張ります。先生も私なんかの教師になってしまって、申し訳ありません」

「自分をそのように卑下するものではありません。ルルリア様は、しっかりしています」

四十代で、息子もいる先生は、ルルリアにとって唯一の味方である。情に厚く、知識は豊富で、そして発言力がない。ルルリアの現状に憂いても、変えることができないのだ。そんな彼の姿に、ただの偽善者だと言う者もいるだろう。彼自身が、そう自分を評しているのだから。しかし彼女にとっては、願ってもない人材だった。

騙《だま》すことへの罪悪感は、……きっとあるのだろう。ざまぁをすると決めてから一度も感じることがなかった胸の痛みが、少しずつ思い出すかのように広がっているのがわかるから。それでも、もう止めることはできない。ルルリアには、もうこの道しかわからないから。この道しかないのだから、止まることは自身の未来の終わりに等しい。この程度の痛みに根を上げてどうする。

彼を不幸にするつもりはない。表だって協力を願えば、彼も共犯者にしてしまう。だから少しだけ、無意識に協力してもらうのだ。彼女は一言も「助けて」とは言っていない。偽善だろうとなんだろうと、あげると言うのだからもらうだけ。それを表に出さないだけだ。

「ありがとうございます。私、先生がいてくれて良かった」

「……私は何もできない無力な大人ですよ」

「そんなことはありません。先生の勉強はすごくわかりやすくて、先生がいなかったら私は何も知らなくて、外の世界に夢を見ることもできなかったと思います」

ルルリアの言葉に、先生と呼ばれた男性は悲しそうに眉を下げる。事実、ルルリアには力がなかった。彼への感謝だって本心だ。知恵も強さも人望も自由も何もない小娘なのだ。それを本人が一番にわかっている。だからこそ、静かに力をつけるのだ。

そのためなら、このじくじくとする胸の痛みを、抑え込むことだってできた。

「先生、無理を言っているとわかっています。だけど、また外に出てみたいです」

「抜け出しているとばれたら、ご両親から叱られるかもしれませんよ」

「先生にもご迷惑をかけているのはわかっています。でもこの家で、私を気にかけてくれるのは先生だけです。みんな先生のことを信頼しているから、私の姿が少し見えなくてもばれません。私が抜け出したって、きっと誰も気づいてくれない。見つかったって、両親は私を叱ってくれるのでしょうか。心配……してくれるのでしょうか」

「………」

一年以上かけて作り上げた環境。そこから、次のステップへと進むためにルルリアは動き出す。自分だけの力をつけるために、どんなものだって踏み台にしてみせる。敵しかいないエンバース家でルルリアにできることがないのなら、外の世界に踏み出すしかないのだから。

そうして泣き落とした味方のおかげで、ルルリアはエンバース家を脱走することが増えた。先生が辞職をするまで続け、その後も、隠れて手引きをしてくれたことで、彼女の世界はまた広がったのだ。主のいなくなった部屋に、家族も使用人も誰も気づかない。そのことに彼女は、静かに泣き嗤った。

彼らに認めてもらうためだなんて嘘だ。信じているなんて微塵《みじん》にも思っていない。それでも、先生に語ったいくつかの言葉は、心のどこかで願っていたのかもしれなかった。

第三話　ざまぁに向けての前向きな準備期間

「先生、元気にしているかなぁー」

先生がエンバース家を辞めて、数ヶ月が経過した。

カレリアに家庭教師がつかなくなったと同時に、ルルリアの分も当然なくなった。カレリアが基準であるエンバース家にとって、ルルリアは余りものでしかない。ここまで面倒を見たのだから、もう十分だろう。と、ルルリアの都合などはお構いなしにカレリア側の都合だけで動くのは、もう慣れたことだった。

それに、ルルリア自身もそろそろ潮時だと考えていた。長い間、ルルリアを守ってくれた先生をこれ以上盾にするのは危険だと判断する。ルルリアが外に出る時間と比例するように、先生にも苦労をかけたこともあった。悪さをしたお仕置きとして、ルルリアを一日中部屋に閉じ込めておくなどの名目を作り、彼はできるだけの力で外の世界をルルリアに見せてくれた。奥さんのための薬代も十分に貯まり、田舎へと帰る先生に何度も頭を下げたのだ。

ルルリアを一人にすることが心配だった先生が、エンバース領で出稼ぎをしている息子さんに連絡を入れてくれたおかげで、外の世界との繋がりはそれからも消えることはなかった。先生からの教育のおかげで、従順で命令を聞く人形のような娘だと両親は思っている。人伝手にしかルルリアを確認しない彼らが、それに疑問を持つはずもなく。ちょっと演技をすれば、すぐに騙されてくれた。使用人も、人形のような娘に気味悪がり近寄っては来ない。今では、部屋の外に置いた食事を食べたかだけで様子を確認するぐらいの適当さだった。

「部屋の中で倒れていたらどうする気なのかしらね。なんとなく姉の美談を捻じ込んで、普通に流しそうなのが想像つくけど。そのお姉様は、最近忙しそうだしねぇー」

十歳となったルルリアは、ベッドの上に身体を転がしながら欠伸《あくび》を一つした。

貴族の令嬢としてあまりにだらしない姿だが、自分しかいない空間で自分を偽ることほど滑稽なことはない。常に周りに偽り続けているルルリアにとって、気を抜く時間ぐらい必要である。寝返りをした時に、節々から感じる身体の痛みに少し眉を寄せた。

「うーん、お姉様の餌やりもそろそろ飽きてきちゃった。最近のやることって、食事をわざと抜かせたり、わざと怪我をさせに来たり、自慢しに来たりで面白みがない。このマンネリは、双方にとって良いことじゃないわ」

カレリアに突き飛ばされて、強打した背中を押さえながら、ルルリアは頬を膨らませて文句を言う。餌やりをいつも欠かさず頑張っている身としては、そろそろ別の芸を見せてほしいものである。食事を抜く時は、使用人に自分が届けると言って自分アピールをしたり、メモを置いて既に渡したと嘘の通達をしたりするので、それなりにわかりやすい。その時は長く外へ出られるので、姉の虐めも役に立つことがあった。しかし、面倒に感じてきたことも事実である。

年齢が上がっていくにつれ、生傷や痣《あざ》が増えるようになり、相手にわからないように受け身を取るのが特技にもなってきた。怪我をしても、きっと医者には見せてくれないだろう、と考えて必死に覚えたのだ。両親に手を出されることはなかったが、娘の怪我に無関心な彼らに、もはや胸の痛みも起きなかった。

「姉の暴力自体は、いい経験になったし、受け身の修業にもなったからいいんだけどなぁ。さすがにそろそろいいかしら」

出会い頭に階段から突き落とされて、背中を打っただけで済んだ自分を褒めてほしいものである。姉は人間を階段から落としても死なない、とか考えていないだろうか。打ち所が悪かったら死ぬのだが、落ちたルルリアを見て気分を発散したようで、さっさといなくなったのだ。もし骨を折って動けなくなっていても、全く気にしないだろう。自分が丈夫な自覚はあるが、これ以上のエスカレートはもしもの時に困る。悲観的な考えは一切ないが、楽観的に考えるには少々危ないだろう。

昼食として運ばれてきた冷めた食事を口に入れながら、カレリアの相手をしてくれるおもちゃの候補を考えてみた。カレリアが妹を虐めるのは、もはや遺伝子レベルで自然なことになっている。どれだけ新しいおもちゃを与えても、まるで生理現象のようにルルリアを虐めに来るのだ。外の世界が広がり、取り巻きができ、高価でおしゃれなものを集めて忙しそうにしながらも、決して妹いびりを忘れない。ここまでくると、病気なんじゃないかとルルリア《被害者》の方が思ってしまった。

幼少の頃から頑張った養殖の成果もあり、姉の性格は今までと変わらず、ルルリアは相変わらず奴隷扱いを受けていた。人形のように振る舞っているルルリアだが、カレリアの前では多少ではあるが、反抗するようにしている。無反応な対応をしすぎると、癇癪《かんしゃく》を起こすお姫様のために飴《あめ》は必要なのだ。気分は猛獣の飼い主である。

「お姉様にとって、私が近くにいるだけで疼《うず》くみたいだし……。これは物理的に距離を開ける他に、方法はなさそうかしら？」

悩むように小首を傾げながら、食事の量が少ないなぁー、と文句を言いながらかき込んでいく。正直、食べ盛りに入る子どもにこの量は少なすぎる。量にして、握り飯二個分程度。もうちょっと欲しい、と思うのが現状である。おかげで、外に出たらまず食糧確保が癖になってきてしまった。出稼ぎをしている息子さんに、優しい顔でご飯をおごってもらった回数なんて数えきれない。出世払いだが、絶対に先生親子にはお礼をしなければ、と心に誓った。

さて、と一息入れ、食器を片づけて部屋の外にでも置いておく。彼女の食事だけいつも冷めているのは、残飯をのせているだけだからだ。しかも、届けられる時間も使用人によってバラバラであり、ノックをしてくれるなどの親切心も一切なし。そのため、食事に気づかなくて寝てしまうことや、ずっと放置されることもあるのだ。多少帰りが遅くなっても全く気にされないメリットはあるが、どれだけ無関心なのかと考えさせられる。外泊しても、バレないいんじゃないかとは薄々思ってきていた。

正直に言うと、そろそろ不定期な日帰りのみの生活が、面倒に思えてきたのだ。何度屋敷には帰らずに、そのまま外泊したいと思ったことだろう。屋敷の中では行動を制限され、満足に部屋から出ることも許されないのだから。しかし、さすがに一日一回は顔を見せないと姉が気づいてしまう。カレリアが長く家を空ける時を狙って、いつも動いていたのだ。

「自分の行動を他人に左右されるって、やっぱり鬱憤が溜まるものなのね。私たち姉妹のどちらかが離れられる可能性があるとすれば、……やっぱりお姉様よね。子爵家の恥だなんて思われている私を、特にお母様が世間へ出したくないでしょうし」

その美貌で世間の的となっていた母は、周りの目を一番気にしている。ルルリアを外に出すことを、何よりも嫌がっているのだ。そのおかげで、領民のほとんどがエンバース家の次女の顔を知らないで、噂ばかりが流れている状態。閉じ込めているのは親であるというのに、役に立たないで閉じこもっているのはルルリアの方になっているのだ。まともな推測は、病弱説ぐらいである。周りへは、良き母として映るように悲し気に美貌を使ってアピールしているらしい。さすがは、カレリアの母だった。

ちなみに、父親はルルリアには無関心で、基本は母の言う通りに行動するが、ルルリアを表に出したいとは思わないだろう。エンバース家に連なる家の令嬢と交流を持ち、取り巻きを作っているカレリアとは違い、ルルリアには誰一人として紹介されなかったのだから。

「さすがに、ずっとこの家で飼い殺す気はないでしょうけどね。彼らだって、私をさっさと追い出したいと想像できるもの。少なくとも、後六年待てば、外に一時的に出られるとは思うけど……」

これればかりは、未来すぎて確信が持てない。

ルルリアは、先生に教えてもらったこの国のシステムを思い出す。この国では、貴族は十六歳になると王都にある学園に通う義務があるのだ。貴族社会の繋がりを作るための場であり、社交場への足掛かりのためである。貴族以外にも裕福な商人の子や、優秀な平民も入学することができる。部下を作るために、一役買うこともあった。

つまり、カレリアは後五年で、ルルリアは後六年で、その学園に通わなければならないのだ。もちろん例外はあるが、あの世間の目を気にする母が、どちらに重点を置くかがまだわからない。カレリアは確実に五年後には学園に行くため、この家からいなくなるが、さすがにそんなに待つなんてごめんである。しかし、一つだけ案を思いついたのであった。

「確か学園には貴族に限って、十二歳から入学を許可する制度があるって教わったわ。この家の人はカレリアに甘いから、彼女が行きたいと願えば叶えようとするでしょうね。つまり、どれだけお姉様をやる気にさせるかが重要ってことか」

こちらの制度は任意となり、中等部のような扱いになる。平民がいない貴族のみの中等部は、入学金が高等部と合わせると二倍になるが、早めに社交界へのスタートを切ることができる。故にお金のある貴族は、先に子どもを学園に入れて、優位な位置に立とうと考えるのだ。

これは、ようやく猛獣使いの出番が来たか。と、しばらくやる気が出なかった餌やりタイムに、再び熱がこもる。王都の学園なので、当然貴族寮で生活することになる。カレリアと離れたくない、と両親は言うだろうが、自分たちとよく似た自慢の娘を、世間へアピールしたい気持ちも強いだろう。そのあたりは、カレリアを使って上手く煽《あお》らせればいい、と鍛え上げてきた養殖技術を手に笑みを浮かべる。まだまだ達人とは言わないが、養殖業に関しては熟練の域に達してきているという自負はあった。

「よーし、目標はカレリアを学園という名のおもちゃ箱に突っ込むことね。同時並行で、お姉様がいなくなった家での、私の自由な時間の確保を考えなくちゃ。久しぶりの大きな養殖業になりそうだわ」

やる気に満ち溢れたルルリアちゃん十歳は、熱く拳を握り締める。いかに姉の自尊心を満たして、こちらの思い通りに誘導していくかが大切である。姉の養殖を続けてもうすぐ五年になる妹は、これまで培ってきた技術を結集して挑む覚悟を決めた。何よりそれらを考えるだけで、胸がドキドキと興奮で弾むのだ。己に宿る生粋の養殖魂に、ルルリアは不敵に笑ってみせた。

「さぁ、餌やり時間の始まりよ」

考えをまとめて立ち上がったルルリアは、部屋から廊下に出るとエンバース家の次女の仮面を被る。昼食を食べてからそれなりに時間が経っていたため、窓から見える空は少し赤くなっている。それを確認した後、ふらふらと覚束ないように見せ、調理場へと足を踏み入れた。その姿に厨房にいた使用人は驚き、当然遠回しに追い出そうとするが、ルルリアはお腹を押さえて言った。

「お腹が空いて……。お願いします、何か食べ物を……」

貴族の令嬢、自分の家で物乞い宣言。実際問題、外に出て食べ物をもらったり、部屋に隠していたりしたから問題なかったが、普通に考えてあの量は少なすぎる。しかも、毎日三食同じように。ルルリアの食事を賄っていた使用人たちは、心当たりが当然あるので、空腹を訴える少女から視線を逸らす。日に日に成長していく子どもに、ただのルーチンワークのように同じ量を渡していたのだ。ルルリアが何も反応を返さないからと、食事の量なんて気にしていなかった。

さすがに、ここで追い返して空腹で倒れられたらまずいと考えるが、既に夕食の準備に入っている。当主を待たせるなど論外であるものの、しかし食事ができ上がるまで待たせて倒れたら本末転倒。適当に生で食べられる食材を渡すべきかと思案した時、ルルリアは弱々し気に声をかけた。

「みな様は、決まったお仕事をしてください。その代わり、どこか調理場をお借りしてもよろしいでしょうか。本で作り方をいくつか知っているので、自分で作ります。だからどうか、お腹が空いた時だけでも貸してはいただけませんか。私が倒れたら、みなさんにもご迷惑をおかけしてしまいますから」

子爵家の令嬢を飢餓寸前にまで追い込んだ事実。量を増やすことはできるが、たとえば来客やパーティーなどで遅くなった時は、ルルリアの食事は後回しにされ、深夜に届けられることが何度かあった。栄養のバランスなども忙しさから考えられていないことも多く、さすがに栄養失調で医者を呼ぶことになったら、世間体を気にする当主夫妻の怒りを買うかもしれない。

ここで、しっかりルルリアの食事を用意すると思考ができれば問題ないのに、どうしてこんな娘のために手間をかけなければならないのかという考えの方が強い。そのため、ルルリアが勝手に自分で食事を作るという案は魅力的に映った。扱う食材の量だけ確認していれば、自分たちの手間も省ける。わざわざルルリアのために食事を作る必要もなく、彼女の自室まで食器を取りに行く必要もなくなる。もちろん、後で当主に報告するが、ルルリアに関しては問題なく受け入れられるだろう。

「……わかりました。しかし、ここは当主様たちのお食事を作る大切な場所です。お屋敷の離れに、簡単な夜食を作るための小さな調理場があります。そこに食材を持って行ってください。当主様に後で確認を致しますが、これからはそこに定期的に食料を入れておくことにします」

「……ありがとうございます」

見た目は丁寧に告げているが、そこで勝手に作って食え、ということだろう。好都合であるが、本気で自分たちの役目をあっさり放り投げたことに、ルルリアは呆れたような目になる。しかも、お腹が空いた時だけと言ったのに、当たり前のように彼らの中で、もうルルリアに自分たちが食事を出さなくてもいい、と変換されているらしい。本を見ただけと言う、十歳の少女を心配することすらない。

今までの怠慢から考えて、どうせいつかそうなるだろう、と踏んではいたので驚きは特に感じなかった。これで食料を補充する時に、食材が定期的になくなっていれば、ルルリアが勝手に食べたとわかるだろう。虐めが大好きな姉も、ついに食事すらもらえなくなったと知って、妹の惨めな姿に高笑いして上機嫌間違いなしだ。食材を毎日入れに来るなんて面倒なことを彼らはしないだろうから、それこそ数日分の食材を置いて、数日後に確かめるようになっていく。最初の頃は念のために毎日消費しておくが、特に問題ないとわかれば、今回のようにただの確認作業としてのルーチンワークに変わるだろう。

ルルリアは今もらえるだけの食材をかごに入れてもらい、一人で運ぶことになった。当然のごとく、誰も手伝いなんてせず、慌ただしい厨房へと姿を変えたのであった。空腹で倒れそうな少女に食材だけ渡してスルーするという、この家ではもはや当たり前すぎて、誰も疑問に思わなくなったルルリアへの扱い。一応子爵家の次女だから敬語を使っていたのだろうが、当主様たちのお食事を作る大切な場所、と使用人は告げた。つまり、彼らの中でルルリアはそこに入っていない、形だけの令嬢でしかないとよくわかった。

「まぁ、あの人たちの性格をわかっていたからやったんだけど。さすがは四年間、私を見下してきただけはあるわよねー。これで姉がいなくなった後に、外泊しても問題ないかな。食材を使う分だけ減らして、定期的に使用人に姿を見せておけばいっか」

厨房の喧騒が遠ざかり、誰も周りにいないことを確かめると、しっかりとした足取りで屋敷の離れへと向かった。先ほどまで見えていた太陽が完全に沈み、暗くなってきたからか、長い廊下に冷たい静けさを感じさせる。この離れは時々使う程度でしかないため、使用人もあまり寄り付くことがない。おそらくルルリアが使うと広まったら、それこそ使用はさらに減っていくだろう。一人であることに慣れたルルリアにとって、敵意のない静寂こそが味方だった。

「この前、教えてもらった料理でも作ってみようかな。……久しぶりのあったかい食事だもの」

先生の息子さんには、庶民の生活についてたくさん教えてもらった。貴族の令嬢でありながら、庶民以下の生活を送るルルリアにとって、それらは欠かせない知識だった。自分の時間を作るためという理由もあったが、彼女がわざわざ自分で食事を作りたいと思ったのは、温かい料理が好きだったからだ。調理なんてしたことがなかった初心者なのだから、料理と呼べるものができるとは彼女自身も思っていない。それでも、温かいというだけで良かった。それだけあれば、いつか上手に作れるように何度だって頑張れる。

「えっと、火は確かこうやってつけるのよね？　それで、ここをこうして……」

初めて作った料理。火をつけることさえ悪戦苦闘しながらも、ルルリアは何時間もかけてスープを作った。薄味すぎて、野菜も硬い。正直おいしくはなかったが、それでもルルリアは、スープを口に運び続けた。喉を通る温かい熱が、それによってポカポカとする身体が、彼女にとって一番欲しかったものだから。カレリアの入学が決まるまでに、おいしいスープが作れるようになろう。小さな目標を心の中で立てながら、最後の一口を飲み干した。

＊＊＊＊

「使用人たちの話をたまたま聞いて知りました。なんでも、学園にこの国の王子様も通うんですって。本物の王子様なんて、すごく素敵！　容姿端麗で努力家な方みたいですし、私もぜひ見てみたいわ。あぁ、学園に入れれば、この目で見ることもできるかもしれないのに。見てみたいなー、行ってみたいなぁー」

「ふふふっ、この私なら当たり前のように学園にだって入れるのよ。本物の王子様をこの目で見ることなんて、私には簡単にできること。あなたはお家で、一人寂しく羨ましがっていなさいっ！」

「さすがはお姉様！　ずるいわ！　羨ましいわ！　性格が悪いわ！」

「おーほっほっほっ！」

要約すると、こんな感じで姉を煽《あお》りまくった妹の努力によって、カレリアはウキウキ気分で学園へと旅立って行った。さすがは姉である。この国の王子が学園に入るということを外の噂で知り、殿下に憧れる夢見る女の子モードを始動するルルリア。妹もブレなかった。

そうして、十二歳になったカレリアが王都の学園へと向かったことで、ルルリアの行動範囲は一気に広がることになる。この時期になれば、自分で食事を作ることが当たり前になり、カレリアがいたからルルリアにまだ関心を向けていた両親の目も消えていくことになった。親と最後に会話をした記憶を探すことすら難しくなったが、特に支障はないので問題ないだろう。

「あら、こういった食事も案外いけるものね。やっぱりなんでも経験してみるものだわ」

一人の時間を満喫するようになって、早三年が経った。

十四歳になったルルリアは、食べ歩きで昼食を済ませ、街中を歩いていた。貴族の子女としてははしたない行為だが、今の彼女を見てもパッと見で貴族だとは思わないだろう。服装は旅装束であり、フードで顔を隠した小柄な子ども。そしてナイフを腰のベルトに数本下げているその姿は、どこにでもいる旅人のようだった。

この国は行商人や他国からの旅客が多く、様々な人々で賑《にぎ》わい、暮らしも豊かな方である。戦争なんて何十年となく、隣国との関係はお互いに様子見が続いており、気を付けていれば一人で街を歩くくらいなら、命の危険の心配はない。先生の息子さんについて行き、一度だけ田舎の先生のもとを訪れたこともあり、そこで隣国の様子などを知ることができた。旅の仕方や外のルールも彼らから教わった。

外界に慣れてしまった今の自分自身を、ルルリアは誇らしく思っていた。少なくとも、八年前の幼く無知な少女ではもうない。一回りぐらい年が離れた先生の息子から、ルルリアは娘のように可愛がってもらった。先生や病状が落ち着いた奥さんから、いつでも家へ来ていい、と笑顔で迎え入れてもらえた。思わず泣きそうになってしまうほどに、外の世界はルルリアを魅了したのだ。

「それでも、この性格は変わらないんだから……私も大概馬鹿よね」

ふとフードから出ていた栗色の髪をもう一度後ろで束ね直し、自分の言葉に自嘲気味に肩を竦める。愛される感情を知り、大切にされる感情を知り、楽しいという本当の感情を知った。それはとても綺麗で、自分が本当に触れてしまっていいのかと、不安になりながら過ごした日々。自分には過ぎたるものだ、と思ってしまうほどに、彼女の目には確かに輝いて見えた。

きっとこのまま逃げ出したって、誰にも咎《とが》められることはない。復讐なんて馬鹿馬鹿しいと思い直して、エンバース家なんて忘れてしまった方がいいのだろう。ルルリア・エンバースの顔を、知っている者なんてほとんどいない。両親も世間体を気にして、ルルリアが逃げ出したことをこれ幸いと捉え、適当に事故死や病死で片づけると考える。温かくて、優しいこの世界にい続けたい、と思う気持ちは間違いではなかった。

だけどそれは――ルルリア・エンバース自身が何よりも認められなかった。その選択は彼らへの敗北を認めたことになり、今までの自分の全てを否定することに他ならないからだ。彼らからただ尻尾を巻いて逃げ出すことを、彼女の心が受け止められなかった。

自分が正義だなんて思わない。それでも、彼らに見せつけてやりたいのだ。ルルリア・エンバースという人間を、見くびっていたことを後悔させたい。自分が持っていたものを、奪われる気持ちを味わわせてやりたいのだ。ざまぁをした後、自分がどうなるのかはわからない。何をしたいのかなんてもっとわからない。

それでも――少なくともこの気持ちに決着をつけない限り、ルルリアは前に進むことができなかった。

＊＊＊＊

「えーと、確かこの看板から二つ先の路地だったなぁ」

周囲に人影がないことを確認し、大通りから狭い細道へ速やかに移動していく。人の目が少なくなる分、見た目から子どもとわかるルルリアは目立つ。音をできる限り立てないように気を付け、小柄な体格を生かしてするすると足を進める。

姉の癇癪に付き合ってきたおかげで、女手一つで外の荒事に対処することもできる。ちなみに得意技は、演技や受け身からのカウンターＫＯである。巡り巡って妹を成長させるとは、さすがはお姉様である。何でも経験してみるもの、とポジティブ精神満載のルルリアであった。

「お姉様が入学して三年でしょ？　このままいけば、次に私が学園へ入学するのは二年後よね。そうなると、拘束時間が増えちゃうし、それまでにやれることはしっかりやっておかないと」

この国では、貴族は十六歳になると学園に通う義務がある。現在十四歳のルルリアにとっては、まだまだ先のこと。学園は学園でやるべきことがあるため、今のエンバース家にいる間にできることをしなければならないのだ。時間は有限に使うべき、とルルリアはうんうんと頷いた。

カレリアがいなくなったエンバース家で、両親がルルリアの扱いをどうするか。その見当は、ある程度だがついていた。彼らがルルリアを傍に置いていたのは、カレリアのおもちゃがなくなってしまうからだ。可愛い娘のために、仕方なく置いている。だったら、その理由がなくなったらどうなるか。

「世間の目があるから追い出しはなかったけど、自室が離れの奥にある物置のような場所に変えられる。使用人は基本無視。食事は自分でなんとかしなさい、で本邸には食材などを自分で取りに行く時だけで、それ以外は基本的に立ち入り禁止。いやー、ここまでいくと清々しいねぇー」

指折りに数えながら、彼女は楽しそうに笑う。食事を作るために利用していた離れの屋敷は、完全にルルリアを隔離するための場所となった。本邸には近づけないようになり、ルルリアは文字通り、いない者扱いされることとなったのだ。

六歳からこの八年間、彼女は親の前では従順で表情が乏しく無口な娘を演じてきた。

彼らの命令には逆らわず、言われた通りに従い続けてきたのだ。カレリアのためのお人形になれ、と望まれていたというのに、実際にそうなったルルリアを彼らは気味が悪いと疎み出す。逆らっても、受け入れても、ルルリア・エンバースは彼らに受け入れられることはないのだ。それを鼻で嗤いながら、彼らが大好きな姉とは、正反対な妹へ向ける態度は一目瞭然だった。

そうして彼女は、自由を手に入れる。時々使用人に姿を見せておくだけで、誰もルルリアがいなくなっていることに気づかないのだから。両親がルルリアを、カレリアのように中等部に入れる可能性は皆無。姉のわがままでも、入れることはないだろう。学園に入る義務がある十六歳までの自由を、ルルリアは心から喜んだ。

ルルリアの行動範囲は年々広がり、遠出や夜分を使うことも増えてきている。ある程度の生き方を教わったルルリアは、次の行動に移そうと決めた。先生たちにずっと頼る訳にはいかないと考えていたルルリアは、独立できる力を手に入れるために動くことにしたのだ。

ルルリアのような子どもでも、有効に扱うことができる力は何か。そこで思いついた方法が、情報を集めることだった。カレリアを学園に行かせた時に思ったが、情報を上手く使うことで他者を自分の望む方向に誘導することができると知ったのだ。その上、情報は人によってお金になる。さらに、逃げ足の速さや、家族のおかげで培われた胆力や我慢強さはルルリアの力になったのであった。

そして今から三年ほど前に、お世話になった先生たちへ感謝を告げた彼女は、あらゆる情報を集めることに奔走する。情報を得るためなら、どんな我慢だってできた。無知とは蹂躙《じゅうりん》されるだけの存在だ。力を欲した彼女にとって、最も手が届きそうだと考えたのが情報だったから。それが、今の彼女の武器になっていた。

「だけど、ちょっとまずい展開になったよね……」

指についた昼食の滓を拭き取りながら、ルルリアはさらに細い路地を抜け、足を止めることなく歩き続ける。

彼女の目標はエンバース家をざまぁして、上から目線で盛大に嗤うことだ。姉の本性を公の場で晒し、家の権威を落とすぐらいはやってやろうと考えていた。没落だってカモンだ。

エンバース家にとって不利な情報を集めながら、家から使えそうな資料をこっそり持ち出すこともしている。気づかれないように注意は払っているが、まさか娘から盗み出されているとは思ってもいないだろう。それも逆らわない、人形のような娘が。美貌で評判のエンバース家と縁を持ちたいと思う貴族はそれなりに多いため、面白い情報を入手することもできた。

さらに、姉のわがままによる出費のために、エンバース家の経済は思わず笑いたくなるような状態になりつつある。姉をちょっと唆し、姉をちょっと騙し、姉にちょっと甘い言葉を流すことで、年単位をかけてじっくり仕込んできたのだ。

そして、こういった情報を扱う仕事をしていると、貴族と繋がりのある情報屋を見つける時がある。そこでエンバース家の経済状況の情報を流し、お金が欲しいみたいだと伝えておいた。自分のご飯のためなら、よりお金がもらえるところに情報を渡すのが当然である。エンバース家を邪魔だと思っている家や、食い物にしようとする貴族が自然と集まってくるだろう。姉や周りによって、金銭的に余裕がなくなっていくエンバース家は、いずれ決断を迫られるようになる。

今までのように可愛い娘のわがままのために、お金を手に入れようと動くか。国の貴族としての威厳を守るために、今まで叶えてきた娘の願いを切り捨てるか。彼らはどちらを選ぶのだろう。大変興味深い、とルルリアは思わず口元に弧を描いてしまった。

貴族と戦うのなら、真正面から相対するなど論外。まず相手の弱みに付け込み、残らず搾り取り、抵抗する力を奪うのが定石である。彼女がどれだけ努力をしても、権力というものは非常に重い。権力者の後ろ盾を得るなど、運の領域なのだから。貴族の家と戦うのなら、戦えるだけのカードを無理やりにでも揃《そろ》える必要があった。

ルルリアは、貴族であることにこだわりはない。彼らが絶望する姿が見られるのなら、喜んで平民になろう。もちろん、貴族でいられるのなら貴族として生きるつもりだ。どちらにしても、彼女は一人で生きていく自信はあった。だから、『エンバース家ざまぁ計画』のみに焦点をおいて、ルルリアは動いてきたのだ。


「それなのに、上手くいかないものよねぇ。確かにあの時は、話のダシに使わせてもらったけど、これが噂をすれば影ってやつなのかしら？」

人のものを奪うことが当たり前なあのカレリアが、まともな学園生活を送っている訳がない。事実、取り巻きを使って学園をおもちゃ箱にして、遊んでいることを知っていた。そのことを世間へ大々的にばらし、両親が信じてきた世界は、彼らの宝であったカレリア自身の手によって壊される。ずっと信じてきた者によって、絶望へと突き落とされた彼らはいったいどんな気持ちになるのだろうか。ルルリアはそれをずっと楽しみにして、計画を考えてきたのだ。

しかし、そんな計画に亀裂が入った原因は姉であり――ある意味でルルリアの自業自得だった。

＊＊＊＊

「こんにちは、待たせてしまったかしら」

「いや、それほど待っていないさ」

いくつもの狭い路地を抜けた先に、レンガ造りの建物が見えた。そこの扉の前までルルリアは進むと、三回ノックをし、一呼吸おいてから今度は四回扉をノックした。

すると、開けられた扉から大柄な男が現れ、決められた言葉を告げる。そしてその手に、何枚かの金銭を握らせた。いつもの流れ作業を終えた彼女は、その先で退屈そうに本を読んでいた青年の前まで進み、挨拶を交わし合った。お互いに顔が見えないようにフードを被っているため、誰がどう見ても怪しい密会である。

「座ったら？　ちょっと長い話になりそうだし」

「それじゃあ、そうする。……それで、学園の様子はどうなの？」

「直球だなぁ……」

小さく笑った彼は、読んでいた本を閉じる。遠慮なく切り込む彼女に、気分を害した様子はない。それなりに長い付き合いである。ルルリアの性格を青年は知っていたからだ。

お互いが協力者であり、秘密を握り合う者同士。この場にいることが知られるだけで、面倒な立場なのもお互い様だった。

ルルリアは青年に、エンバース家の次女であるとは伝えていない。情報を集め始めた頃に出会い、お互いの目的だけを話した上で、それに協力し合うという繋がりしかないのだ。

カレリア・エンバースをざまぁしたいとは話しているので、彼女と何かしら関係がある人間だとは思われているだろう。

一方で彼のことについても、ルルリアは本人から聞いた目的以外は詳しく知らなかった。

彼とはもう約三年の付き合いになる。カレリアの様子を探るために、学園内の情報を手に入れようとルルリアが動いた時、妙に学園内の様子に詳しい情報屋がいたのだ。それが、目の前の人物である。何度か接触したことにより、彼が学園の人間であると知ったことが、付き合いの始まりであった。

「いやー、本当にすごいね、彼女。中等部に通っている男たちを、あんなに骨抜きにするなんて。美人って得だと、改めて思ったよ」

「容姿は極上だし、彼女は男によって好みの性格や仕草を使い分けられますからね。本当にあの手腕だけは、拍手を送ってしまいたくなりますよ」

「それは同意。綺麗な薔薇には棘《とげ》がある、ってことがよくわかるね。そして、その魅了があったからこそ、とんでもないものをつり上げてくれた」

青年は軽い口調で、楽しそうに世間話をするように語るのが常であるが、さすがに今回ばかりは苛立ちをルルリアは感じた。ルルリアが考えていたざまぁ計画に、亀裂を作った最大の誤算が、姉の魅力を過小評価していたことだったからだ。彼女のことだから、学園で貴族の男子を誑《たぶら》かし、女子の中で取り巻きによる派閥を作るぐらいはするだろうと思っていた。外面は整え、陰でのわがままや弱い者虐めは健在だろう。

だけどまさか、ルルリアがカレリアを学園へ行かせるためのダシに使った王子様を本当に引っかけてくるとは思ってもいなかった。

「この国の継承権第一位である、クライス殿下ですか。シィから情報をもらった時は、思わず遠い目になりましたよ。次代の王の、女を見る目がなさすぎるって」

「えっ、そっちに。まぁ俺としても、実際の現場を見た時は殿下やっちまったなぁー、と思ったけど」

面白そうに喉を鳴らして、笑いを堪える青年——シィの様子に、ルルリアはイラッとしたという理由で脛《すね》に蹴りを入れる。油断していたらしく、潰れた蛙のような声をあげて悶え出した。

大変すっきりした。

ルルリアは、王太子殿下が学園に通っていることは知っていたが、それがエンバース家に関係して来るとは思っていなかった。なんせクライス殿下には、有名な公爵家の婚約者がいるからと気にかけていなかったのだ。どれほどの美貌と手腕を持っていようと、子爵家の娘では接点を持つことすら厳しいだろうと考えていたからだ。

それなのに現段階では、既に顔見知り程度にはなっているらしい。他の生徒に隠れて、何度か接触を繰り返しているようだ。あの姉が親しくなれた高貴な男性を前に、このまま大人しく引き下がる様をルルリアは想像できなかった。嫌な予想ばかりが膨らんでいく。

カレリアの男を骨抜きにする技術は、ルルリア自身も認めているのだ。もしエンバース家を没落させようと動いた時、王子が間に入ってきてしまったらどうしようもない。どれだけカレリアが悪であろうと、それを権力で隠されてしまったら、逆にこちらが消されてしまうかもしれない。たとえ成功しても、没落したエンバース家に陰で情けをかけられてしまったら、ざまぁの意味がなくなってしまう。しかし、それをどれだけ阻止したくても、今のルルリアは学園やカレリアに対して干渉することができない。カレリアが王子と親密になっていく過程を、指をくわえて待つことしかできないのだ。

苦い顔をするルルリアとは反対に、驚いたという割には笑みを見せるシィに、彼女は面白くなさそうに眉を寄せる。自分とは違い、彼にとって姉が王子を引っかけたのは、朗報だったからこその笑みなのだろう。

「……で、それを見た後、どうせあなたは高笑いぐらいしていたんでしょう？」

「おいおい、そんな品のないことはしないぞ。いててっ……」

「あなたの目的を考えれば、カレリアを使って王子の弱みを握ることぐらいできそうだもの。違う？」

「さぁーて、どうだろうなぁ」

ルルリアの問いに、面白そうに笑うシィの口元は、彼女に似てどこか歪んでいた。その笑みを見て、ルルリアは疲れたように溜息を吐く。

お互いの正体すら隠す自分たちが手を組んで、それなりに信頼を寄せ合えるのは、自分のためなら他者を蹴落とすことができる似た者同士だったからだ。軽い同族意識、とも言うかもしれない。こういった相手のめんどくささは、自分という見本がいるためよくわかっている。そして、相手もまた同じことを考えているだろう。お互いに敵対しても面倒なだけだ、と理解しているのだ。だからこそ、お互いの目的の邪魔にならない限り、味方と考えることができたのであった。

ルルリアがシィに、定期的にカレリアの情報を求めていた三年前。ある日、どうしてかと問いかけられたため、堂々と「ざまぁ！　と言いたいから」と答えた彼女に、彼は呼吸困難になりそうなほど腹を抱えた。それに全力で蹴りを入れたことに関しては、ルルリアは後悔していない。

「それはいいな」と笑いと痛みのダブルコンボで地に沈みながら、彼は楽しそうに笑った。それから、自分が情報屋として活動する目的を語ったのだ。「ざまぁを目指す」というぶっ飛んだルルリアの目的に負けないようなシィの目的を聞いたルルリアは、本気でやるのかと思わず目を見開いたほどである。それからは、秘密の共有者として手を組むこととなったのだ。

「シィ、まさかと思うけど、……わざとカレリアとクライス殿下を引き合わせたり、燃え上がるように布石を打ったりしたんじゃないでしょうね」

「おや、俺は王子様たちに近づくなんて、そんな危ない橋は渡らないぞ。心外だなぁ、ルゥ」

「あなたなら噂を操作したり、殿下の関係者にカレリアの存在を吹き込ませたり、逆にカレリアを唆して動かすことぐらいはできるでしょう?」

そうじゃなければ、この展開はあなたにとって都合が良すぎる。

ルルリアがあえてのみ込んだ言葉に同調するように、青年は楽しそうに口元に弧を作った。

情報屋としてのルルリアの師匠をあげるなら、このシィと呼ぶ青年に他ならない。彼のやり方を真似て、彼女はここまで這い上がってきたのだから。そのため彼の手口を、ルルリアはよく知っていた。

彼女は静かに息を吐き、頭の中を一つずつ整理していく。ざまぁのために準備していた舞台の修正が必要であり、王太子殿下の人間関係も含めて調べることが増えてしまった。二年後の学園への入学が、大変憂鬱に感じていた。

「本当にやってくれたわね。カレリアをざまぁするのに、とんでもない障害を作ってくれちゃって」

「あははは、本当になぁー。とりあえず、王子の件の詳しい内容と、新たな彼女の交友関係や、カレリアが退学させた生徒の詳細を報告書に書いておいた。後で確認しておいてくれ」

「……わかったわ。それじゃあ、次は私からの情報だけど、近隣諸国の動きとしては東の国が少し騒がしいかしら。他は目立ったところはなし。この国で最近噂になっているのは――」

悪びれもしない目の前の男に向けて、ルルリアは再び脛に向かってフェイントを入れた後、流れるようにテーブルを勢いよく前へ押した。脛への攻撃は避けられたが、次いで鳩尾に遠慮なく入ったテーブルの角に「ごふっ！」と息が漏れる。フードで口元しか見えないが、反応からしてクリティカルだったらしい。

それでも彼女の情報を聞き漏らさないように、努めている姿はさすがであった。

シィは学園からなかなか出られない身のため、ルルリアは代わりに国の情勢や世界の動きについて、最近の流行や事件も含めた世間の情報を伝えることを等価交換にしている。集めた情報や諸国の動向をエンバース家で資料にしてまとめているため、それを同じように渡しておく。お互いに資料を眺めながら、疑問点などを話し、より情報を明確にさせていった。

「……そういえば、前に集めた貴族経由の情報の中にあったんだけどさ。エンバース家が何やら、他の貴族家の資産情報を求めて動いているらしいぞ」

「あら、何のためかしら？」

「あぁ、俺の予想としては――」

シィの予想を聞いたルルリアは、納得の表情を浮かべる。なるほどねぇ、とお互いに浮かんだ顔に、性格の悪さが滲み出ていた。

結果として彼の予想は当たり、一年後、エンバース家の陰謀は十五歳になったルルリア本人の身に降り注ぐことになる。彼女にとっては、予想の範囲内であり、そこまで騒ぐことではなかったが。

「言っておくけど、ざまぁの難度が高くなったのは事実なんだから、ちゃんと協力はしてよ」

「あぁ、もちろん。俺にとっても、カレリアを蹴落としてくれることで、利益を得ることができるからな。……一応聞くが、降りる気はないよな。下手を打てば、王族を敵に回すことになる」

「……この私が、ざまぁを諦めるとでも？　見極めはするけど、カレリアだけの味方だと言うのなら、もう私にとってはざまぁ要員よ。敵は全力で蹴落とし、絶望させ、奪い尽くすのみ。私の前向きさを、舐《な》めないでほしいわっ！」

「……わぁー、すげぇたのもしい」

前向きの意味を、ちょっぴり調べたくなったシィであった。

第四話

なんて素敵な相互関係

「婚約……ですか？」

「あぁ、そうだ」

十五歳になったルルリアは、突然使用人に呼び出され本宅へと訪れた。エンバース家の応接間に通されたルルリアは、淡々と語る父親の言葉を復唱する。自分の家でありながら、もう何年も入ったことがなかった広々とした部屋。こうして、両親の姿を目にしたのはいつぶりだろうか、とぼんやり思いふける。ただ、昔見た光景と比べると、値の張る調度品のいくつかがなくなっていることに気づく。その理由に心当たりはありながらも、ルルリアは目の前の人物たちから目を逸らすことはなかった。

色合いの違いはあれど、美しい金の髪を持った男女が、彼女の向かい側に座っていた。真正面にいるのは、端正な顔立ちをした三十代ぐらいの男性だ。その隣には、どこかカレリアと似た顔立ちの妙齢の女性がいる。改めて見ても思うが、本当にこの家族の中では自分が異端なのだろうな、とルルリアは感じた。

そんなことを考えながらも、彼女の思考は止まることなく稼働している。そして、父親の言葉から、「遂に来たのか……」と心の中でそっと呟いた。そろそろ告げられる頃だと思い、外出は控えていたが正解だったようだ。それでも自分の考えが当たっているのかを確かめるために、ルルリアは会話を続けることを選んだ。

「何故、私が婚約を」

「何故だと？　お前は貴族としての、責任も知らないのか」

「……申し訳ありません」

ルルリアの疑問に、父親は不機嫌そうに鼻を鳴らした。本当だったら、早々に話を切り上げたいのだろう。そんな態度が、ありありとわかる。娘の婚約という話でありながら、無関心を隠さない母親の様子も目に映った。

ルルリアだって、貴族として結婚がどれほど大切なことなのかは理解している。権力や家同士の繋がりを強固にするための、貴族の家では一大行事だ。つまり今回の話は、政略結婚ということなのだろう。決して珍しいことではない。しかし、だからこそ彼らに聞かなければならなかった。

「お姉様ではなく、私が婚約者を持つことに驚いたのです。私とお姉様は一つ違いですから、年齢が理由ではないと思いました」

「今回の婚約は、エンバース家にとって大切なものだ。娘のどちらかであれば、問題はない。カレリアにも昔、婚約者を作ろうかと考えたこともあったが、それはあの子の自由を奪うことになるかもしれない。できれば私たちのように、心から好きになった者同士で幸せになってもらいたいからな」

「……あなたはあの子と違って、受け取り手がないかもしれないと思って、私たちでお願いしたのよ。貴族の娘として、カレリアとエンバース家のために、しっかり役目を果たしてくれるわね」

「役目……」

ルルリアは、思わず母の言葉を繰り返した唇を、瞬時に引き締める。エンバース家のために、という理由は理解できる。貴族の子女として、家のために役目を果たすことも理解できる。嫁ぐということなら、後継ぎが必要な長女よりも次女に話が下りてくることも、まだ理解できるのだ。それでも、これほどまでに扱いが違うものなのかと感じる。思わず、笑ってしまいそうだった。

どこの家に、姉に幸せな結婚をさせたいと言った本人が、妹へは当たり前のように政略結婚を押し付けようとする親がいるのだろうか。どこの家に、娘の将来をこんなにも無関心に告げられる親がいるのだろうか。どこの家に、嫁の受け取り手がいないでしょうと勝手に決めつけて、恩着せがましく娘に告げる親がいるのだろうか。受け取り手が実際に見つからない事実に関しては、ルルリア自身もちょっと目を逸らしてしまったが。

彼らが、貴族主義な人間だったらわかる。子どもを政略の駒としてしか見ないような、為政者《いせいしゃ》ならわかる。自分の子どもなのだと、思っていないのならわかる。しかし、カレリアには幸せな結婚をしてほしい、と彼らは望んでいるのだ。……つまり、そういうことなのだろう。彼らにとって、ルルリア・エンバースとはそういう存在なのだ。

「お相手は、……誰なのですか？」

「今回お話を受けてくださったのは、とてもありがたいことに侯爵家のお方だ。お前のことを話したら、喜んで引き受けてくださった」

「十五歳の、それも位の劣る子爵家の娘をですか」

「あぁ、そうだ。だからしっかり妻としての勤めを果たせ。そのお方の名前は――」

リリック・ガーランド侯爵閣下。妻に先立たれた後、次々と若い愛人を作り、囲っているという色狂いとして有名な人物。ルルリアの両親よりも年上であり、しかもルルリアと同い年の息子までいる。ルルリアと三十歳以上も年が離れた……五十代の男だった。

＊＊＊＊＊

自室に戻ったルルリアは、無表情で壁に拳を叩きつけた。手加減なしに殴ったことで、指の皮がすりむけ、鈍い痛みが身体全体を駆け巡った。壁から拳を離すと、そこに薄く赤い跡がついてしまったが、彼女がそれを気にすることはなかった。

自分の親に会うためだけに、わざわざ着替えさせられたドレスを、ルルリアは即座に脱ぎ捨てる。床に落ちた衣服を足蹴にし、そのままの勢いでベッドの上に倒れ込んだ。少し古くなっていたベッドは、ギシリッ、と嫌な音をたてたが、少女一人を支えることに問題はなかった。

うつ伏せからのろのろと仰向けになり、ルルリアは目を押さえるように顔の上で腕を組む。屋敷の離れの中でも、さらに奥にあるこの部屋は、彼女が音をたてない限り、周りからは何も聞こえることがない。無音の暗闇が、先ほどまでのやり取りを何度も彼女に見せつけるように、頭の中で再生された。

「……くっ」

思わず声が、彼女の口からこぼれる。ルルリアを物のように見ていた両親。相手の名前を告げた後、それ以上彼女になんの説明もなく無理やり自室へ帰らされた。いきなり三十歳も年上の、それもいい噂を聞かない男の下へ嫁げという理不尽な話。

「くくくっ、ぁはははははッ！」

そして、——そんな彼らの態度に全く心が動かなかった自分自身に。それら全てがおかしくて、ルルリアは笑ってしまった。

涙は出ない。悲しみさえわかない。怒りすらもわかない。ふと、結局意味がなくなったが、堪えきれない笑いを抑えるために叩きつけた拳を口元に持っていき、ぺろりと舐める。もう慣れてしまった鉄の味に、呆れたようにまた笑った。

「はぁー。いやー、自分のことながらナイス演技。もう上手くいきすぎて、思わず噴き出しそうだったよ。もしかしたら…、と思って懸念していたことも心配損だったみたいだし」

先ほどの我慢しきれなかった笑い声よりもトーンを落とし、息を整えながら呟いた。その後、ルルリアは生き生きとした表情で、ベッドの上をごろごろと転がる。するとベッドからまた嫌な音が鳴り、一瞬揺れたため慌ててやめた。特に異常がないことに、ほっと息を吐く。つい、はしゃぎすぎてしまった。

ルルリアが懸念していたのは、今回の話を聞いた自分の感情が、どう反応するのかということだった。普通に考えれば、あんなことを言われた娘が、怒り狂わない方がおかしいのだ。姉との扱いの差に、道具でしかない自分自身に、非道でしかない嫁ぎ先に。ルルリアの将来を、自分たちのために使い潰すことを堂々と告げられたのだから。

たとえ、そうなることがわかっていたのだとしても、覚悟していたのだとしても、人間の心とはそんな簡単なものではない。挑発だとわかっていても、つい乗ってしまう心理みたいなもの。心のどこかでまだ両親の愛を信じたい、と思っている自分がいたらと考えていたのだ。

しかし、ルルリアの心には一切の揺らぎが起きなかった。彼らから向けられた目にも、告げられた言葉にも、本当に何も感じなかったのだ。怒りや悲しみなんて起こらない。

もう自分の中に、彼らはどこにもいなかった。

＊＊＊＊＊

ルルリア・エンバースが昔のことを思い出そうとすると、一番に浮かび上がってくるのはやはり両親の顔だった。ぼんやり思い出せるのは三歳の頃で、自分の誕生日を祝ってもらった時の記憶だ。この頃の姉はまだ今ほどの暴虐性はなく、食事中に両親の目を盗み、いきなり妹の頭に水をぶっかけてくるぐらいの可愛らしいものだった、と彼女は思い出すらしい。

そんなおぼろげだった記憶の中で、ルルリアの自我がしっかり芽生え始めて最初に思ったことは、おそらく「何がいけなかったのだろうか」という気持ちだった。成長していく自分の顔を見て、父が眉を顰めた姿を、母と言い合いになっていた光景を、いつも思い出していたからだ。

容姿のことに気づいても、ルルリアにはどうすることもできなかった。髪の色を金色にすることはできない。目の色を変えることだってできない。徐々に離れだした両親との距離に、彼女は必死になって考えたのだ。

勉強ができたらいい子だと思ってくれるだろうか、身体が丈夫だったら喜んでくれるだろうか。人から本から色々な知識を蓄え、ルルリアは自分にできることを頑張り続けた。容姿を変えることはできないけど、それ以外のいけないことがなくなれば、きっと自分を見てくれるはずだと信じていた。

そんなルルリアの努力は、決して意味がなかった訳じゃない。両親はルルリアの努力を確かに見ていたが――それは彼女が望んでいた願いとは、遠くかけ離れた感情だった。彼らは下の娘を見て、それを異常だと捉えてしまったのだ。幸か不幸か、ルルリアにはそれだけの能力が備わっていた。幼子でありながら、高い能力を彼女は有していたのだ。しかし、彼らにはカレリアという子どもがいたために、その妹のルルリアが異様に映ってしまった。

『自分たちとは似ていない容姿』、そんなことから始まった小さな歪みは、だんだんと大きくなっていき、ルルリアが本当に自分たちの娘なのかと考えるまでになっていった。皮肉にも、彼女が努力をすればするほど、家族の溝は深まっていったのだ。

そこにカレリアのルルリアへの扱いが加わったことで、お互いの距離はさらに遠ざかっていった。扱いのわからない娘から、彼らは背を向ける道を選んだ。カレリアに愛情を注ぐ、という形で逃げてしまったのだ。それが最も楽な道であり、自分たちは正しく、ルルリアが全て悪かったのだと結論付けることができた。ルルリアを自分たちの弱さの捌《は》け口にすることで、エンバース家の歪みからずっと目を逸らし続けたのである。それが当然のことだと、疑問にすら思わなくなるほどに。

そして、ただ愛情が欲しかっただけの娘は、諦めることを覚えていった。目を逸らし続ける彼らに、ルルリアが伸ばした手は視界に映ることがないから。真っ直ぐに伸ばし続けた手は時間が経つにつれ、疲れから徐々に下がっていく。そして最後には、もう腕を上げることもできなくなるのだ。どれだけ手を伸ばしても意味がないのなら、もうこの手を伸ばそうと考えることすらなくなっていった。ルルリアも彼らと同じように、理解することを全て捨てて背を向ける。お互いに向き合うことがなくなってしまったのだ。

彼らの関係は、何か一つでも違っていれば、変わっていたのかもしれない。そんな小さな歪みから、始まった出来事であったのだろう。そしてその歪みは、もう正すことができないほどに捻じ曲がってしまったのであった。

＊＊＊＊

「我ながら、なんという精神力と言うべきか、悟り状態なんだか。これはこれでまずくないかな……。ざまぁのカタルシスも、一緒に落ちてしまわないだろうか。でも、あいつらが地面に這いつくばった姿を想像したら愉快だから、まだ大丈夫かな。気を付けなくちゃ」

相変わらずの性格の悪さを確認しながら、何も感じることができなかった心に、彼女はそう結論付けた。落ち着いて反省したルルリアは、下着姿のままベッドの脇に作った隠し棚の鍵を解除する。その中に入っている金庫の扉を開け、十数枚の資料を取り出した。その資料には、とある人物たちの経歴から趣味まで、調べ尽くせるだけのあらゆる情報が載せられていた。

この婚約を、ルルリアは予想していた。一年前、シィと呼ばれる協力者から、エンバース家の怪しい動きを聞かされてから、その意図には気が付いていた。早速行動を開始したルルリアは、得られた情報を一つずつ見極め、自分の婚約者候補になりえる貴族を選別。そして、エンバース家が自分の結婚相手に選びそうで、ルルリアにとっても得になりえるだろう相手へと誘導したのだ。

彼女が手に持った書類に載っていた名前は、「リリック・ガーランド」。書類にはルルリアの婚約者に選ばれたこの侯爵閣下を含め、他にも二人の男性の名前が書かれていた。侯爵家であるためか情報の守りが固く、他の二人の資料に比べると情報量は少ない。それでもルルリアにとっては、十分な情報がそこにはあった。

「それにしても、私の婚約者候補は三人ほど用意しておいたけど、やっぱり侯爵さんを選んだかぁー。まぁ、地位があって、お金もいっぱい持っているものね。お姉様のわがままのための資金作りのために、本当に……平気で娘を売り飛ばすとは」

経済的に苦しくなったエンバース家が、まず切り崩すとしたら何か。そう考えた時、「あっ、私じゃね？」と名探偵ルルリアは瞬時に思い至ったのである。それから、他二人の資料をもとの金庫の中に戻しておき、リリック・ガーランドの資料を改めて読み直した。エンバース家が、婚約者にガーランド家を選ぶことは、ほぼ予想できたことであったのだ。

両親としては侯爵家とのパイプが手に入り、さらには娘を売ることで金銭を得られる利益を。ガーランド侯爵としては、若い娘を堂々ともらえ、好きに扱うことができる権利を得る。家の調度品を売っていくにしても、その数には限界がある。それ故に、今回の婚約は双方にとって、渡りに船の条件であったのだろう。

そしてそれは、ルルリアにとっても同じことであった。もともと彼女の中では、もし婚約者として選ばれるのならリリック・ガーランドしかいないと思っていたからだ。ちなみに他にも候補者を用意しておいたのは、侯爵家を選びたくなるように比較対象を作っておくためと、彼女なりの確認のためだった。

彼らにもし、ルルリアへの良心が少しでもあるのなら……選ぶだろう人材を入れておいたのだ。爵位やお金は侯爵家に比べると低くなるが、それほど年が離れていない、普通の男性を候補として入れておいた。政略結婚なのは変わらないが、それでもルルリアが幸せになる可能性はあっただろう。

しかし、彼らが選んだのは五十代の色狂いと言われる侯爵閣下。ルルリア・エンバースの幸せを考えるのなら、まずないだろう人選だった。

「この親、本当に鬼畜だわ」

ルルリア自身は、彼らの鬼畜具合を予想していたので、あっけらかんとしていたが。彼女がわざわざ候補者を三人にした理由は、それほど重要ではないだろう。もう答えだって出たのだから。予想通りに終わった確認作業に、小さく息を吐く。ルルリアは資料を握り締めながら、頭を振って意識を切り替えた。

「……他の二人になっていたら、お互いに大変だっただろうし別にいいわ。それより、ついに侯爵様かぁー。エロ親父かー。普通の女の子だったら失神するか、めそめそと泣いているわね。本当に物語ならここで、『きゃー、王子様助けてー!』ってぐらいのクライマックス場面よねぇー」

転げ回ったことでぼさぼさになった栗色の髪を手で掻《か》き、枕に顎を乗せながら資料を眺めていく。時々欠伸をし、下着姿で寝転がる姿は、とても子爵家の令嬢には見えないほどの適当ぶりだった。これほどまでに悲壮感が全くない、政略結婚前の娘は他にいないだろう。

軽く物語のお姫様と王子様の駆け落ちエンドごっこまで楽しんだルルリアは、スッと表情を引き締める。ガーランド侯爵との邂逅《かいこう》は、今日から二日後になる。

随分性急だが、おそらくルルリアが逃げ出さないようにするためだろう。人形のような娘でも、もしかしたらと考えてもおかしくない。

ならば、その時が本番だ。しくじれば、自分はガーランド侯爵の愛人の一人となり、このエンバース家と姉のための肥やしになる。いざとなれば逃げ出せるだろうが、それはルルリアの敗北に他ならない。だが、成功することができれば——ようやく願っていた手札を手に入れられる。そのためなら、一切の容赦なんてしない。甘さなどは切り捨てる。捩《ね》じ切る練習もしておく。

リスクはあるが、リターンも大きい。何よりも、ルルリアは勝てない勝負など行わない。勝てないのなら、勝てるようになるまで力を蓄える。成功率は高いと踏んだからこそ、彼を婚約者として考えたのだから。そうじゃなければ、ざまぁ並みに全力をもって妨害しまくっていただろう。

彼女が何度も確認し、照合して手に入れたリリック・ガーランドの情報。それが正確なのかを確かめるには、結局はぶっつけ本番でしかわからない代物だが、己を信じて突き進んでいくしかない。

「くくくっ。待っていてくださいね、リリック様。私の大切な今の婚約者様。すぐに……あなたの望みを叶えてあげるわ」

彼が愛人を欲しがる訳。昔の侯爵閣下と奥さんの肖像画の写し。そして、今まで侯爵家が秘密裏に購入したとされる物品のリスト。

それらをニヤニヤと眺めながら、令嬢として完全にアウトな笑みをルルリアは浮かべたのであった。

第五話

ノリなカオスが火を噴く時

血筋というものは、時に面倒なものである。

ルルリアは自身の中に流れるエンバース家の血を思いながら、何度かそう考えたことがあった。

たとえば、姉や両親を『ざまぁ』したとしても、ルルリアもその影響を連座的に受ける立場に立たされる場合がある。貴族というものは、一人の失敗のために、一族郎党で処罰を受けるものだ。それがたとえ、人形のような無害な小娘であっても。エンバース家の人間というだけで、処罰の対象になってしまうであろう。

そう考えたからこそ、ルルリアは長期的に動いてきたのだ。

エンバース家を没落させるだけなら、姉を貶《おとし》めるだけなら、もっと前からでもやろうと思えばできた。実行すれば、確かに彼らを絶望させることはできるだろう。しかしルルリアの目的は、彼らをただ絶望させたいのではない。自分の方が彼らよりもずっと幸せになり、それを見せつけて悔しがらせる。上から彼らを見下さなければ、意味がないのだ。

今エンバース家を没落させたら、自分も当然貴族ではなくなってしまう。他の貴族に目をつけられたら、『ざまぁ』の後でも妨害に遭うかもしれない。それらのリスクを抱えたまま、彼らを貶めるのは早計だろう。リターンのないリスクなどは、できる限り排除するのが理想である。彼らには失わせ、自分は手に入れる。そのためには、まずはこのエンバース家というしがらみから、自分が解放される必要があった。

「ガーランド侯爵家まで、後少しってところかしら……」

ガラガラと移動する馬車の中で、ルルリアは景色を眺めながら呟いた。

彼女の周りには誰もおらず、馬を操っている使用人に話しかけても、返事は返ってこないだろう。両親は別の馬車で先行しており、ルルリアは一人馬車で揺られていた。密室で一緒はごめんなのだろう、と彼女も共感できたので、そこは彼らの考えに感謝した。

ルルリアは振動で揺れる身体を椅子に預け、ゆっくりと息を吐く。珍しく緊張しているのかもしれない。そんな考えが過《よ》ぎると、小さく噴き出してしまった。

まだまだ可愛いことを考えられるじゃないか、と肩の力を抜くように笑ってみせた。

「……私がエンバース家との繋がりを断ち切る方法としては、捨てる同然の政略結婚が確率としては高い。彼らだって、私との繋がりは早々に切りたいはず。はぁー、姉ぐらいの美貌があれば、もうちょっと簡単に権力者と接触できただろうになぁー」

いや、そもそも美貌があれば、こんなことにはなっていなかった！　と、一人でノリツッコミをして暇を持て余す。資料などは全て燃やしてしまったし、本を読むのも飽きたところだ。

こんなところで騒ぎを起こしたら台無しなので、大人しく座っているしかない。何度目かはわからないが、情報の整理でもして気を紛らわせよう、と彼女は静かに目を瞑った。

エンバース家が、ルルリアを政略結婚という名目で家から追い出すことは理解していた。ルルリアを外に出すことを嫌っていた両親は、後一年で十六歳になる娘を学園へ出すことに悩んでいたからだ。世間体を考えるなら彼女を学園へ行かせるべきだが、そこで彼らはもう一つの方法を思いついた。

ガーランド家に娘を売ることで、エンバース家の財政難を解決させることができる。

さらに侯爵家の所有物にすることで、自分たちとの関わりを切ることができる。ガーランド侯爵家の妻としての役目がある、と表向き理由をつければ、ルルリアを学園へ行かせることなく、ずっとガーランド家で飼い殺すことも可能だろう。

ルルリアという少女は一切表舞台に出ることなく、エンバース家の肥やしとして、一人の少女の生涯を終えることになるのだ。


「さすがは私の生みの親、ってところなのかしら。無力な女の子相手にえげつないわぁ」

しかし、そんな彼らの考えをルルリアは無抵抗に受け入れた。上手く利用すれば、自分の利益にできると思い至ったからだ。

ルルリアが何よりも欲しかったのは、有力者の後ろ盾である。顔の見えない情報屋のような裏の繋がりではなく、ルルリア・エンバース個人としての表の繋がりを。

その相手として選ばれたのが、リリック・ガーランド侯爵閣下。

彼は色狂いとして悪い方に有名ではあるが、そんな曰《いわ》く付きにもかかわらず、未だに社交界で力を持つ人物だ。他の貴族と渡り合うだけの手腕を持つのは、間違いないだろう。

ルルリアの目的は、彼を自分側の人間に引き込むこと。別にガーランド家の権力を悪用する気はないので、他の血族の方や貴族と敵対するつもりはない。大切なのは、侯爵家の加護を手に入れることなのだから。エンバース家から売られたことで、ルルリアはもうガーランド家の所有物。故に、これからはガーランド家での地位を確立しなければならない。


「私の名前も、ルルリア・ガーランドになるのかしらねぇー」

エンバース家の人間ではなくなる。ルルリアの全てを、両親はガーランドに渡す取引をしたはずだから。親権も、人権も、何もかも。これはもう家の娘でもなんでもないので、好きにしてくださいという断絶状態。エンバース家から、ルルリアという人間は消えたのだ。

これでルルリアは、エンバース家とは何も関係がない人間となった。エンバース家が没落しようが、罪を着せられようが、彼女はもう家とはなんの関わりもない。彼らが貴族ではなくなっても、自分は貴族として生きられる。何か言ってくる相手がいても、親に売られた哀れな小娘として同情だろうとなんだろうと利用する。実際、彼女の所有権は侯爵家にあるのだから。


「後は、私がリリック様を味方につけられるか、かぁ……」

情報に100％正しいものはない。どれだけ検証しても、外れる時はある。彼女にだって不安はあったが、それでも決断できたのは自らが培ってきた力と勘。ルルリアは自身の婚約者候補を探るために、リリックを一瞬だけだが見かけたことがあったのだ。

その時、身体の奥底で何かが震えた。ルルリアはこの直感を確かめるために、情報を掻き集めてきたのだ。それらを一つずつ整理しながら、ゆっくりと反芻《はんすう》していく。

リリック・ガーランドの噂その一。

リリックは昔、愛妻家として有名な人物だった。最初の奥さんは、爵位そのものは侯爵家よりも下だったが、彼が見初めて婚姻をしたらしい。プライドは高い人物だったようだが、奥さんのことになると弱い。浮気は一切なく、家にも毎日のように帰っていた。

リリック・ガーランドの噂その二。

おしどり夫婦だとか、カカア天下だとか、きっと尻に敷かれている等々。時々屋敷から侯爵閣下の叫び声が聞こえたらしいので、彼の奥さんは恐妻なのだと囁かれていた。しかしその奥さん本人は、ほんわかした感じで、侯爵閣下とパーティーでは仲の良い姿を見せていたようだ。

リリック・ガーランドの噂その三。

リリック閣下は寒がりらしい。彼は年中肌を見せない服を着て、親しい知人の前でも服を着崩すことが決してなかった。理由を聞いても、「寒いだけだ」と答える。深くツッコんでも、「昔の古傷さ……」だったり、「日焼けするとお肌が……」だったり、「人に肌を見せるなんて破廉恥《はれんち》だ！」等の内容で躱《かわ》していたらしい。彼も何かに必死だったのだろう。

そんな彼が変わったきっかけが、妻の病死であった。侯爵閣下の嘆きは深く、ガーランド家は一時期火が消えたように消沈していたそうだ。その時の彼は三十代だったようだが、それから三年後にまた新しい妻ができたらしい。当時は誰もが侯爵閣下は妻の死を乗り越えられた……と思ったのだが、そうではなかった。ここからが、彼の暴走人生の始まりだった。

とにかく若い女性を、どんどんやっちまったらしい。二番目に妻になった娘を含め、最初は前妻とは違った気の強そうな娘ばかり。数年後には、前妻に似たおっとり系の女性が。また次には従順そうな女性が……、と傾向はあるようだが、彼は何かを探すように女性を次々に招き入れた。ちなみに増えた女はどうするのかといえば、頃合いを見て元の生家に帰すことが多かった。

裕福な侯爵家なのだから、色情魔でも傍にいればいいものを…、と思うだろうが、そこは侯爵様の過激な性格が娘たちを逃げさせた。鞭《むち》を持って引っ叩かれたり、酷い言葉で罵られたり、普通の娘なら間違いなく逃げ出すだろう。おかげで彼に娘を差し出す貴族は、よっぽど金が欲しいか、侯爵家とパイプを結びたい者ばかりとなった。

「妻を失った悲しみで、狂ってしまった侯爵様。それでも、引き受ける娘はしっかり選別しているのよね。政敵にあたる貴族の娘や関係者は、絶対に迎え入れない」

妻の死に耐えきれず、手当たり次第に手を出すようになった獣のような男と言われているが、理性はある。彼は確かに妻を失ったことで変わった。それでも彼の行為は、失った何かを取り戻そうとするかのように、必死だっただけなのだ。ルルリアには、彼の乾ききった瞳に浮かぶ、貪欲な渇望を見ることができた。己のためなら、誰かを傷つけることも厭《いと》わない執念が、自分とよく似ていると思ったからだ。

ルルリアはグッと拳を握り締め、精神統一を図る。息を深く吐き、流れる景色の先に見えた目的地を見据えた。ここからが、彼女の戦場となる。シィと呼ばれる第三者から、「素質はあると思うよ？」と意見もいただいているのだ。後は、その素質を十全に生かすだけ。


「……さぁ、いきましょう」

そして、馬車は止まった。

＊＊＊＊＊

人形のような娘だ。

リリック・ガーランドから見たルルリア・エンバースの第一印象は、そんなつまらないものであった。どこか着慣れない印象を受けるドレスと、よくある栗色の色彩。その瞳は伏せられ、生気を感じることができなかった。

彼のもとに連れてこられる娘は、そのほとんどが悲痛と不安を表情に浮かべる。もっともその理由を十分に理解しているため、彼は同情などを起こさなかった。

その中で両親に連れてこられた十五歳の少女は、無表情で無口のまま、親に言われた通りに行動していた。エンバース家から捨てられたも同然の娘は、リリックと顔を合わせても、最後の別れもなく去っていく両親を見ても、何も変化を起こさなかった。泣くこともしない少女に、エンバース家の当主が言った、どんな命令でも聞く、という言葉に嘘はなさそうだと感じた。

「……部屋へ行く。付いてこい」

白の混じった赤毛に鋭い目を持った壮年の男は、新しい愛人に声をかける。三十歳も年下の娘に手を出す罪悪感など、彼の中ではとっくになくなっていた。ここ数年は新しい娘が来なかったため、今はどんな娘だろうと構わない。何より、ルルリアはリリックの所有物となったため、遠慮も必要なかった。

はい、と短い返事を返した栗色の少女が、真っ直ぐな足取りでリリックの後を付いてくる。警戒は怠らずに観察をするが、彼女の表情や歩き方には何も変化が起きなかった。

部屋に連れて行かれたら、自分の身に何が起こるのかわかっているのだろうか。それすらもわからないほど無知なのだろうか。震えることなく、逃げることなく、リリックの後を追従する少女。これまでの娘と異なる初めての反応に少し戸惑いはあるが、楽にしたことはないと切り替えた。

二人がたどり着いた部屋は、屋敷の中でも奥にある人気が全く感じられない場所。大きなベッドと、隅に怪しげな道具が散乱する小さな寝室だった。

その壁には、鞭なども飾られており、リリックが嗜虐《しぎゃく》趣味だという噂の信憑性《しんぴょうせい》を高める。大抵の娘はここで泣き叫ぶなどの反応を示すのだが、ルルリアは堂々と部屋に足を踏み入れた。

「……感情がないのか？　あんまり無反応だとつまらないのだがな」

もとよりルルリアには期待していなかったが、ついぼやいてしまった。リリックが寝室に入ると、屋敷の者は誰一人としてこの部屋には近づかないようになる。事前に娘が凶器などを持っていないことを確かめているし、いくら五十代でも十代の娘を抑え込むことなど容易《たやす》いことだ。彼は扉を閉め、その手で鍵をかけた。

「あら、それじゃあリリック様の好みの女性は、どんな方なのですか？」

そのすぐ後、返ってこないだろうと思っていた一人言に、返事があったことにリリックは目を見開いた。今ここにいるのは、自分と少女のみ。驚きに振り返ると、先ほどまでの生気のない娘はどこにもいなかった。

そこにいたのは、楽しそうに口元に笑みを浮かべる――ルルリアがいた。

「お前……」

「あぁ、警戒なさるのは仕方がありません。しかし私は、あなたと敵対する意思はありませんよ？エンバース家の人形として、売られた哀れな娘であることに間違いはありませんから」

「自分で哀れだと言うか」

「えっ、世間的には哀れに映る、悲劇の少女的な感じだと思っていたのですが…」

違います？　とあっけらかんとした態度で首を傾げる少女に、リリックは苦虫を噛み潰したような表情を見せた。完全に猫を被っていた。それも特大のものを。少なくともこの少女が、大人しく自分の愛人になりに来たとは思えなかった。

「別に陰謀とか、全然ありません。私はただ、あなたの望みを叶えに来ただけですから」

「……望み？　私の望みは今からお前を抱くことだが」

「違いますよ」

リリックの無感情な言葉に、ルルリアは否定の言葉で断言した。目を細めて愉快気に微笑む少女に、リリックはふと背筋に冷たいものを感じた。それは、恐怖ではない。まるで自分が若い頃に、味わってきたことがあるような懐かしい感覚であった。

「あなたの望みは、そんな簡単なものではないでしょう？　ずっと心の奥底から求めている欲求が、今だってリリック様の身体や心を蝕《むしば》んでいるのではなくて？」

「何を根拠に」

「あなたが若い娘を手に入れる時、まず気の強い娘を選んだ。奥様の面影を探すのなら、おっとりとした女性をまず選ぶはず。それなのに気性の激しい娘を選んだのは、あなたが欲しがるものを彼女たちならくれると思ったから。だけど、失敗した」

ルルリアから淡々と語られる推論に、リリックは立ち竦んだ。

ルルリアのペースに乗せられていることを彼の冷静な部分が訴えるが、リリックが口を挟む隙を与えず、彼女はさらに言葉を重ねた。

「自分の望みを叶えられなかった彼女たちに、あなたは失望した。だから奥様に似た女性を次に選んだけど、これも失敗。プライドの高いあなたは、自分からそれを彼女たちに頼むことも、他の貴族に知られることも許せなかった。だから、自分の望む『性格』を持った女性を探すことになった」

「それは……」

「あの鞭、随分年季が入っていますよね。もう何十年と使い古されたような代物。嗜虐趣味にリリック様が入ったのは、奥様が亡くなって以降と言われています。しかし、あの鞭を特注で作ったとされる職人は、奥さんがご存命の時に亡くなっている。……不思議ねぇー、それじゃあいったい誰に使われていたのかしら？」

じくじくと言葉で追い詰めるようなルルリアの話し方に、リリックは無意識のうちに胸を手で押さえた。ドキドキとした鼓動を感じる心臓に、頬に赤みが生まれてくる。あっ、これって昔、よく妻にされていたアレじゃね？　と記憶と身体が甦《よみがえ》る。

「服を着崩さないのは、自分の身体に残っている痕を見せないため。若い娘に酷い行いをするのは、それによって彼女たちが自分に反撃しやすいようにするため。……さぁ、リリック様。改めて、もう一度お聞きします。あなたの望みはいったい何で――」

「――ッ、知ったような口を！」

早鐘を打つ心臓を誤魔化すように、リリックはルルリアをベッドに押し倒そうと迫った。この娘は、リリックの秘密に気づいている。だが、気づいただけでは意味がないのだ。この娘の演技には確かに舌を巻いたが、彼が欲しいのは演技で行う紛いものではない。本物でなければ、認められないのだ。

体格差もあり、本能的に恐怖を感じるだろう、と思って覗《のぞ》いた彼女の表情は——酷く楽し気であった。

「人の話は最後まで聞きましょう、って教わらなかった?」

油断をしていたのは、事実だった。

体格のある男が迫れば、女なら悲鳴をあげて縮こまるもの。そんな一般的な概念が、色々ぶっ飛んでいたルルリアに当てはまるはずがなかった。癇癪持ちの猛獣を、それこそ生まれた時から彼女は相手にしてきたのだから。

現在のルルリアは、武器と呼べるような道具を一つも持っていない。迫りくる侯爵様に押さえつけられれば、さすがの彼女も抵抗できないだろう。しかし、ルルリアの目には一切の恐怖はなく、逆に飛んで火に入る夏の虫に対し獰猛《どうもう》な笑みを見せた。

身体を小さく捻って姿勢を低く保ち、体重を足でしっかりと支える。短く息を吐き、一気に相手の懐へと飛び込んだ。驚愕するリリックと目が合ったので、にっこりと綺麗な笑みを返すと、そのまま流れるように前へ踏み出した左足を軸に、右足を容赦なく振りぬいた。

一撃。彼女はたった一撃、リリックを蹴りつけただけである。しかしその蹴りつけた場所が、本当に容赦なかった。リリック自身の勢いと、ルルリアの助走を伴った蹴りが、見事に相乗効果を生んだのだ。悲鳴すらあげられない痛みとは、想像を絶するものがある。普通なら同性も異性も無意識にそこへの攻撃を躊躇《ちゅうちょ》してしまうはずなのに、ルルリアは呼吸をするように、男の象徴へ必殺技を叩き込んだ。男性がこの場にいれば、魔王だと震えただろう。

「グホォッ！」

そのまま勢いを殺さずに、相手の崩れた体勢から連続攻撃へと移る。重心をずらし、背負い投げのモーションでリリックをベッドに叩き込み、起き上がってこられないように踏みつけた。自分より高貴な御方を、踏みつけ見下す高揚感と背徳感。相手が苦しみで顔を歪ませることへの、胸のトキメキ。

「そうね、今の私たちは婚約者だもの。だからまずは、お互いを知ることから始めましょう？」

ルルリアは、自分が無傷で勝利できるなどと思っていない。綺麗な勝ち方など、己には無理なのだ。泥臭く、お互いに傷つけ合いながら、それでも勝つ。力を手に入れるためには、それに伴った犠牲が必要な時もある。この闘いは、彼女が己という最大の敵に打ち勝つことが必須だった。誰だって、自分の中に目を背けたくなるものを持っている。

たとえば、自分が『ロリコン』であることを。自分が『厨二病』であることなどを、心から受け止めることができる者は、果たしてどれだけいるだろうか。自分はもしかして、そういう人間なのかもしれない、と認めることができるか。己を隠さず、心のどこかで否定せず、これが自分という人間なのだと、ありのままを受け入れることができるだろうか。

そう、彼女の勝利に必要なのは、自分の全てを認めることだった。

目の前のリリック・ガーランドは、生粋の変態だ。

ルルリアの心に少しでも戸惑いや嫌悪感、羞恥心があれば、それを見抜く恐ろしい相手である。

年下の少女に蹴られて、踏まれているのに、どこか期待を寄せるリリックに、彼女が全力で応えない限り……己に勝利はないっ！
だから、彼女は心から開き直ってみせた。自分が――ドSで鬼畜な魔王であることを。

「さぁ、――お鳴きなさいッ！」

この日、ルルリアは一匹《一人》の下僕《協力者》を手に入れた。
鞭を力強く握り締めながら、勝利の雄叫びがこだまする。ガーランド家での自分の地位を、見事に確立した瞬間であった。

第六話

変態たちによる協奏曲

ガーランド侯爵家の当主であるリリック・ガーランドにとって、朝は至福の時間である。愛する妻に先立たれてから約十年、ずっと晴れることのなかった気持ちが落ち着いているのがわかる。ギラギラと煮えたぎっていた欲望はゆっくりと収まり、まるで生まれ変わったような心地よさを感じることができるようになったのだ。言うなれば、彼が生きていた世界そのものが変わった。それほどまでの劇的な変化を、リリックは遂げたのであった。

暴走していたリリックは、侯爵家の当主として必要最低限の足場は確保していたが、それ以外は何もしようとしなかった。やる気も起こらず、満たされない欲に荒れ狂いながら、ただ無為に生きるだけだった日々。しかし、そんな日々は突如現れた一人の少女によって終わった。毎日が憂鬱なだけだった朝を、これほど清々しく迎えることができるのは、まぎれもなく彼女のおかげであろう。そして、今日も彼の素晴らしい朝は、栗色の少女によってもたらされるのであった。

「お父様、ルルリアです。起こしに来ましたよ」

肌触りの良い寝具が、呼吸に合わせて上下に揺れる。窓から眩《まぶ》しい朝日が降り注ぐ中、ノック音が静かな部屋に響き渡った。今までは自分で起きるか、公務がある時だけ使用人に起こしてもらっていたが、現在は自身の娘となった少女に起こしてもらうようになったのだ。

高めのはきはきとした声が聞こえると同時に、寝室の扉が開かれた。そこにいたのは、おさげにした栗色の髪と同色の瞳を持ち、くるぶしまである丈の長いワンピースを身に纏《まと》っているリリックの待ち人。気楽な装いと、部屋に入る気安い様子からも、彼らの関係は仲の良い親子そのものであった。

ルルリアは声をかけても起きる気配のない父に、小さな溜息を漏らす。いつも夜遅くまで仕事をしているから、熟睡しているのは当然であろう。このように眠りについている一番無防備なところを、自分に任せてくれる信頼に、口には出さないが嬉しさもある。しかし、リリックの隠すことのない本音も知っているので、大変微妙な気持ちにもなるのであった。

あの運命の日から、リリックは夜遅くみんなが寝静まる時間になっても、書類を片づけ意欲的に活動するようになった。夜遅くまで明かりのついている彼の部屋に、使用人たちは目に涙を浮かべ、ようやくこの日が来てくれたと喜びを表す。リリックの瞳に生気が宿ると同時に、停滞していたガーランド家の秒針は、少しずつまた動き出すようになったのであった。

ここまでなら、美談として誰もが良かったね、とハッピーエンドで終わるのだが、そんな訳がないのが変態である。何故なら、そんな真面目な侯爵閣下の努力の理由は、己の性癖を満足させるために集約しているからだ。確かにガーランド家の今後のために、仕事をするのは間違ってはいない。しかし、その理由は全体の一割ぐらいであろう。

リリックが夜遅くまで仕事をする九割の理由は、『愛する娘に、朝起こしに来てもらうシチュエーションを、心ゆくまで堪能したいから』に尽きる。年を取るにつれ、人の眠りとは浅くなっていくものである。特に妻を亡くしてから、心身性欲共に緊張した生活を長年送ってきた彼の神経は鋭く、人の気配に敏感なのだ。部屋に誰か入って来た時点で、目を覚ましてしまうのである。

しかしそれでは、娘との朝のコミュニケーションの華やかさを損なわせてしまう。ルルリアの声で起きる朝も素晴らしいだろう。しかし彼女の神髄は、その行動力である。新しくできた娘の素晴らしさを、一日の目覚めから堪能したいっ！　と、おっさんは心の底から思ったのであった。

故に、人の気配を感じても起きないぐらい爆睡するために、彼は夜遅くまで真面目に仕事をする道を選んだのだ。朝の絶頂の時を思えば、やる気も上がる上がる。おっさんの煩悩は、絶好調であった。

「起きてください、お父様。朝ですよ」

心地良い眠りについている侯爵様のもとへ寄ると、ルルリアは優しく彼の身体を揺らす。しかし、目の前の目標は身じろぎ一つしないで、深い眠りに入っている。もうちょっと強く揺すってみるが、効果のほどは見られなかった。それに困ったルルリアちゃんは、可愛らしくちょっと悩んでしまう。しかし、すぐにいいアイデアが思い浮かんだので、早速実行へ移すことにした。

「――――はぁッ！」

ルルリアは自然と構えを取り、初めてこの家に訪れた時の焼きまわしのように、大きな背中へ向けて強烈な蹴りを放った。優しく揺らすからミドルキックへと、人を起こす物理レベルがいきなり跳ね上がる。さすがにこの蹴りは効いたのか、おっさんは小さな呻《うめ》き声をあげた。これで起きるかと思われたが、愛する妻によって鍛えられてきた彼の耐久レベルは、幸か不幸か非常に高かった。

「……むふぅ」

蹴りの結果、なんだか幸せそうな顔を浮かべながら、嬉しそうな寝息を再び立て出すおっさん。驚くべきはその寝汚さか、それとも眠っていても性癖を隠さない酷さだろうか。そんな父の様子に、ルルリアは一度深呼吸をして己を落ち着かせた。

「仕方がないか……」

ガーランド家にとっては、もう慣れた日常風景の一つなので、ルルリアもいつも通りに行動することにした。まずは軽くストレッチ。次に、常に持ち歩いている携帯用の武器を手に装備する。上等な床に向けて、バシンッ！　と一度しならせ、その音と威力に無意識に口角が上がる。ガーランド家に来たおかげで、完全に目覚めた彼女の性癖も、相変わらず絶好調であった。

そして、改めておっさんに向き合うと、そっと彼が被っている寝具を引っ剥がそうとする。しかし、彼の手が自身を包む布を強く掴《つか》んでいるため、ルルリアの力では引き離すのに労力を使いそうだ。その様子に彼女は、小さく鼻を鳴らした。

「あらあら、そんなにその布が大切なのでしたら……自分でも引き剥がせないぐらい、徹底的にしなくちゃ駄目よねぇ？」

ルルリアは、それはそれは嬉しそうな表情を浮かべた。まずは手に持っていた紐《ひも》状の武器で、布の出口を塞ぐように縛り付ける。顔から下が白い蓑虫《みのむし》のようになった侯爵様の上に、遠慮なくルルリアは馬乗りになった。それから、リリックが纏う布の余った部分を手に取り、スタンバイオッケー。最後に、それを彼の顔面へ覆い被せるように容赦なく手で押さえ付けた。

「――フゴォッ⁉」

「あら、いったい何の鳴き声かしら？」

　自分の体重も使って上から押さえ付けながら、魔王様は楽しそうに父親の顔に布を押し付ける。陸に打ち上げられた魚のように、リリックはビクンビクン跳ね回るが、寝具が縛られているためまともに動けない。必死に息を吸い込む音が部屋に響き、だんだん抵抗が少なくなってきたと感じたと同時に、娘は布から手を離した。

　激しく咳《せ》き込み、求めていた空気を吸えたリリックは、荒い呼吸と一緒に目を覚ました。過激としか言いようがない起こし方は、もはや暗殺一歩手前である。やっと呼吸を整えられた父は、元凶である己の娘と目を合わせた。肩で息をしながら、おっさんはキリッとした表情で、いつも通り朝の挨拶を交わした。

「……おはよう、ルルリア。清々しい朝だ」

「そうですね、おはようございます」

「今回の起こし方もなかなか良かった。しかし、……もっと激しく起こしてくれても構わないのだぞ？　なので、もう一回――」

「もう起きられましたね。それでは、私の朝の仕事は終わりましたので、後は一人で勝手に悶《もだ》えていてください」

魔王様、バッサリであった。あーやれやれ、というようにリリックの上から降りると、ルルリアは何事もなかったかのように寝室からあっさり退出した。未だに寝具が縛られたままのおっさんを、そのまま部屋に放置して。

簀巻《すま》き放置プレイという、朝から情け容赦のない娘の仕打ちを受けながら、リリック・ガーランドは心から思った。

「……至福だ」

おっさんは、幸せな日々を過ごしているのであった。

＊＊＊＊

「フェリックスとの関係はどうだ、ルルリア」

「あっ、お父様。そうですね、健気で優しい婚約者の立場を楽しんでいるわ」

「……あの時の猫被りといい、本当に十五歳か？」

朝の親子のコミュニケーションを終えた二人は何事もなく、それぞれのやるべきことをした後、穏やかな会話を交わした。束縛上級者なリリックにとって、あれぐらいの縄抜けなら息をするようにできて当たり前なので問題ない。そんなおっさんの生態を、ルルリアは早くも悟り出していた。

自分の妻も表裏が激しかったなぁ……、と在りし日を思い起こし、いきなり興奮し出すリリックを横目に、ルルリアは読んでいた本を閉じておく。ルルリアがガーランド家に来て、もう三ヶ月が過ぎた。彼女の立場はあの日の夜を境に、劇的に変わることとなったのだ。

「わざわざ私の息子を婚約者にしたのだろう？　将来を考えて、本性を見せなくていいのかい」

「一瞬で破局させる自信があるわ」

「私なら幸せだ」

それはあんただけだ、とルルリアは冷めた目でリリックを見る。すごく喜ばれた。

「あのまま私の婚約者として、妻になってくれていたら良かったものを…」

「あら、お父様。……娘に辱《はずか》しめられる父という構図は嫌い？」

「なんという背徳感。私の娘は天才か……」

傍から見たらアットホームなのに、果てしなく終わりすぎている会話をする父娘。お互いの本性を知っているのは、お互いだけ。協力者として利益を分け与える相互関係を、二人は築くことができたのだ。色々な意味で、表ざたにはできなかったが。

ルルリアがガーランド家に迎え入れられた背景には、リリックの協力が大きく働いた。実際のやり方は相当酷かったが、表側の内容としてはとても耳に綺麗な情報を流したのだ。

リリックの色狂いは有名であり、ガーランド家でも困りものだと考えられていた。それが突然、パタリと止んだのだ。その理由が、エンバース家から売り飛ばされた健気な少女の存在。最初はリリックもいつも通りに襲おうとしたのだが、彼女の慈愛溢れる対応に、リリックの負っていた亡き妻の傷を癒やしたのだ。

　今まで迷惑をかけたな、と憑《つ》きものが落ちたリリックの様子に、ガーランド家の者は大喜びした。それを成し遂げたルルリアに、誰もが感謝をしたのだ。真実を知らない方が、救いになることの典型であった。

「私がガーランド家の一員になるのは、変わらないのですから。妻でも娘でも、構わないでしょう」

「それもそうだがな。しかし、それならガーランド家の婚約者ではなく、私の養子として発表した方が良かったのではないか」

「私も当初の予定では、あなたの養子になるつもりでした。でも、ちょっとそれだけだと足りなくなってしまってね……」

　屋敷の窓から庭を眺めると、自分と同い年の少年が見えた。リリックに似て、赤い髪を持った少年の名は、フェリックス・ガーランド。リリックと亡き妻レヴェリーとの間に生まれた、ガーランド侯爵家の嫡男である。ドMな父親とドSな母親から生まれた息子であるが、その性格は年相応の甘えがある、純粋な十五歳の子どもであった。両親の性癖を知らず、十年間すれ違っていた父親と今更どのように接すればいいのかわからない息子は、間にルルリアを挟まなければ親子の会話すらできない状態だ。それでも、父親の暴挙を止めるきっかけとなったルルリアに感謝し、ガーランド家の生活をサポートしてくれていた。

父親の所業のせいで、あまり人付き合いが得意でないのだろうが、彼なりに頑張っているのはわかる。おそらく真っ黒な姉にかかれば、一瞬で落とされそうな白さである。ドス黒いルルリアが本性で接したら、確実にトラウマを植え付ける自信があった。

「ガーランド家の人間になるからには、いずれ本性を見せるつもりだけどね。その時に彼との関係が、婚約者としてか、義兄妹としてかはわからないけど」

「カレリア・エンバースだったかな。ルルリアが陥れたい相手は」

「ええ、まぁね。ずっと私のことを見てきたお姉様が、妹の婚約者なんて恰好《かっこう》の餌食を見逃すはずがないもの」

リリックの口から告げられた名前に、ルルリアは楽し気に笑う。彼女がガーランド家で手に入れたかったものは、後ろ盾だけではなかったからだ。恩人であるルルリアを、ガーランド家に迎え入れることに反対する者はいなかった。エンバース家との縁は切れているため、リリックの精神安定剤のために彼女をこのまま残すことに異論はなかったのだ。権力を渡すことはできないが、加護程度なら、と。その時、彼女の立場をどうするのかが話し合われた。

ルルリアはリリックに頼み、自分と同い年の息子を婚約者にしてほしいと頼んだ。もともとルルリアは婚約者としてガーランド家に来たのだから、リリックの一声があれば不可能ではないはずだ、と頼むことにしたのだ。それに当事者となったフェリックスは戸惑いを浮かべたものの、表向きはルルリアの立場を確立するためだと伝えると、特に気になる女性もいなかった彼は了承した。

ルルリアは別に、ガーランド家の次期夫人になるために、リリックへお願いしたのではない。婚約もお互いが必要ないと判断すればいつでも白紙に戻し、養子縁組を始めるつもりだ。ルルリアがガーランド家に慣れるまでの、形だけの婚約者という関係になったのだ。もっとも、万が一にでもフェリックスに惚れることがあったら、そのまま結婚までいくつもりだが。

「あっ、そうだわ。お父様、婚約者の他にも、美味しそうな餌を用意したいのだけどいいかしら？」

「おや、どんな餌が欲しいんだ」

表情はにこやかに話す父娘の会話であるのに、その内容は素で酷かった。ルルリアがわざわざそんな婚約者を用意するのは、姉を罠《わな》にかけるためである。彼女はルルリアの持っているものは、何でも欲しがる人物だ。今はクライス殿下という、追いかけている人間がいるため、彼女も迂闊《うかつ》に他の男に手を出す真似はしないだろう。しかし、そこに美味しそうな餌が現れたらどうなるか。

ガーランド家のおかげもあり、ルルリアは十六歳にちゃんと学園へ入学することができる。エンバース家から捨てられたはずの妹が、自分よりも地位の高い侯爵家の婚約者を連れて、幸せそうにしているのだ。それを見たカレリアの行動の予測は、簡単についた。

婚約者はルルリアが用意したもの。フェリックスが姉に靡かないのなら、カレリアのプライドはズタズタになる。彼が姉に靡いたのなら、カレリアを追い落とす一手にできる。

カレリアにもルルリアにも靡かなかった場合は、彼をちゃんと自由の身にし、女を見る目があると太鼓判が押される。少なくとも、自他共に認める魔王なルルリアと結婚したい、とは思わないだろう。たとえ、フェリックスが姉に靡《なび》いても、ルルリアがあえて用意したものだから特に仕返しなどをするつもりはない。お仕事ご苦労様だ。女運が悪かったと教訓にしてもらおう、とルルリアはまさに人でなしな笑みを浮かべた。

「何に使うかは、まだ考え中ですけど……。なくしたり、壊したりしても特に支障がない、ガーランド家由来の物品って何かないかしら？　見ただけで、持ち主が誰のものかわかるようなものだと使いやすいわ」

「ふむ、いくつかある。そんな都合のいいものがあったら、相手にとっては使いやすいだろうな」

「えぇ、だって餌は、思わず食いつきたくなるものが一番だもの」

養殖業歴八年に入ったベテラン仕事人は、理解者との会話にうっとりと微笑む。ルルリアがカレリアと再会するまで、後半年と少し。学園に入学したルルリアに、カレリアが過剰なまでに反応をするのは当然である。どんな小さなものでも、妹を引きずり落とすためなら利用してみせるだろう。そのあたりの姉への信頼は、ルルリアにとって誰よりも高かった。

そうして、リリックが持ってきてくれた物品の中から、ガーランド家の家紋が裏に彫られた指輪に、青い宝石がついたアクセサリーを一つ手のひらに載せる。シンプルな見た目であるが、一応価値があるように見え、女性が持っていてもおかしくない。「ガーランド家の婚約者として、認められた証しなんですよー」とでも言って見せびらかせておけば、向こうが勝手に価値を高めていってくれることだろう。

「ところで、お父様は私のご子息への扱いに反対はしませんの？」

「フェリックスが次期侯爵家当主になるには、少々甘えがあるからな。一度ぐらい女で痛い目に遭えば、甘さも引き締まるだろう」

「経験談ですか？」

「あぁ。女で何度も痛い経験をしたからこそ、今の私がいる」

ナイスミドルな表情で、己のドＭ人生の経験談を語るリリック・ガーランド。彼の人生はまさに、女と性癖によって満たされたものだった。彼の受けた痛い経験が、精神的か物理的かに関しては、ルルリアは深く聞かないようにする。異性から痛い目に遭いすぎると、おっさんのような最終進化を遂げるかもしれないのかぁー、と本ではわからない貴重な知識を、十五歳の少女は得ることができたのであった。

第七話

美しく妖艶なる淑女と、慈悲深く健気な少女の前哨戦（副音声あり）

ガーランド侯爵家の家紋の入った馬車が、王都の学園の門の前で止まる。学園で守衛を務めている男は、緊張に肩を強張らせながら、その扉が開かれるのを静かに待つ。守衛の男は貴族といっても三男坊であり、しかも自分よりも爵位が上の家が相手なのだ。何かしら粗相をして、目を付けられては堪《たま》らない。それに、あの有名なガーランド家の嫡男である。どんな人物かわからない以上、顔は笑みを浮かべながら、警戒だけは怠らないようにしていた。

そうして、使用人によって開かれた扉からまず降りてきたのは、父親と同じ明るい赤髪を持った少年。ダークブラウンの穏やかな目つきとしっかりした物腰を見て、多少であるが警戒心が緩む。女遊びが激しいと一年ほど前まで噂があった父親の息子なら、もっと軟派な雰囲気かと勝手に思っていたのだ。

「あれが、フェリックス・ガーランド殿か。ちょっと想像と違っていたよ」

「あぁ、俺もだ。でも確かに、息子の方は特に噂を聞かなかったからな。侯爵殿の印象が強かった分、驚いたよ」

「その噂の侯爵様は、最近変わられたみたいだ。確か前に、同僚から聞いた話だと――」

隣に立っていた同僚と小声で話していたが、フェリックスの次に馬車から降りてくる少女を目にし、守衛たちの目は自然とそちらに向く。フェリックスの目立つ赤髪とは違い、この国ではよく見る栗色の髪と瞳。外から吹く風で舞った髪を手で押さえ、ドレスの裾に気を付けながらゆっくりと足を降ろしていた。

まだ幼さの残る容姿はそれなりに整っていると思うが、目立つようなタイプではないだろう。そっと隅で花を咲かせているような、どこか儚げな印象を受ける。身につけているドレスや装飾品は質の良いものだとわかるが、他の令嬢とは違って華やかなものとは言えない。しかし、真っ直ぐに伸びた姿勢と佇《たたず》まいは完璧であり、見ていてどこか気品を感じさせた。

「ルルリア、手を貸した方がいいかな」

「ありがとう、フェリックス。それでは、お願いしてもいいかしら」

「わかった」

フェリックスは差し出された少女の手を握ると、ドレスに皺《しわ》を付けないように気を付けながら、そっと地面へと降ろす。ルルリアと呼ばれた少女は、嬉しそうに笑みを浮かべ、もう一度感謝の言葉を告げる。先ほどまでの凛《りん》とした姿から、頬を少し赤らめる様子に微笑ましさが感じられた。

事前に仕事場で聞いた話では、ルルリアはフェリックス・ガーランドの婚約者であり、そして例の侯爵家当主様が変わったのも彼女のおかげらしい。愛する妻を亡くし、ずっと嘆き続け当たり散らすしかなかった男を、少女は優しく包み込み、その傷を癒やしたと噂されている。そんな話に半信半疑な者は多かったが、リリック・ガーランドの変化はあまりにも劇的であり、ガーランド家の者はみな少女に深い感謝の心を持っていた。

ルルリアの噂を知っていた守衛の男は、それが本当のことなのか興味があり、一目彼女を見てみたいと思っていたのだ。絶世の美貌を実は持っていて、ただ侯爵様を誑《たぶら》かしただけではないのか、という噂もあったがそれはないだろうことは一目瞭然。悪女だという噂もあったが、あんなにも柔らかな笑みを浮かべる少女に、人を騙すことなどできるのだろうか。一番信じられないと思っていた物語のような美談の方が、よほど説得力がある。それほどまでに、ルルリアという少女の印象は、慎ましくいじらしい令嬢だった。

それからガーランド家の使用人に話しかけられ、入学の手続きを始める。その時に、書類に載っている『ルルリア・エンバース』の名前に目を瞬かせる。エンバースという名前は、この学園では有名な令嬢の家名だ。男は遠くからその女性を見たことがあり、噂以上の絶世の美貌に呆けた記憶がある。彼女の周りにはいつも人が集まり、子どもから大人へと変わろうとしている美しさと妖艶さに、誰もが見惚れてしまうらしい。

女性の名は、カレリア・エンバース。学園の門で守衛をしている男には噂しかわからないが、彼女は淑女としても評判である。そんな人物の妹なら、慈悲深いという噂も頷けるかもしれない。意識が少し逸れてしまったが、間違いがないようにチェックは忘れずに行い、守衛としての仕事をやり終える。仕事を無事に終えた安堵《あんど》に、ほっと息を吐いた。

「それでは、良き学園生活をお送りくださいませ」

「はい、ありがとうございます。お仕事、頑張ってくださいね」

「……ありがとうございます」

いつも通りの定例である言葉をかけると、栗色の少女はわざわざ立ち止まり、丁寧にお辞儀を返してくれた。基本無視されるか、簡単な返事を返されたことならあったが、こうして目と目を合わせて、お礼と励ましの言葉を言われるとは思わなかった。思わず驚いてしまったが、少女の優しげな笑顔に男も笑みを送った。

フェリックスもルルリアにならって挨拶をし、二人の男女は学園の門をくぐっていく。やっぱり噂なんて当てにならず、自分の目で確かめるのが一番だな、と守衛はうんうんと頷いた。腕をぐっと上に伸ばして気持ちを入れ替えた後、守衛として自分のやるべき仕事へと戻っていった。

「……今の守衛は使えそうね。流されやすそうだし」

「どうかした、ルルリア？」

「いいえ、なんでもないわ。それにしても、ここが王都の学園なのですね。すごく広くて、なんだか目が回りそうです」

「この国中の貴族が集まるからね。俺も王都には何回かしか来たことがないから、人混みにいつも戸惑うよ」

「ふふっ、そうなのですね。それを聞いて、ちょっと安心しました」

十六歳になったルルリアは、隣に婚約者であるフェリックス・ガーランドを伴って、王都の学園へと足を踏み入れた。ガーランド家の家紋の入った馬車から降りた後、荷物などは使用人に運んでいってもらっている。十五歳にして、ようやく貴族らしい生活ができるようになったが、まだまだ慣れないことも多い。基本自分の力で生きてきたルルリアは、他人に自分のパーソナルスペースを明け渡すことに抵抗がある。そのため最低限の大切な荷物だけは、自分で持ち歩くようにしていた。

自分自身の持ち物。エンバース家から売られた時は身一つで、何も持っていなかった。それがこの一年で、自分のものだと言えるものがいくつもできたのだ。その量は普通の令嬢に比べれば、圧倒的に少ないだろう。それでも、ルルリアにとっては大切なものだった。

「先に学園の寮へ行って、部屋に荷物を置こうか」
「はい、ありがとうございます。すみません、時間を使わせてしまって……」
「いや、気にしていないよ」

ルルリアとの会話にまだぎこちなさや遠慮はあるが、一年間共に過ごしたことで婚約者というより友人に近い関係になっていた。侯爵家の嫡男とその婚約者であるルルリアの学園での待遇は、リリックからの支援もあり、しっかりとバックアップがされている。用心はしておくが、少なくとも部屋の中に侵入されるという心配はない。そのため、姉がもし仕掛けてくるのなら、学園の中でということになるだろう。

ルルリアからの感謝の言葉に、気恥ずかしそうな赤髪の少年が隣に並び、二人は移動を開始する。途中、何人かの生徒とすれ違い、その一人ひとりにルルリアは笑顔で丁寧に挨拶を交わしていく。エンバースの名前を聞くと、驚きを目に浮かべる生徒たちに、やはり姉は有名らしいと悟る。

フェリックスは、そんなルルリアの丁寧な対応に小さく笑っていた。

リリック・ガーランドの過去の所業は、貴族間では有名なことであったが故に、それがパタリと一年前に止まった当初、誰もがその事実に驚愕《きょうがく》することになった。いったい何が起こったのかと、侯爵家の出来事を調べる者も当然いるだろう。貴族社会に少しずつ復帰し出したリリックに、警戒や好奇心を見せる周り。そんな周囲に、ルルリアはガーランド家で使った表向きの理由をそのまま世間へ流すことにしたのだ。

　ガーランド家へ嫁いだルルリア・エンバースの慈愛溢れる対応に、亡き妻の傷を癒やされた侯爵様は生まれ変わった。決して間違ってはいない。いくら調べても、使用人の誰もがそれが真実だと語るだろう。なんせルルリアは、ガーランド家でも健気で優しき少女として、笑顔を浮かべ続けていたのだから。自分でも陰で情報を流すようにしていき、この一年の間にルルリア・エンバースのイメージを少しずつ浸透させていった。

　今まであったエンバース家の次女の噂は悪評ばかりであっただろうが、実際の彼女を見た者はほとんどいない。ガーランド家の者になる十五歳まで、一切表へ出ることがなかったのだから。どこからか流れるだけの確証のない噂よりも、実際にその目で見た印象の方が強く残るものである。

　何故こんな少女に、あれほどの悪評がついていたのか？　それを疑問に思って調べた者の中には、エンバース家がカレリアの散財によって財政難となり、それで娘を売り飛ばしたことを知るだろう。もちろん、中にはルルリアが演技をしているだけで噂通りの人物かもしれないと考える者もいるだろうが構わない。十年以上続けてきた特大の猫被りは、早々剥がれるような生易しいものではないからだ。

そうして、十六歳になったルルリアは、学園へとやってきた。ガーランド家でやっていた健気な令嬢の仮面は、当然つけたままである。自分の性格がかなり悪い自覚はあるので、周りから同情や油断を誘える令嬢モードは悪くないのだ。姉が力を持っているうちに、エンバース家でのことを吹聴しても意味がないため、今まで通り無力な被害者でいるべきだろう。ただ、裏で反撃はさせてもらうつもりだ。

ここは学園であり、エンバース家ではない。きっとカレリアはエンバース家の延長のように考えてお姫様をしているだろうが、カレリアのやり方に不満を持つ者もいるだろう。学園での様子は、シィを通してある程度なら知っている。全てが姉の思い通りにはならないだろうことも。

「確かシィって、この学園にいるのよね……。年齢的に学生ではないし、学園の内情にも詳しかったから、教員か事務員ってところかしら。でも、それだけでもかなりの数だし、探し出すのは大変そうね」

それぞれの学園の寮に着き、男子寮へ向かったフェリックスといったん別れたルルリアは、自分の部屋を整理していた。貴族のいる学園ともなると、学生であっても家庭の事情で仕事を任される者や、知られたくない事情がある者もいるため、相部屋か一人部屋を希望することができる。もちろん、全員が選べるという訳ではないが、事情や爵位によってある程度の融通は利くのだ。ルルリアの同室者など、どう考えても姉が利用して潰すのがわかるので必要ないと考えた。

もう少ししたら、もう一度フェリックスと合流して、これから通う学園を散策してみようと約束している。お互いに家の事情で、親しい知り合いが学園にいないのだから、初めての場所を一緒に行動するのはおかしくないだろう。ルルリアがこの学園で知っている知人は、カレリアとシィぐらいである。一人はざまぁ対象で、一人は正体不明だが。

シィとは、いずれ話し合わなければならないだろう。彼はルルリアがあの「ルゥ」だと知らない。シィにとってルルリア・エンバースは、カレリアの妹という認識でしかないのだ。しかも、ルルリアの情報はほとんど出回っていない。シィも自身の目的のために、カレリアを利用しようと考えているため、その妹に注意を向けないはずがないだろう。ルルリアが彼の立場だったら、その少女の立場や性格を含め、自分にとって使えるか使えないか、そして邪魔な存在ではないかを必ず確かめる。

「うーん、しばらくは静観かしらね。学園での姉の様子や立ち位置をこの目で知りたいし、姉を挑発したいし、姉をイライラさせたいし。姉を弄《いじ》りながら、学園のことを自分なりに調べて、そこから……シィを釣り上げるか」

大丈夫、餌ならここにしっかりある。ルルリアはこれからのことを考えて頷くと、自分がやるべきことを整理していく。カレリアがフェリックスという餌に食いつくのは、もう決定事項であるため、動くのはそれからになる。王子と懇意にしている令嬢が、妹の婚約者に粉をかけるという事実が欲しいのだから。そのため、姉のフィッシュが上手くいくまで、表向きは大人しくするべきだろう。

「それじゃあ、今日は簡単に久しぶりの姉妹の会話でもしましょうか。ついでに、お姉様に『私すっごく幸せです！』オーラ全開で弄って、挑発してきましょうかねぇー」

ルルリアにとって、これぐらいは大人しいの分類に入る。ルルリアの幸せオーラに、歯ぎしりしそうな姉の姿に、妹の胸の高鳴りは最高潮だ。この学生寮に入るまでに、ルルリアは多くの生徒に自分の名前を出して、丁寧に挨拶をしている。イメージ浸透の役目もあったが、一番の理由は姉の耳にルルリアが来たことを入れるためだ。あの中に一人ぐらい、カレリアの取り巻きもいただろう。姉の信者が、彼女の妹が学園に来たことを知らせない訳がない。おそらく、フェリックスと学園を散策する間にイベントが起こるだろう。

「ふふっ、本当に楽しみだわぁー」

リリックから一年前にもらった青い指輪を指にはめ、優越を浮かべた笑みは嬉しそうに歪む。ずっと貶めて蔑んでいた妹が、自分より爵位の高い婚約者を持ち、侯爵閣下に認められた証しにガーランド家の家紋が彫られた美しい指輪をしている。人形のように感情がなかった妹が、温かく幸せそうに笑顔を見せているのだ。

ルルリアから、カレリアに仕掛けることはしない。あくまで、カレリア自身に手を出させる。ルルリアはただ餌をぶら下げて、獲物がそれに食いつくのを待てばいい。カレリアの行動を利用して、自分は最小限の動きで最大の利益を得るように行動する。気づかれないように少しずつ、彼女の足場を奪っていこう。婚約者と待ち合わせをした時間に近づいてきたため、準備ができたと同時に部屋の扉を開けた。

「ルルリア？　本当にルルリアなの⁉　あぁ、こんな風にまた会えるなんて！」

「……お姉様」

広い学園の中を婚約者と回り、中庭の渡り廊下を歩いている時、黄金の髪を持った女性がルルリアの視界に映った。その女性の周りには付き人のように人が集まっていて、その誰もがルルリアに視線を向けている。カレリアの取り巻きたちはこそこそと話していたが、姉が話し出すと途端に口を閉ざした。

「私のお友達から、あなたが学園にいると聞いて驚いたのよ。どうしてあなたがここにいるのか、不思議でね」

「リリック様のご厚意で、彼と一緒に通わせていただくことになっただけです」

「そう、侯爵閣下から…。あなたは、昔からわがままだったものね。侯爵閣下に、無理でも言ったのではないかと、姉として少し心配だったけど。お優しい侯爵様で安心したわ」

久しぶりに妹に出会えた喜びの表情を出しながら、さらっとルルリアを落とすのは忘れない。妹が学園にいることを、一番に驚いているのはカレリア自身だろう。ガーランド家の噂などは聞いていただろうが、その目はルルリアの存在を認められないと睨まれているのがわかる。一瞬だったので、フェリックスは気づいていないだろうが、ルルリアがいつも通りで安心した。

「ガーランド家のみな様は優しくて、大変よくしていただけていますから。お姉様が心配なさることは、何一つないかと。今まで通り、お姉様はお姉様のことだけをお考えになってくださいませ」

「あら、寂しいこと言わないでよ、ルルリア。人付き合いが苦手なあなたが、心配なのよ?」

『お前の心配なんてこれまで通りいらねぇよ』『んだとコラ』という副音声が聞こえてきそうな姉妹の会話だが、二人共穏やかに笑顔で話しているため誰も疑問に思わない。家から出て行ったルルリアを心配する姉を演じながら、情報を得ようとしているのだろう。ルルリアもここである程度の情報という餌をまいておかないといけないため、姉の遊びに付き合うことにした。

「私はもうエンバース家の人間ではなく、ガーランド家の者になる覚悟で学園に来ました。お姉様の言う通り、私は無力な娘でしかありませんでした。しかし、これからはお姉様がいなくても、立派に生きていけるようになろうと思ったのです。心配性なお姉様が安心できるように」

「そ、そう。ルルリアがそこまで考えているなんて驚いたわ」

「えぇ、だってお姉様の妹として恥じないように、たくさんの方々から必要とされるような素晴らしい人間になりたいと思いましたから」

丁寧な口調でにっこりと、『お姉様のために』を強調してカレリアを持ち上げながら、姉が一番嫌がることを堂々と言う妹。カレリアの口元は少し引きつり、イラついているのがわかる。傍からは、優秀な姉に心配されないように、努力をしようと頑張る健気な妹である。

ここは人の目があるため、ルルリアの姉のためにという覚悟を否定したり、しつこく食い下がったりするのはよくないと判断したのだろう。次にカレリアは、ルルリアの隣にいる男性へと目を移した。

「あっ、私としたことが、ようやく妹と出会えたことでうっかり…。ごめんなさいね、私はカレリア・エンバースと申します。ルルリアの姉で、妹がお世話になっています」

「あっ、いえ、久しぶりの再会でしたら、仕方がないと思いますから。俺はフェリックス・ガーランドと申します。ルルリアには、俺……じゃなくて僕も、色々助けられています」

カレリアの矛先がいきなり変わったことにフェリックスは驚きながら、慌てて挨拶を返す。ルルリアがエンバース家にいる間は、本を読んだり勉強をしたりする以外に、時間を潰せる方法がなかった。そのため、ガーランド家ではフェリックスの勉強を見たり、サポートをしたりなどの手助けをしていたのだ。初対面の彼にとっては真面目な婚約者の美人なお姉さん、という認識だった。

照れくさそうに笑う赤髪の少年に、カレリアの目がスッと細くなる。おそらく、彼に適した女の接し方のパターンを組んでいるのだろう。ルルリアは餌に興味を示したカレリアに口元が歪む。姉の興味をさらに煽るために、ルルリアにとって奪われたくない大切なものだと教えるために。ルルリアは、フェリックスの服の裾を引っ張った。

「えっ、ルルリア？」

「す、すみません。急に服を引っ張ってしまって…」

カレリアの容姿に見惚れている婚約者に、自分に注意を引き付けるようにする。驚いて視線を向けるフェリックスに、申し訳なさそうに、しかしどこか安心したように微笑み返す。それから一歩前に進み、カレリアの視線が婚約者に直接向かないように背中へ移した。何気なくやった行為であるように見せ、姉へ警戒するような視線をわざと向ける。そんなルルリアの態度にカレリアの目は、面白そうに笑っていた。

「彼は、私の婚約者です。私も彼から、わからないところを色々教わっています」

「へぇ、そうなの。私も知りたいわ、あなたの婚約者について」

「だ、駄目です。それに、お姉様には必要のないことですから」

「ルルリア、どうかしたのか？」

普段の落ち着いた彼女とは違い、どこか不安そうな様子にフェリックスは困惑する。彼にはカレリアが妹を心配する姉にしか見えていなかったため、今の知りたいという言葉も、妹の婚約者がどんな人物か知りたいというだけではないか、と感じる。しかし、奪われ続けた哀れな妹からしたら、妹からまた奪うための手段を知りたい、としか聞こえなかった。


「ふふっ、いいのです。ちょっと姉である私に、意地を張っているだけよ」

カレリアは優し気に微笑み、婚約者を守ろうとするルルリアからそっと一歩離れる。収穫は十分。お楽しみはこれからだと、今回は大人しく引き下がることを選んだ。ルルリア・エンバースが、表だってカレリア・エンバースに逆らったことは一度だけしかない。ルルリアのぬいぐるみを奪った時、初めてルルリアはカレリアに反抗を示したのだ。それまでは言葉で反抗するだけで、それ以降も涙を流すだけだった妹。

それに満足はしていたが、それでもあの時の六歳の頃に浮かべたルルリアの表情は、今でもカレリアのお気に入りだった。あのぬいぐるみが、妹にとって何だったのかは知らない。それでも、父に手を叩かれた時の呆然とした顔、母から失望の言葉を告げられた時の裏切られたような顔、一人だけ食卓から切り離された時に見せた孤独な背中。それが愉快で気持ちよくて仕方がなかった。

あのぬいぐるみを使えば、またアレが見られるかと思ったが、いつの間にか妹の部屋から消えてしまっていたのでどうしようもない。妹のものをそれからもたくさん奪ってきたが、あの壊れたような表情は見られなかった。カレリアは、それに少しだけ不満があったのだ。

しかし、まさか十年ぶりに、そのチャンスをルルリア自身が持ってくるとは予想外だった。学園はカレリアにとって家の延長で、楽しいおもちゃ箱である。お姫様のように扱ってくれる周り、気に入らない人間を自分の気分で潰すこともできた。成績などもお気に入りの教師を懐柔すれば問題もなく、表向きの仮面さえつけていれば、美しい美貌に周りが勝手に勘違いもしてくれる。

最初はルルリアが学園に入ったことにイラつきが収まらなかったが、これほど気分が良くなったのは久しぶりだろう。なかなか自分の思い通りにならないことが一つあり、鬱憤が溜まっていたカレリアにとっては、今回のことは最高の遊びだ。妹のものを奪って絶望させることで、鬱憤と一緒に気分を向上させようと決める。そのためなら、いくらかの我慢ぐらいはできた。

「……そうだわ。ルルリア、少しだけ二人きりでお話ししない？　エンバース家のことで気になることもあるでしょう？」

「私は……、いえ、わかりました」

カレリアの言葉は絶対のもので、妹がそれに逆らうなどあり得ない。カレリアは目線だけを婚約者であるフェリックスに向けると、拒否しようとしていたルルリアはしぶしぶ頷きを返した。それを鼻で嗤いながら、取り巻きの者たちに指示を出す。カレリアの言葉に逆らう者など誰もいないため、簡単に二人きりになれた。フェリックスも姉妹同士で語りたい、と話せば、先に寮へ帰るよ、と一言告げて背を向ける。ルルリアと明日の約束を交わし、そのまま去って行った。カレリアは、その様子をじっと楽しそうに見続けた。

「……それで、お姉様。いったい何を話したいのですか？」

「別に、お人形さんの口も随分回るようになったと思っただけよ。私の妹として恥じないように、だなんてね。エンバース家での扱いを訴えるかと思っていたけど」

「……あの場で言っても、誰も信じないでしょう。むしろ、また嘘つきだとあなたの手で広められるだけです。お姉様のお友達《証人》もいますから」

「わかっているじゃない、つまらないの。それで、どうやって侯爵様に取り入ったの？　あなたみたいな娘でも誑かせるなんて、すごく欲求不満だったのかしら」

正解である。姉にしては、珍しく冴《さ》えわたった答えだ。変態的に欲求不満だった侯爵様を、ルルリアは変態的に満足させただけである。もちろん、本当のことを言っても信じられないというか、信じたくない答えのため、妹は無言を選んだ。

「ふん、まぁいいわ。あなたみたいなつまらない女、すぐに飽きられて終わりでしょうしね」

「私は侯爵家から正式に選ばれた者です。リリック様から、この指輪もいただきましたし」

「指輪……」

カレリアからの言葉に一度表情が歪んだが、ルルリアはすぐに自信を持って告げ、指輪をそっと手で触る。カレリアとは違いあまり装飾品をつけていないルルリアが身につけるものの中では、一番目立つだろう青い指輪。侯爵家の女性として見劣りしない装飾品に、カレリアは眉根を顰めた。

「その指輪、私に渡しなさい。あなたが持っていても、仕方がないでしょう？」

「聞こえませんでしたか？　これは、私がいただいたものです」

「その青い指輪、私の目の色みたいに綺麗な色彩じゃない。あなたじゃ勿体《もったい》ないわ。私が有効に使ってあげると言っているのだから、逆に感謝するべきよ」

「これには、裏にガーランド家の家紋が彫られています。今までのように私のものを奪っても、すぐにこれが誰のものかわかります。自分から盗人だと公言することになりますよ」

「……本当に、随分と言うようになったじゃない」

一年前まで、エンバース家の者の前では、全く笑うことのない従順なおもちゃだった妹が、これほどまでに逆らうようになるとは。ガーランド家という後ろ盾を得て、今までのことを忘れたかのように大きく出てくる。カレリアにはそれが調子に乗っているように見えて、気分が悪くなった。

確かに、侯爵家の後ろ盾は馬鹿にできない。懐柔した教師を使って退学させようにも、侯爵を敵に回すことは得策じゃない。今までのルルリアにしてきたような、口だけの適当な証拠ではまずいのだ。だからこそ、妹もここまでカレリアの神経を逆撫ですることを言えるのだろう。

「わかっていないようね。あなたは私のお人形さんなのよ。この学園だって、私のおもちゃ箱なんだから、自分の立場を思い出したらどうかしら」

「お姉様こそいい加減、妹離れしたらどうですか。今はエンバース家の名を持っていますが、いずれルルリア・ガーランドという名に変わります。お姉様よりも爵位は上になり、侯爵家としての仕事も増えていきます」

「……何が言いたいのよ」

「はっきり言って、あなたに構っている時間なんてないのです」

ルルリアから堂々と言われた言葉に、カレリアは一瞬何を言われたのかわからず、目を見開く。

今までの恨み言を言われても鼻で嗤えた。これからの学園生活を奪わないで、と泣かれても気にしなかった。しかし、ルルリアの告げた内容は、どれでもない。カレリアなど、もう眼中にないのだとはっきり告げたのだ。

「お姉様に今までされたことを、私はもう気にしません。ガーランド家という、新しい家を私は見つけたのですから。だから、お姉様の遊びに付き合っている暇などありません。もうあなたと、関わり合いになりたくないっ！」

吐き捨てるように、真っ直ぐにルルリアは声をあげる。カレリアに対する恨みを、彼女はもう水に流す。だから、もう関わらないでほしい。お互いに相手に無関心となって、勝手に幸せになればいいのだと。

ルルリアの言葉に、カレリアの思考は真っ白になる。彼女が言いたいことは理解した。お互いに相手のことを無視して、関わりの全てを切る。相手が何をしようと気にせず、自分がやるべきことに集中し合う。そんなルルリアの言葉に、カレリアは――

「私はもうあなたの人形ではありません。これからは、自分の幸せを見つけていきます」

怒りで焼ききれるかと思った。自分の存在をないものとするルルリアに、カレリアの自尊心は大いに傷つく。誰よりも自分を見てもらおうと、様々なものを奪って踏み台にしてきたカレリアにとって、その傲慢さは何よりも屈辱的だった。

認められない。許せない。妹が幸せになることを認めたくない。妹が周囲に認められる姿を許したくない。妹が笑っている姿を見たくない。ルルリアは、常にカレリアにとって下でなくてはならないから。惨めで蔑まれて孤独に嘆き苦しむ妹の姿が、最も己の心を安心させてくれるから。

強迫観念のように、幼かった自分が叫び出す。この悪だけは、自分の大切なものを奪うかもしれなかったルルリアだけは許してはならない。幼かった自分は運良く阻止できただけで、今後ルルリアが力をつけていけば、またあの恐怖を味わうことになるかもしれない。それだけは、嫌だった。

もう本人は、忘れてしまった最初のきっかけ。それがカレリアを突き動かした。

「そう、……あなたが言いたいことはよくわかったわ」

「お姉様、それじゃあ！」

「ねぇ、ルルリア。さっきも言ったじゃない。自分の立場を思い出しなさいって。どうして私が、あなたの言う通りにしなくちゃいけないの？」

嗤う。カレリアの目は暗く淀《よど》み、静かに妹を嘲《あざけ》った。

「あなたは、私のおもちゃなの。私が輝くためのただの踏み台なのよ。あなたが私の後に生まれてきたのは、それが理由でしょう？　ちゃんと自分の役目を果たさなくちゃ駄目じゃない」

満面の笑みで、まるで駄目な妹を諭すように、歌うようにカレリアの口は動く。それが彼女の中では当たり前の価値観で、それが彼女にとっては当然の考え方で。彼女の歪みを、周りにいた誰もが肯定してくれたから。否定のない世界で生きてきたカレリアにとって、もはや歪みとは感じない。ルルリアの人生の全ては自分のために使うべきだと、疑問にも思わなかった。

さすがのルルリアも、姉の言葉に一瞬目を見開いた。カレリアがルルリアに対して、異常な妄執のような敵意を持っていることは知っていた。しかし、その理由は知らない。気づいたら、カレリアはルルリアの敵になっていたのだから。

しかし、今更理由などどうでもいいだろう。姉の理由を知っても、ルルリアは奪われすぎ、そしてカレリアも奪いすぎた。お互いに後戻りなどできないほど、姉妹は敵でしかないのだ。自分の人生を脅かす存在でしかない。それだけは、はっきりとわかった。

「お話しできて良かったわ、ルルリア。また会いましょうね。姉として、この学園ならではのプレゼントをあなたにしてあげるから」

「お姉様……」

「じゃあね、私のお人形さん」

カレリアが最後に見せたその笑顔は、誰もが見惚れるほど美しいものだった。今更、姉の美貌で揺らぐ気持ちはない。それでも、ルルリアは遠くなる姉の背中に向けて、自分でも最高だろうと感じる綺麗な笑顔で見送った。

「えぇ、しっかり踊ってね、私のお人形さん」

こうして、女王と魔王による女の子らしいお人形遊びが始まったのであった。

第八話

笑う門には、暗躍来たる

「ねぇ、お父様。どうして今日、お母様は私と一緒にいてくれないの？」

四歳の幼子は、恋しくなった母のもとを訪ねた。カレリア・エンバースは、大好きな父親の前で頬を膨らませて訴えてみる。今日は絵本を読んでもらおうと思っていたのに、何故か母の姿が見えないのだ。いつもなら、両親は自分の傍にいるはずなのに。

そんな娘の様子に、父は仕方がなさそうに笑ってみせた。

「今日はルルリアに絵本を読んでいるんだよ」

「ルルリア？」

「前にベッドで眠っているところを見せただろう。カレリアの妹だ」

妹。そう言われて、確かに両親に小さなベッドがある部屋に連れて行かれた昔の記憶が甦る。これが妹だ、といきなり紹介された出来事。今までにも何回か見てはいたそうだが、その頃はまだ意識があやふやで、しっかりルルリアを認識したのはこの時だろう。四歳になったカレリアは、初めて自分に妹という存在がいたことを認識したのだ。

「なんだったら、一緒にルルリアのベッドへ行こうか？　きっと一緒に本を読んでくれるだろう」

「……う、うん」

絵本を読んでほしい、という欲求には逆らえず、カレリアは父と一緒に妹のいる部屋へと訪れた。三歳になった妹は、絵本が好きらしく、よく母に読んでもらっていると父から教わる。しかし、カレリアはそんな話を聞いても、何も心に響かなかった。

どうして大好きな父親が、妹のことばかり話すのかとむしろ気分が悪かった。

いつもなら、自分のことを話してくれるはずなのに。まるでカレリアの存在が希薄になり、そこにルルリアと呼ばれる存在がどんどん入り込んできたようで。そんな考えに、カレリアは小さな震えが身体に走った。

「あら、あなた。それにカレリアも」

「あぁ、カレリアが寂しがっていてね。一緒に絵本を読んでもらいなさい、と連れてきたんだ」

「ふふっ、そうなの。カレリアったら、寂しがり屋さんなのね」

「もう、お父様。お母様もっ……！」

笑われたカレリアは、表面上では怒るように見せながらも、内心は二人が自分のことを話してくれていることが嬉しかった。温かくて、優しい家族。自分と同じ黄金の髪と青い瞳を持つ美しい母と、秀麗な容貌を持つカッコいい父親。同い年の貴族の令嬢たちからも、羨望の眼差しを向けられたことを覚えている。周りの大人たちからも、「さすがはあの二人の子どもだ」と将来を楽しみにされ、褒め称えられた。

それが、カレリアの世界だったのだ。

「おかあさま、ごほん、つづきよんで！」

そこに突然入ってきた声が、母と父の視線を全てさらっていった。

「あら、はいはい。えっと、どこまで読んだかしら」

「うーんと、じかんがきて、おひめさまがガラスのくつ、おとしちゃったところ！」

「そうそう、そこだったわね。よく覚えていたわね、ルルリア」

「まだ三歳なのに、随分記憶力がいいな。言葉の覚えも早い」

「この子、使用人にも本を読んでほしい、ってせがんでいるそうなの。全く誰に似ちゃったのかしら」

「ははは、真面目なのはいいことだろう」

知らない。父と母は誰のことを話している？　カレリアにとって、知らない誰かのことを話し、そして褒めている。カレリアはこんな世界を知らなかった。いつもエンバース家の自慢だと褒めてくれたのは、カレリアだけだったのだから。

カレリアが次に視線を向けたのは、その妹だった。

そこにいたのは、栗色の髪と瞳をした三歳の子ども。カレリアには、これが自分の妹と呼ばれる存在だとは理解できなかった。したくなかった。だって、色が違う。家族の証しであるはずの、髪と目を持っていない。カレリアはこの色と容姿で、周りから褒められてきた。エンバース家の自慢だと言われてきた。

つまり、それを持っていない妹を、家族という枠組みで考えられなかったのだ。

「お母様、私も絵本を読んでほしくてここに来たの」

「そうなの、じゃあルルリアの後に読んであげるわね」

「……後？　妹よりも、私は後なの？」

何でも自分を優先してくれたはずの母が、妹を先に選んだ。父に母を止めてもらおうと視線を向けるが、父も「カレリアはお姉ちゃんだからな」と微笑み返されるだけだった。知らない。こんな世界、知らない。今まであったカレリアの世界が、少しずつ崩壊していくのがわかった。

「おとうさま、これルルリアがかいた！」

「これは、絵かな？」

「なんでも、私とあなたを描いたんですって」

「ほぉ、そうなのか」

笑顔で嬉しそうに笑う妹に、自分の言葉が掻き消されていくのが怖かった。家族といるはずなのに、自分だけが取り残されている感覚。ルルリアが描いた絵には、黄色で描かれた父と母、その真ん中にいるのは、茶色っぽい色をした少女の絵のみ。黄色の髪の子どもがどこにもいないことから、この中に、カレリアはいないとわかる。それが、カレリアの恐怖心をさらに膨れ上がらせた。

上手に絵が描けたな、と褒められる妹。果たして自分は、こんな風に褒められたことがあっただろうか。髪や目や、両親譲りの美貌を褒められたことならいくらでもある。それなのに、それ以外を思い出すことができない。まるでカレリアには、それだけしかないように。

今ルルリアが読んでいる絵本の内容だって、最近になってようやくわかってきたものだ。妹の描いた絵を見て、自分の力ではまだそんなに上手く描くこともできないとわかる。こんな風にどんどんカレリアにはできなかったことを、妹はできていくのだろうか。

「やめて……」

無意識に、譫言《うわごと》のように発せられた幼い少女の言葉を、誰も耳に入れることはなかった。

「でも、ルルリア。この絵にはカレリアがいないから、次からは描いてあげてね」

「……カレリア？」

「あなたのお姉さんよ。ここにいるでしょ」

にっこりと笑う母の目がカレリアに向いているのに、どこか上の空のような気分で見つめ返す。

ゆっくりと妹に視線を向けると、彼女と初めて目が合う。

幼い栗色の瞳は、父や母に向ける瞳と違い、明らかに不審な色を宿していた。この人は誰だろう、という部外者を見るような目。そして、興味をなくしたのかそれは無機質な色へと変わり、すぐにキラキラとした色を両親に向け出した。

当然ながら、カレリアが妹の部屋に来たのは、昔両親に連れられた時以外にない。そんな彼女を、ルルリアが覚えていないのは仕方がないことだろう。姉と言われて、三歳の子どもには理解もできなかった。それでも、カレリアにとっては、そんな目を向けられたこと自体が許せないことであった。

その目を一番向けたかったのは、カレリアだったから。

カレリアにとって、家族は自分たち三人だけ。三人だけで、十分に満足していたのだ。だけど、妹がそんな世界を簡単に壊しに来た。あの絵のように、いつか自分がいた場所を奪われるんじゃないか、と手が震えたのだ。

普通なら、妹も家族として受け入れ、妥協して生きていく術を人は見つけるだろう。しかし、カレリアの心は幼すぎ、ずっと褒めてくれる人間が周囲にいることが当たり前の世界で彼女は育ってきたのだ。愛されて育ってきたカレリアにとって、その愛や向けられる視線が「妹だから」という理由で分けられることに納得できなかった。彼女にとって、妹というのはただの邪魔者でしかなかったのだから。

「カレリア、これからはお姉さんとして頑張るのよ」

「……うん、わかったわ」

妹なんかのために、どうして私が頑張らなくちゃいけないの？　その不満を笑顔で隠し、カレリアは母の喜ぶ答えを選ぶ。母は世間の目を気にしていて、褒められる子どもが好きだった。自分の産んだ子が、周りから褒められることを喜んでいたのだ。母の期待に応えられなかったら、彼女の目から失望を向けられるかもしれない。それだけは絶対に嫌だった。

父も、母に惚れているため、彼女の意見に強く出られない。それどころか肯定して、後押しするようなところがある。母が「あれが欲しい」と言えば叶え、「こうした方がいい」と言ったらそうなるように叶える。カレリアと同じようにお姫様のように暮らしてきた母が、父を選んだ理由もそこからきているのだろう。

カレリア・エンバースにとって、ルルリア・エンバースは気に入らない存在。それはこの邂逅を経て決定的になったが、まだ不満程度で抑えることができた。それが膨れ上がったのは、ルルリアが成長していく様子を、彼女は見続けたからだ。

＊＊＊＊

「えっ、もう字を書いたの……」

何よりもカレリアが恐れたのは、妹の才能だった。気づくとルルリアは色々な本を読み、字を書くこともできるようになっていた。まだまだ字を読むことも描く、書くことだって難しかったカレリアにとって、脅威に他ならない。

使用人は何気なくルルリアを褒めただけだったが、カレリアの心はどんどん冷たくなっていくようだった。怖かった。ただただ、妹が怖かった。自分の居場所を少しずつ奪っていくように、エンバース家にルルリアの名前が挙がることが多くなっていた。

「どうしよう、私は姉なのよ。妹より劣るなんて、お母様に知られたら私は……」

自慢できる子ではなくなったら、母は見向きもしてくれなくなるのではないか。年上の自分にできないことが、妹にはできることに、さらに彼女の態度を強固にさせた。己を脅かす存在など、肯定しか受けてこなかった彼女にとって、受け入れざるものだったからだ。

そんなカレリアに、転機が訪れる。彼女が六歳の頃に起こった、母と父の夫婦喧嘩である。父が母を怒るなんて見たことがないため、おそらく父親が無神経に母の逆鱗《げきりん》に触れてしまったのだろう。ただ、その夫婦喧嘩の内容を聞いた時、カレリアの気持ちは一気に向上することになった。

家族の誰にも似ていない、という理由で母親に無視されるようになったルルリアを、カレリアは誰よりも喜んだ。父も自分が発端であったため強く出ることができず、そして母の意見に逆らうこともしなかったため、同じようにルルリアを避け出す。それを見て、カレリアの心には安心と恐怖心が芽生えた。

容姿だけは、いくら頑張ったって妹が手に入れられないもの。それを持っている自分は、やはり上なのだと安心する。しかし、同時に彼女の中にも冷静な部分があった。もし、妹の容姿が母や父に似ていたら、どうなっていただろうと。

「もしルルリアが、黄金の髪や青い目を持っていたら。もし、容姿が少しでも両親に似ていたら。もし、容姿以上にルルリアの能力が認められてしまったら……」

今まで自分が持っていたものを、全て奪われていたかもしれない。姉よりも頭が良く、身体が丈夫で、一生懸命に愛情をもらおうと努力ができる妹。姉にもかかわらず、一つ年下の妹に劣るかもしれない事実は、周囲の目にどのように映るだろうか。容姿だけしか持っていない自分に、果たして勝ち目などあるのだろうか。

その事実に、カレリアの中の恐怖心が一気に弾け飛んだ。自分の妹は、今は冷遇されているが、それは容姿が欠けているだけ。逆に容姿以上の価値が見いだされたら、今度は自分が今の妹と同じ立場に立たされるかもしれない。

実際に、容姿が似ていないという理由で母はルルリアを無視した。そして娘が苦しんでいても、父は母に逆らわないことをこの目で見た。もし将来、ルルリアの努力が認められたら、母が容姿よりも能力を褒めるようになってしまったら、両親が自分を見る目はどのように変わってしまうのか。何もできないことに失望されて、今のルルリアのように見向きもされなくなってしまうのではないだろうか？

「嫌、嫌ッ！　それだけは、お母様とお父様に捨てられることだけは、絶対に嫌ァッ!!」

妹の苦しむ姿に、未来の自分を幻視した時、カレリアは自分の部屋で泣き崩れるしかなかった。幼いカレリアにとって、両親が全てだった。母親に笑ってほしくて、父親に認めてほしくて、娘としてずっと愛してほしくて。両親にとって誇れる娘であるために、ずっとその目で見てもらうために、そのためならカレリアはどんなことでもできたのだ。

「……そうよ、そうだわ。そんな未来、なくなっちゃえばいいのよ。そうしたら、お母様もお父様もずっと私を見てくれる。妹の全てを奪って、徹底的に壊してしまえばいいのよッ！」

自分が捨てられる未来を、ルルリアが認められる未来を、カレリアは壊すことを選んだ。ルルリアが自分より下である限り、彼女が認められない限り、自分は常に上に立ち、輝いていられる。生まれて初めて経験した劣等感や嫉妬という感情が、両親に捨てられたくない強迫観念が、ルルリアの全てを排除することに向けられたのだ。

追い詰められた少女は奪うことで、前に進む道を選んでしまった。

「ねぇ、お母様。お父様。ルルリアってなんだか、……おかしいわ」

不安そうに、震えるような声で、カレリアは両親へ告げるようになった。彼らがルルリアを冷遇している、今こそがチャンスだったから。ルルリアが全て悪いのだと、ルルリアがいるからいけないのだと思わせたかった。母が父に疑われたのは、ルルリアがいた所為。父がそんな発言をしてしまったのは、似なかったルルリアが悪い。

本来なら誰も悪くない、仕方がない事で済まされる問題をカレリアはあらゆる手を使って捻じ曲げ続けたのだ。

ルルリアに酷いことを言われた、と泣き真似も覚えた。この家で起こった悪いことを、ルルリアのせいだと押し付け続けた。ルルリアの努力を認めさせないために、ルルリアよりも自分の方が優れているのだと見てもらうために。妹を貶めることで、自分の周りの評価をあげることが当たり前になっていったのだ。

「あははは！　やった、やったのよ。守れた、私は自分の居場所を妹から守ることができたんだわ！」

妹のものを奪うことで、自分のものを守れたカレリアは、腕を広げて満面の笑みを浮かべる。あまりにも上手くいったおかげで、ルルリアが一人ぼっちになる様子が清々しかった。妹ではなく、自分の言葉を信じてくれる周りに安心する。しかし、彼女の恐怖心はこれで落ち着くことはなかった。

「ううん、まだよカレリア。もっと、もっとルルリアから奪わなくちゃ。だってあの子は、私から大切なものを奪おうとした悪なのよ？　これは、その報いを受けさせているだけの正当防衛なんだから」

母親や父親へ、ルルリアが全て悪いのだと告げ続けたカレリアは、無意識のうちに自身も同じような考えを持つようになった。暗示にも似たそれは、自分の行為が正統なものであり、当然のことなのだと思い込むようになる。何故なら、誰もがカレリアを肯定してくれたから。自分が望んだ世界でありながら、それが当たり前のことのように認識し出したカレリアには、歪んだ世界自体が本物にしか見えなくなっていた。

彼女が最初の頃に持っていた恐怖心は歪み、いつしか征服欲や支配欲へと変わっていく。ルルリアに対する強迫観念が、強く根付いてしまっているカレリアには、妹の幸せは自分の幸せを奪われることと同じに見えていた。だから、ルルリアという悪から、全てを奪う必要がカレリアにはあった。そして、それを阻止しただけでなく、自分の評価をあげる道具にもできたことに、味を占めてしまったのだ。

ルルリア・エンバースは、自分のためのおもちゃだったのかもしれない。容姿が似ていなかったのも、自分が輝くためだったのかもしれない。ルルリアという少女は、カレリア・エンバースを幸せにするために生まれてきたお人形さんなのだと、思うようになっていったのであった。

そのおかげで、「私のものは、私のもの。お前のものも、私のものッ！」が当たり前な悪い意味でのジャイアニズムを発揮し、妹の迫害に心血を注ぐ恐ろしい姉が誕生することとなった。

そしてそれが、「くはははっ！」と楽しそうに指をさして笑いながら、暗躍する魔王《妹》を生み出すことになったのだから、人生とはわからないものである。

＊＊＊＊

「ふふふ、健気で心優しい子ね……。ルルリア、あなたには婚約者も、認めてくれる人間も必要ないの。あなたが幸せになることなんて、私のために許せる訳がないじゃない」

ルルリアが学園に入学した時に告げられた『自分の幸せを見つけたい』という言葉に向けて、カレリアは侮蔑を含めた笑みを作った。何故ルルリアが幸せになることが許せないのか、その強迫観念の理由すらカレリアはもう忘れてしまっている。

それほどまでに、彼女にとって妹のものを奪うことが当たり前になってしまい、それが正しい行為だと疑問にも思わなくなっていたのだ。

だから、ルルリアの反抗にカレリアは大いに苛立った。カレリアのために奪われるだけの存在が、幸せになるなどという夢物語を語る姿に。しかし、その希望が絶望に代わる瞬間も楽しみであったため、カレリアは自分を落ち着かせるように小さく息を吐いた。

「フェリックス・ガーランド。父親は女遊びが激しいと聞いていたけど、そのせいで息子には女性が寄り付かなかったのかしらね。女に慣れた様子は見られなかったし、あの年齢の男は刺激に弱いから反応がわかりやすかったわ。……おかげで、簡単に手に入れることができた」

学園の入学式から三ヶ月ほど経った現在、カレリア・エンバースは心から楽しそうに笑っていた。

思い出すのは、学園の庭園の奥で妹の婚約者に抱きしめられた時の温もり。カレリアの美貌に見惚れ、完全に意識していた思春期の反応に、女王様はくすくすと笑う。妹の婚約者の気持ちを奪ったことが、彼女の優越感を満たしていた。

カレリアは二年ほど前から、クライス殿下と懇意にさせてもらっている。彼の相談に乗り、陰ながら応援するいじらしい令嬢として、信頼と立場を少しずつ得てきた。しかし彼には公爵家の婚約者という存在がいるため、表立って動くことはできない。そのため学園では、積極的な行動は控え、ゆっくりと近づくようにしてきたのだ。

それ故に、本来なら妹の婚約者と関係があると思われるのはまずい。彼女もそれを理解していたが、それでも収まらない感情が彼女を突き動かした。気づかれたらまずいのなら、気づかせなければいい。今までと同じように、裏から手を回せばいいと考えたのだ。

「男には、適度な遊びが必要なのよ。ただの優しい良い子ちゃんなだけで、繋ぎとめていられるはずがないでしょうに」

ルルリアに向けた独り言を呟きながら、カレリアは妹の婚約者の攻略を思い出していた。

フェリックス・ガーランドは、ルルリアを嫌っている訳ではなかった。彼女の献身的な態度に満更でもなさそうだったが、しかしどこか物足りなさそうではあったのだ。それを感じ取ったカレリアは、その甘さを瞬時に見抜いた。男に関しては、まさに狼並みの嗅覚である。

そしてそれに気づいたカレリアは、この三ヶ月の間に女としての自分をさり気なく売り込んだ。ここで大切なのは、自分はその気がなかったと思わせ、相手をその気にさせることだ。

ルルリアの姉だと言っておけば、近づくチャンスはいくらでも作り出せた。学園での行動など、取り巻きを使えば簡単に調べることができるのだから。そうして誘惑を繰り返し、男の方から迫ってしまいたくなるように何度も仕向けたのだ。

偶然を装ってフェリックスに抱きしめられたカレリアは、恥じらいながら、しかし決して拒絶の態度を見せないようにした。言葉には一切出さず、相手にはまるで受け入れているように錯覚させる。カレリアの妖艶さと色気に当てられる姿から、こういった行為に全く慣れていないことがわかる。純情な少年を危ない道に連れ込むぐらい、カレリアには朝飯前なことであった。

フェリックスにも戸惑いや葛藤はあっただろう。

カレリアへ目を向けたことに、婚約者であるルルリアへの不義を感じ、世間からの目に苦悩したであろう。それでもルルリアとカレリアのどちらも手放したくない、とまで思わせれば……もう彼女の手のひらの上だった。後は、優しく甘い言葉を囁いてあげればいい。

『私も妹を傷つけたくありません。でも、私が好きにさせてしまったあなたにも申し訳がないわ』

それでもエンバース家から消えた妹がずっと心配でいた姉を演じ、フェリックスにも妹のためにと言って、カレリアとの密会は秘密にしていた。それなのに、妹の婚約者である彼の心を揺さぶってしまった己を責めるように、そっと涙をこぼす。女の涙に耐性がないフェリックスはコロッと騙され、君のせいじゃない、と勝手に懸想してしまった自分自身を責め出したところで、そっと誘導したのだ。

『……だから、こうしましょう？　私もいずれ、家のために夫を作ることになると思います。だけどあなたはそのまま、ルルリアと結婚してほしいの。そして、今の屋敷を離れて別宅を作ってください。その後、妹の姉だからと私があなたに会いに行けばいいわ。あの子や周りにさえばれなければ、みんな幸せなまま暮らせると思うの。あなたの気持ちも守れるし、ルルリアも知らなければ幸せなままだし、そして私もあなたを好きにさせてしまったことへの責任が取れるわ』

つまり、世間的にはルルリアの夫になり、裏では自分と浮気をしましょう、と告げたのだ。本来なら、二兎《にと》を追う者は一兎をも得ないはずの事柄を、無理やり両立させる。その提案にフェリックスは戸惑いを見せていたようだが、すぐに否定の言葉を出すことができなかった。

ルルリアや父にさえばれなければ、ちょっとぐらい……という気持ちかもしれない。彼は父に対して、反抗心をまだ持っている。ルルリアに非はないが、父親が連れてきた婚約者であることも事実であり、お互いに必要ないと判断されたら婚約を白紙にできることも知っていた。

もし浮気がばれても、噂通りにあんなに心優しい妹なら、姉である私と愛する夫の幸せのためにきっと笑顔で許してくれるわ、とカレリアに告げられたことでフェリックスの罪悪感を薄めてしまったのかもしれない。ルルリアを誰よりも知っている、姉であるカレリアが言うのなら、と認めてしまったのだ。あの父にして、この息子である。

「愛していた夫の心は自分になく、隠れ蓑にされていた事実を知ったら、……いったいどんな表情をするのかしら？」

婚約者を取られないように、健気に頑張っていたルルリアがおかしくて仕方がない。夫の愛は姉に向けられ、何も知らないで幸せに浸かる愚かな妹。そしてカレリアの思惑が上手くいったら、いつかルルリアにばらすのだ。

あと数年あれば、フェリックスを完全に自分側へ懐柔できるだろう。ガーランド侯爵閣下はわからないが、フェリックスの他に後継者は誰もいない状態であり、父親ももういい年だ。時間が勝手に、ルルリアから全てを奪ってくれるであろう。その時の妹が絶望するだろう姿に、彼女の笑いは止まらなかった。

もちろん、これはカレリアの計画の一部でしかないため、常にルルリアを陥れられるように、フレッシュな思考を彼女は持つようにしている。カレリアが王子と懇意にしていることを、婚約者の彼は知らない。もし自分が正式に王子から選ばれたことで、彼が浮気に怖気づいたり、周りにばれるような失敗をしたら、その時は妹と一緒に追い落とせばいいだろう。侯爵家の権力を使って、突然迫られたのだと女が涙を見せれば、周りは勝手に男に非難を向けてくれる。ルルリアを認めるような家なんて、そのまま落ちぶれてしまえばいい、とカレリアの悪意はガーランド家にも向けられていた。

「ふん、男一人奪われれば、頼るものがなくなる程度の力しかないのよ、あなたには。私に牙をむいたことを、後悔させてあげる」

ただの人形が立派な人間になろう、だなんておこがましい。自分より高い位置に立って学園に現れたことも、侯爵家の嫡男という婚約者を連れてきたことも、カレリアには何もかもが腹立たしかった。エンバース家では従順なおもちゃだったルルリアが、ガーランド家に嫁いだだけであれほどまで変わるなど思ってもいなかったのだ。

だから、あの人形をあそこまで変えた理由を考えた時、ルルリアの反応から婚約者である少年しかいないと直感したのだ。もともとルルリアの婚約者は、五十代の男だと聞いていた。お似合いだと嗤っていたのに、現実は違ったのだ。ルルリアは、何も持っていない無力な小娘だった。おそらく、息子である彼に運よく救われたのだろうとカレリアは思考したのである。

そして、きっと妹は婚約者の彼に惚れたのだ。あそこまで女を変えられるものは男しかいない！と自分の名推理に酔いしれた。もう、これが真実の方が誰も傷つかないような気もするが、気にしては駄目だろう。


「私がずっと遊んできたからか、ルルリアってば身体は丈夫よね。私の下僕たちに、もうちょっと壊れそうなぐらい遊んでもいい、って言っておこうかしら」

フェリックスのことはある程度目途が立ったため、カレリアは次にルルリアへの学園での歓迎内容について考えを巡らせる。

三ヶ月という月日を、何も妹の婚約者のみに注視してきた訳ではない。自分の取り巻きを使った嫌がらせや暴力を、彼女に何度も味わわせておいたのだから。

入学した当初は、ルルリアの噂が流れれば流れてくるほど、カレリアの神経を逆撫でしていった。ルルリア・エンバースという少女が入学した時、学園に通っていた貴族は驚きに目を見開いたのは当然だろう。『エンバース』という家名から、カレリアの存在をすぐに感じ取ったからだ。

しかもルルリアは、あのガーランド侯爵家に認められており、婚約が成立したらすぐにでもガーランド姓になることも伝えられていた。

カレリアをよく知らない生徒から見れば、あの美人な人の妹かー、という反応を。カレリアをよく知る生徒から見れば、本当にあの人の妹なのか、という反応を。

そんな驚愕を起こしたルルリアだったが、彼女は非常に模範的な優等生で、礼儀正しく、教養高く、そして優しく微笑む少女だった。

しかも、侯爵家の次期夫人という立ち位置でありながら、彼女は決して傲慢な態度を見せることはなかった。さらにリリック侯爵の噂が流れたことで、彼女の境遇に同情的な眼差しを向ける者もいた。表立っての非難はなかったが、金銭的な理由で娘を売り飛ばしたエンバース家の対応に、疑問を持つ者も現れたのだ。

それにカレリアは曖昧に笑いながら躱《かわ》していたが、鬱陶しいと感じるのは事実。ルルリアの境遇に一切嘘偽りはないため、あまり捏造《ねつぞう》した話を広げすぎると侯爵家が動き出しかねない。ルルリアの身売りは、侯爵家と子爵家の間で行われた正式な取引。エンバース家は悪くない、と伝えるにも、さすがに侯爵家を下げるような物言いはできない。そんな溜まった鬱憤を晴らす気晴らしのためにも、カレリアはルルリアへ裏から様々な攻撃をしたのだ。

「エンバース家でのルルリアの噂は流したし、ルルリアを孤立させるように周りには伝達しているわね。わざと親しい雰囲気を出して、手酷く裏切る案はどうなったのかしら。また確認しなくちゃいけないわ」

指折りに数えたが、気分によって様々な嫌がらせを命じてきたため、カレリアは全てを思い出すことができなかった。誰に何を命令したのかも、あやふやなものだってある。しかし、そのどれもがルルリアを傷つけるためであることに変わりはなかった。

一人になったルルリアを見かけたら、表にばれない程度に遊んで構わない、と取り巻きの男女全員に通達も済んでいる。報告を聞く限りでは、衣服や道具をボロボロにしたり、どこかの空き教室に閉じ込めたり、バレない程度に暴力も行ってきたという内容を耳にしている。

エンバース家では、カレリア一人だけの悪意で済んでいたことが、ここでは学園の生徒中から悪意を向けられるのだ。果たして、あの人形はいつまで耐えきれるだろうか。それをカレリアは楽しみに眺めていた。

学園でのカレリアは、裏の女王のような立ち位置である。魅了した男を使い、学園での地位を固め、女生徒は使える者は利用し、使えない者は手を回し潰してきた。事件を明るみにすることなく裏でもみ消し、表では淑女として通っている。

だから、ルルリアも今までのおもちゃのように教師や学生を使って遊んだのだ。エンバース家の時のように、直接自分が動く必要なんてないから。そうやってこの三ヶ月間遊んでいたのだが、ルルリアは泣き言一つ言わず、決して折れることがなかった。泣き叫ぶ顔の一つぐらい見たかったカレリアは、その結果に不満そうに唇を尖《とが》らせた。


「本当に、あの公爵家の女と同じで忌々しいこと」

カレリアは、王子の婚約者である女性を思い出す。

美しい黒髪と容姿を持った、この国の次期王妃と名高い公爵令嬢。カレリア自身も、子爵家という身分故に、自分が王妃になるのは難しいとわかっていた。だから彼女が目指したのは、側室という名の寵姫《ちょうき》だった。

王妃を目指せば、たとえ王子の寵愛という後ろ盾があっても、苦労は絶えない。政務や外交などの能力がないことも、自分が一番わかっている。何よりも、この国にいる名も知らない誰かのために頑張るなど、カレリアには考えられない。だからこそ、彼女が目指したのは側室だった。

カレリアは、王子の愛があれば十分な巻き返しができると考えたのだ。国の政治や外交としてのお飾りの王妃をたて、自分は側室として王子の愛とおいしいところだけをもらう。頂点を目指すよりも、妥協して上手く立ち回る方が危険も減り、得をするものと彼女は考えたのだ。

側室の主な役目は、王家の子を孕《はら》むこと。後は使えそうな人材を懐柔し、自由を手に入れさえすれば、厳しく目をつけられる心配もないだろう。

しかし、王子と懇意となり、側室計画の準備をしていたカレリアの誤算は、その王妃候補の女性が優秀だったことである。そして何よりも、王子はまだ彼女に対して揺れていることだ。

故に二年前から、様々な手で婚約者の立場から引き擦り下ろそうとするが上手くいかない。カレリアが側室になった時、優秀な王妃は確実に障害となるだろう。

故に、その公爵令嬢を排除できるなら、しておきたかった。

一ヶ月後に開かれるクライス殿下の誕生祭で、婚約者である彼女は彼にエスコートされて現れる。多くの貴族や王族の前で彼とダンスを踊り、その存在を大きく刻み付けるだろう。彼女がいなくなれば、王子の口添えで緊急の代役として、もしかしたら自分が隣に立てるかもしれないのに、と苛立ちを滲ませながら、カレリアは金の髪を指で弄った。


「いっそ、邪魔な二人で潰し合いでもしてくれたらいいのに…」

ポツリ、と呟いた自身の言葉に、カレリアは思わず目を見開く。そして思案した表情で考えを巡らせた後、無意識に口元へ弧を描かせた。

彼女たち二人には、接点など何もない。本来なら潰し合いに発展するはずはないのだが、それなら誘発させればいいのだと思いついたのだ。

成功すれば、公爵令嬢の名に傷がつき、ルルリアの地位は地に堕ちる。失敗しても、二人の間になんらかの禍根を残すことができれば、後の布石として十分に使える。

お互いに疑心暗鬼を抱かせるきっかけにはなるだろう。

「……そうと決まれば、まずは簡単な挨拶の準備と、使い捨てにできる駒でも見繕っておきましょうか」

優越感が浮かぶ瞳を細めながら、口元にそっと手を添える。そして抑えきれない感情に逆らわず、カレリアは高らかに笑ってみせたのであった。

こうして、恐ろしい姉の計画は着々と進行していった。……一番やばすぎる勘違いを残したままに。

第九話

魔王様と協力者と下僕の行進

少し癖のついた黒髪の青年は、目の前の少女――ルゥを見ながら、彼女と出会った昔のことを思い出していた。当たり前のように、我が物顔で自分が私的に乱用している部屋に入ってきては、姉の養殖行為という彼女にとっての世間話と、紅茶をせびりに来るこの魔王に、ちょっと現実逃避がしたくなったのだ。俺の平穏はどこに行ったと。

「あら、どうかしたの？」

「お前、自分が図々しいなぁー、とは感じない訳？」

「何がよ、はっきり言わないとわからないわ。後、お代わり」

「それだよ、それ。現在進行形で、カップを年上の俺に突き付けてくるお前に言っているんだよ」

「文句を言いながら、しっかり言われた通りに紅茶を注いでくれるからでしょ」

「……はっ!?　俺はまた無意識のうちに、ご主人様に躾《しつ》けられた動作を！」

本気で頭を抱えて唸り出すシィに、栗色の目は呆れを通り越して、もはや慣れが見えた。空になったカップを「お代わり」と言って突き付けると、新しい紅茶を注いでしまうのだ。完璧なまでの給仕の鏡である。ちなみにオートモードであった。

おかしい。この状況は絶対におかしい。シィは項垂れながら、キリッとした表情で考え込む。この少女とは、顔を見せない時期も合わせれば、もう五年ぐらいの付き合いだ。情報屋としての生き方を十一歳の少女に教えたのは自分で、どう考えても師匠のようなポジションになるはずなのだ。それが、こんな風に顎で使われるなど、どう考えても納得できない。

そうだ、俺はご主人様に立派に躾けられたワンコであるが、この尻尾は誰にでも振っていい訳ではない。内容は情けなさ全開でも、彼なりにやる気に満ち溢れ出したシィは、ビシィッと魔王に向けて反抗心を示した。

「いいか、ルゥ！　俺はお前よりも年上で、師匠ポジション的な感じで、敬われる立場のはずだ！　今日という今日は、俺への扱いに敬意を持ってもらっ――」

「うるさい、ハウス」

「わんっ！　………………違う、ここは学園長に上手いこと言って、騙し取った学園での俺の個室だァッ！　俺が出て行こうとしてどうする⁉」

ちなみに、シィは「ハウス」と言われると、自ら部屋を退出してお家に帰ろうとする。当然オートモードだ。栗色の少女の目は、もう完全に悟り状態に入っていた。

「……私、あなたの躾けられ方を見ていると、上には上がいるものね、ってしみじみと思うわ」

「おい、やめろ。そんな哀れな目で俺を見るんじゃない。やめてください、お願いします」

仕事モードの時はプライベートと意識を切り分けて考えられるのだが、さすがにこれ以上はシィのメンタルもボロボロだった。五年前、ルゥの目的を知った代わりに、自身の目的を語ったのは間違いだった、と青年は大きく溜息を吐いたのであった。

＊＊＊＊

魔王様、十一歳。可憐な乙女時代の真っ最中な少女は、先ほど年上の男の鳩尾を全力で蹴り飛ばしたところである。床に転がった青年はピクピクとしばらく痙攣《けいれん》していたが、容赦のない一撃を放ってきた相手に口元は引きつっていた。

「おまッ、今の本気で蹴りやがっただろっ……」

「あら、女の子が一途に目指している素敵な夢を大笑いしておいて、これぐらいで済んで良かったと思ったら？」

「……えっ、鳩尾クリティカルを狙うようなやつが女の子？　素敵な夢ってなんの冗談……悪かった、俺が悪かったからまた鳩尾を狙うのは――じゃあこっちでって、向こう脛も狙わないでくれるかなっ⁉」

なんで地味に本気で痛いところばっかり狙うんだよ！　と、どこか嬉しそうにクリティカルを狙って来る十一歳の少女に向けて、シィは叫んだ。叫んでから、そういえばこいつは人体の急所について載っている本を、うっとりと興奮しながら読むような相手であったことを思い出す。現実から目を逸らしたくなった。

この少女に会うようになって、もうすぐ半年が経つ。会った回数は三回ほどと少ないが、猛獣のような目が何かを虎視眈々と狙っているのはわかっていた。この少女と同じような目の持ち主を知っていた青年は、学園の情報を求める彼女にわざと接触し、目的を探っていたが……まさかの目的に久しぶりに大笑いしてしまった。そして、鳩尾への制裁を食らったのであった。

「しかし、あのカレリア・エンバースをね。まぁ、彼女は色んなところから恨みを買いそうな性格みたいだからなぁ。……それを『ざまぁ』するために、わざわざ情報屋のところまで来るやつがいるとは思わなかったが」

「何よ？　……別に信じられなくてもいいわ」

「いや、信じるよ。君は目的のためなら嘘をつきそうな人間だけど、意味のない嘘はつかない人間な気がするし」

「………………」

軽い口調で言った自身の言葉に、少女は小さな驚きを見せる。おそらく、「ざまぁ」したいだなんて理由を、信じてもらえるなんて思ってもいなかったのだろう。だが少女と似たような人物を知っていたシィには、なんとなくだがそれが本心だと思ったのだ。だから、正直に答えてみせた。

相手のご機嫌取りのために嘘をついてあげるような、優しい人間ではないことを少女も知っているため、余計に驚いてしまったのだろう。それでも、珍しく態度によく表れていると感じる。まるで、他人が自分の言葉を初めて信じてくれたかのように、どこか泣きそうに見えたのだ。しかし、そんな雰囲気はすぐに消え、いつも通りのふてぶてしい少女の姿に戻る。その様子にシィは、小さく肩を竦めた。

「変なところもよく似ているよ」

「……何、どういう意味？」

「気にするな。本当にただの独り言だよ」

少女から胡乱《うろん》気《げ》な視線を感じたが、深く聞かれることはなかった。彼女もさっきの話を、あまり掘り返したくないのだろう。さっさと本題に入ろう、とする様子に青年も付き合うことにした。

「それで、わざわざ私の目的を聞いて、あなたに収穫はあったの？」

「ん、あぁ。それはいいな、と思うぐらいには。面白そうだし、何より俺の目的とぶつかることはなさそうだから」

「あなたの目的？」

目を細め、当然の疑問を少女は青年にぶつける。彼女の目的をシィが聞いたのは、自分の目的の障害になるかを確認するためだった。目の前の少女のように獣のような目をした人間の執念深さを、誰よりも見て知っていたから。だから彼女もシィと同様に、自分の目的の障害にならないのかが気になるのだろう。

彼女がシィに自身の目的を正直に話したのは、どうせ信じてもらえない、という理由もあったと考える。確かに「ざまぁしたい」なんて言われても、適当に誤魔化されたと感じる内容だ。事実を話したのは彼女の意思であり、シィも同じように本当の目的を相手に語る必要はない。それはわかっていたが、特に話しても彼女なら支障がなさそうだと判断した。

「私は話したんだから、ちょっとぐらい教えてくれてもいいじゃない」

「うーん、……まぁいっか」

「えっ、いいの」

おそらく、彼女自身も冗談半分で言っていたのだろう。シィの返事に、きょとんとした様子を見せる。それが少しおかしくて、青年は小さく肩を震わせた。

「君に話しても、問題はないしね。逆に、俺にとって邪魔になることを知っていれば、君も下手に動かないだろう」

「確かに、あなたと敵対するのは嫌ね……」

少女の目的はカレリアを貶めることであり、そのために必要な敵がいるなら排除に動くが、必要のない敵を作ることには気を付けている。それなら、シィの目的を邪魔するような行動は慎むだろう。少なくとも、カレリアを『ざまぁ』することは、シィにとってはどうでもいいことである。エンバース家も同様に。それならお互いに協力者として、これからも関係を築いていく方が得だった。

「それで、どんな目的なの。人の夢を笑うほどなんだから、当然それだけの内容よねぇー？」

「あれだけ人の急所を抉ったのに、まだ根に持っているよこいつ。……あぁー、まず簡単に言うと、俺には雇い主というか、主人がいたりするんだ」

「……あなた、従者だったの？」

「似たようなもん」

目の前の少女は、シィの言葉にどこか納得したように頷く。彼女は学園に関する情報を欲しがっている。貴族が通える学校の関係者が情報屋ということに疑問を持っていたのだろうが、貴族の従者なら納得できたのだろう。

「あなたって、平民にしては立ち振る舞いが綺麗だし、貴族にしては雰囲気が荒っぽいから、不思議だったのよね。色々混じっている感じで」

「なかなか波瀾万丈《はらんばんじょう》な人生だったのはお答えしておくよ。……君も十分特異な環境で育ってきたっぽいし、お互いにめんどくさい過去を気にしても仕方がないと思うぞ」

「それも、そうね。大切なのは、あいつらをざまぁすることだもの。過去なんてどうでもいいわ」

シィの言葉に同意するように、吐き捨てる勢いで荒む少女。青年は少女の荒みっぷりに、頬が少し引きつる。表情に出すと痛い目に遭う可能性があるので、鳩尾の痛みを思い出しながら表情筋が動くのを堪えた。

シィが彼女に自身の立場を伝えたのは、主人から話す許可をもらっていたからだ。少女と初めて接触した後に、己の主人に少女のことは既に話している。その時に、彼女の目的によっては、こちらの事情を伝えても構わないと言われていたのだ。

手駒として取り込む気なのかな……、とちょっと遠い目をしたくなるような瞳と性格の少女を見据える。自分の直感だが、これは大人しく誰かの下につくような性格ではないだろう。自分と近い年齢の少女だという話を聞いて、珍しく興味を持っていた自分の主。彼女の目的を主人に伝えたらどうなるかはわからないが、少なくとも今ある関わりを終わらせようとはしないだろう。

「その主人の正体については、……教える気はない訳ね」

「君が欲しいのはカレリアの情報だろ。俺の主と関わることはないだろう」

たぶん、そうであってほしい。軽く笑みを浮かべて濁すが、内心は冷や汗が流れている。できたら自身の平穏のために、このまま情報屋同士の関係で終わりたいなぁー、と切に願う。情報屋としての勘だが、主人とこの少女を会わせたら……非常に自分の胃に優しくない出来事が起こるような気がしたのだ。主人は大切だが、自分の身も可愛かった。

「……あの人は、俺にとって恩人でね。俺の目的は、あの人が目指す夢を叶えるために頑張るってことだ。めっちゃ健気だろう？」

「自分で言わなければ」

「ちなみに、俺の主人の夢は十文字以内ですっきり。『国の天辺《てっぺん》を目指す』ことだ」

「……てっぺん？　えっ？」

「一言で結論を言うと、俺のご主人様。……すごく、覇王様です」

「……成り上がり思考の強い方、なのね」

少女は曖昧な目的の内容に訝《いぶか》しんだが、普段飄々《ひょうひょう》としている青年の煤《すす》け具合に、珍しく追及はやめたらしい。シィは自身の主の唯我独尊な様子に遠い目になり、覇王様のために汗水流して働いてきた今までにちょっと目頭が熱くなった。

主人の目的を聞いた少女の反応は、どこか他人事のようで、あまり権力などに興味がないのだろうことが窺える。むしろ、自分に被害がないのならどうぞ頑張ってください、といったところだろう。少なくとも、主人とこの少女が出会う必要は今のところないのだから、今まで通り接していけば問題ないと判断した。

それからお互いを、「ルゥ」、「シィ」と呼び合うようになって五年が経った現在。ルルリアが学園に入学したことで、曖昧だった彼らの関係に明確な変化が訪れる。その結果、青年は胃薬や頭痛薬をストックするようになるのであった。

＊＊＊＊＊

「あぁー、どうして俺がこんな目に…。買い置きしていた胃薬はどこにやったかな」

「……思い出補正なのかしら。五年ぐらい前の出会った頃のあなたって、もう少し真面目そうだと思っていたんだけど」

「俺はいつも通り常識人だよっ！　ルゥが明らかに常識を捨てて、本能が解き放たれ出したんだっ！」

「でも、素質があるって言ったのはあなたじゃない?」

言った。確かに言った。「君にはサドの素質があるよ」と、昔ルゥに聞かれた時に正直に思ったことを言った記憶がある。可愛らしくこてんと小首を傾げるルルリアちゃんに、シィは過去の己の迂闊《うかつ》なフォローにくず折れた。ルルリアの表裏は、もはや詐欺。犯罪である。付き合い五年目に到達した協力者のサド顔に、青年はなんとも言えないような目でたそがれた。

出会ってすぐの頃は、自分が彼女を振り回せるぐらいの、まだ雀の涙ぐらいの可愛げはあったはずなのだが、一年ほど前からこちらが振り回されている。おそらく、どこかの幸せそうなおっさんのおかげで、ストレス発散の手口を手に入れられたからだろう。

「……もうなんか、気にしないようにする。それで、お前の婚約者さんは予定通り大物を釣り上げてくれたのか？」

「ええ、最高の働きだったわ。今頃女王様は、妹を嵌《は》められたという気持ちよさに高笑いしていそうよねぇー」

「俺は初めて、本来同情もできないような相手に、哀れな気持ちが芽生えそうになった」

大変嬉しそうに釣った魚の報告をするルルリアへ、シィは溜息と同時に引き出しから見つけた胃薬を一粒飲んでおく。今度は忘れないように、ポケットの中に入れておいた。そんな協力者の姿を視界に入れながら、カレリアとの前哨戦が終わってからのことを、ルルリアは思い出す。あれから、既に三ヶ月ほど経っているのだ。

無事に学園へ入学を果たしたルルリアは、当然ながら本性を隠して過ごしていた。侯爵家という社会的な地位を手に入れた彼女が、次に手に入れようと考えたのが、人望であったからだ。周囲を味方につけることの怖さを、ルルリアは幼少期より刻み込まれている。間違いさえも正しくさせる怖さを、彼女は知っていた。

故に世論を味方につけるなら、人との関わりが重要である。彼女が学園に入りたかったのは、その人脈作りのためであった。姉に見張られているため、大っぴらに動く訳にはいかないが、誰に対しても丁寧に対応し、印象付けていくようにしてきたのだ。今はまだ小さな芽だが、何もしないよりずっとマシだろう。何よりせっかく長年かけて用意した舞台なのだから、観客がいなければつまらないと思ったのだ。

「はぁ……、本当にお前の猫被りはとんでもないな。お前の性格なら、この学園の真の女王様を目指せるんじゃないか」

「嫌よ、私が討伐される側になっちゃうじゃない。健気で優しい女の子の方が、世間を味方につけやすいし、相手の油断を誘えるし、何より反応が面白いわっ！」

「……自覚している分、余計に性質《たち》が悪い」

思考回路というか、存在そのものがデンジャラス令嬢なのは今更だったので諦めた。喜びなさい、下僕以外で私の本性を知っているのはあなただけよ！　と言われたことはあったが、全く嬉しくない秘密である。情報屋に、この真実はできれば知りたくなかったと項垂れさせたのは、ルルリアぐらいだろう。

「あら、私が今まで受けてきた仕打ちは全て真実よ。不幸だわー、って泣いたって罰は当たらないと思うけど」

「両親に虐待され、姉に全てを奪われ、使用人に無視され、孤独を強いられ、親に売られて、五十代の男に嫁がされ、回避するも婚約者を略奪され、学園でも嫌がらせをされる。……おかしいな。間違いなく同情できるような相手なのに、なんで同情する気持ちにものすごい違和感が…」

真実とは、時に残酷である。

「何よー、世間では心優しい健気で哀れなルルリアちゃんと認識されているのに」

「……自分の婚約者で釣りをして、姉の略奪フィッシュに大喜びするような神経を持った人間が、健気で優しい……」

「言いたいことがあるならちゃんと言ってくださいな、シーヴァ先生。それとも、フィッシュ第一号？」

「第一号言うな。……あぁー、あの時に時間を戻してなかったことにしたい」

そう言って、シーヴァ先生と呼ばれた青年は黒髪を手で掻きながら、ガックリと項垂れた。彼はこの学園の教員を務めており、当然ルルリアよりも年上である。おそらく二十代ぐらいであろう容姿だが、実年齢はよくわからない。彼は情報屋として裏社会でそれなりに名はあり、ルルリアと初めて会った五年前から未だにこの学園に在籍しているのだ。当初の考え通り、学生より年齢は上だろうと踏んでいたし、彼が学園の教員か事務員であろうとルルリアは予想を立てることができていたのだ。

しかしこの学園は、教員も事務員もかなりの人数がいる。そこから、顔も知らない彼を探し出すのは難しいとわかっていた。だが、『ざまぁ』のために学園で暗躍しようと思っていた彼女にとって、シィとその主の存在は無視できないものとなっていたのだ。

そのためルルリアは、自力でシィを見つけ出すことを考えた。情報屋経由で話をすることも頭に過ぎったが、まず彼の主に認められなければ深く関わらせてはもらえないだろう。ルルリアは全く知らない他人に、自分の全てを委ねることなどできなかったのだ。

　幸い、シィはルルリア・エンバースがルゥであることも、ルゥが貴族として学園に在籍していることも知らない。普通に考えれば、貴族の令嬢が情報屋などしないし、自由に街を出歩かない。学園の情報を欲しがっていたことで、学園に入ることができない人間と思われている可能性がある。それらを利用できないか、とルルリアは思考した。

　何より彼女は二年前、シィがカレリアと王子を勝手に接触させた件をまだ許したわけではない。ざまぁの難度を勝手に上げたのは、彼の主が決めたことなのかもしれないが、実行したのはシィだろう。だから、ルルリアは自分自身を餌に、シィを釣り上げることにしたのだ。


「シィなら『ルルリア・エンバース』の情報を得るために、私を監視するだろうってわかっていたからね。……そして、彼女に何かしらのアクションを起こせば来ると思っていたわ」

　主人の命令でカレリアの動向を監視していたシィが、その妹であるルルリアに注意を向けないはずがなかった。何より、ルルリア・エンバースの情報は少ない。彼女は親から外出を禁じられ、外からの人間の情報も僅かしかない。

　侯爵家に入ったたことでようやく表に出てきた少女の印象も、よくわからないものが多かった。侯爵閣下の闇を払った、婚約者に尽くす心優しき穏やかな少女という噂のみ。カレリアがルルリアを標的にしていることはすぐにわかっただろうが、その少女を助けるにしても見捨てるにしても、今後のために見極めが必要だった。

「はぁ…、ルルリア・エンバースの正確な情報把握は、確かに俺の仕事になっていた。優等生で優しさに溢れているだけの、奪われ続ける女。正直最初は、煽るような姉への対応の仕方にただの考えなしかと思っていたが……。そんなやつがいきなり『王子の婚約者』の机の中に、呼び出しの手紙を投入するとは思っていなかったよ」

ルルリアの行動を監視していたシーヴァだったが、まさか登校して約二ヶ月後ぐらいに、いきなり無人の教室に入っていき、公爵令嬢である『ユーリシア・セレスフォード』の机の中に手紙を突っ込んでいくとは考えていなかった。ルルリアが去った後、シーヴァは確認した手紙を読んで唖《あ》然《ぜん》とする。『大切な話があります。一人で来てください』という特徴のない筆跡と、場所と時間が指定されていただけのものであった。

「おかしいと思ったのよ。ユーリシア様は公爵家の方で、確かに優秀なんでしょうけど、それでも姉の悪意からほとんど無傷っていうところにね。カレリアが女王となっているこの学園に私が入学して、数日経ったことでそれが確信に変わったわ」

ルルリアはこの数ヶ月で、数えることすら面倒だと感じてしまうほどの嫌がらせを受け、何度も襲われたのだ。姉はどこか他人事のように、無邪気に悪意を振りかざす人間だ。相手の気持ちを弄《もてあそ》ぶくせに、誰よりも他人の気持ちがわからない。肯定のみの世界で生きてきたカレリアには、自分の行いが間違っていると思わないから。それを指摘してくれる人間がいなかった十七年間が、彼女の根底を作ったのだ。

カレリアは、婚約者を奪われたルルリアが絶望するとわかっても、それがどれだけの痛みなのか理解できない。哀れだと思っている妹を、平気で男を使って襲わせようとする。自分が普通じゃないから問題はなかったが、普通の女性なら最悪のトラウマものになっていたことだろう。

そんな悪意へのストッパーが、ぺらぺらの紙装甲な姉がいる学園。それなのに、姉に疎まれているユーリシアが襲われていない、というのはおかしな話だと思った。公爵家の名や、王子の婚約者という地位が周りへのストッパーになっている部分もあっただろうが、彼女は学生であり、まだ正式な伴侶ではない。カレリアならば、今のうちに自ら王子の婚約者の地位を降りたがるよう仕向けるはずだ。間違いなく、カレリアにより裏から手を回されていたはずなのだ。

そんな状況下で、彼女が二年間も無事だったこと。学園内には警備員もいるが、ずっと守り続けるのは不可能だろう。いくら彼女が気をつけていたのだとしても、全てを回避するのは無理というもの。

「姉に目を向けてしまっていた王子様が、彼女を守るのは無理でしょうしね」

「……幼馴染《おさなじ》みの延長線みたいな態度だったからな、王子様は。そんで昔からよく婚約者の彼女と比べられて、ちょっと卑屈になってもいた。もちろん王太子として、自他共に厳しい婚約者に釣り合うように、頑張ってはいたんだが――」

「あー、つまりその隙をカレリアに付け込まれたって訳ね」

ルルリアは学園に入学したことで、遠目からだがクライス殿下を見たことがある。婚約者である黒髪の美女を伴って、学園の廊下を歩く姿を。情報を見た限りでも、彼はまだ姉にそこまで傾倒している訳ではなかったが、心の拠り所にはなってきているようだった。

クライス殿下はおそらく、婚約者の彼女への気持ちにまだ答えが出ていないのだ。昔から一緒にいたから、なんとなくこれからも一緒にいる、という考えだったのかもしれない。ある意味、他の女を知らずに過ごしてきたのだろう。だからカレリアはかなり慎重に動きながら、虎視眈々と狙っているのだ。

「……王子様のことは、今はいいわ。とにかく、私はこの学園に入学してからユーリシア様の情報に耳を傾け続けたけど、彼女を悪く言うものは聞こえなかった。だから、……彼女には何かあると思ったのよ」

姉の悪意を一番に知っていて、そして受けてきたルルリアだからこそ。裏から伸びる手を完全に排除し、情報の統制ができる相手を知っていたからこそ。公爵令嬢である彼女に、違和感を持った。ユーリシア本人が全てを排除するのは厳しくても、そこに彼女を守る第三者がいたら可能だろうと。

だからルルリアは、行動を起こすことに決めた。このまま動かないままだと、シィかその公爵令嬢の手によって、カレリアの妹という駒として、彼らの利益のために利用される危険性があった。もし当てが外れたとしても、姉の標的にされても生き残っているユーリシアと関係が持てるのは大きいだろう。

逆にユーリシアが、シィが言っていた主であるのなら――確実に彼は動く。もちろん疑問は多くあったが、これ以上考えても堂々巡りだとルルリアは思った。知りたいのなら、直接本人に聞いてみればいいのだから。

学園に入学した頃のルルリアにとって、ここでの足場を作ることは最優先だった。多少の不安要素はあるが、ユーリシア・セレスフォード公爵令嬢は、ルルリアの目的のために通らねばならない壁であることに変わりはない。ならば、迷って足を止める愚よりも、どんな障壁をもぶち壊すバイタリティこそが、今の自分に必要なものと結論した。

だからルルリアは――正々堂々と一対一で来いやァ！　と果たし状《手紙》を送ったのであった。

「まぁ、本当に本人が来たらびっくりしただろうけどね」

「何を考えているのかわからない相手のところに、行かせられないだろ」

「えぇ、だってこの時の『ルルリア・エンバース』って、シィの視点から見たらかなり不気味な存在だったと思うから。あなたなら、彼女当てに送られた意図のわからない手紙を、まず回収するはず。そして、それを送った相手の真意をはかりに来るだろうと思ったわ。あの内容じゃ、敵か味方かわからないものね」

もし第三者などおらず、ユーリシア本人がやって来たら、それはそれで彼女の見極めに使える。警戒して来なくても構わない。複数人の気配がしたら、逃げる準備もできていた。しかしその待っていた教室に、彼女以外の第三者が一人で訪れた場合は、ターゲットである可能性が高い。

ルルリアは一人で放課後の特別教室で待機し、扉が開かれるのを待った。人気はなかったとはいえ、あんなに警戒せず堂々と手紙を突っ込み、無防備さを演出したのだ。ユーリシアを守っているのがシィなら、丸腰の女一人しかいない教室に入ってくる。そして、無害そうな顔で情報を聞き出そうとするだろう。

そうして日が傾いてきた時間に入ってきたのが、若い男性教員だったのだ。施錠のチェックをしていて、たまたまルルリアを見つけたように。相手の心配そうな表情や声、背丈や歩行などを確認したルルリアは、気づけばニッコリと笑っていた。

そして、――後ろ手に握っていたトラップ発動の紐を引き千切ったのであった。

「まぁ、うん。確かに調査対象だったし、呼び出しのやり方の強引さと、丸腰の女子相手だからって、油断していた俺が迂闊だったのは認めよう。……だからって、いきなり机とか椅子とかが飛んでくると思うかっ！　公共施設に大量のトラップをしかけまくるんじゃないッ！　寿命が確実に縮んだ！」

「だって、ただ待つのが暇だったんだもの。ちなみに、あのトラップ群はシィから教えてもらった技だから、ぜひ弟子の成長をその目で確かめてもらおうと思って」

「こんな時だけ、師匠扱いするのはやめてくれないかな。本当に俺、なんで教えてしまった……」

お茶目さをアピールするようにウインクするルルリアちゃんに、シィはお腹を押さえる。胃薬、キミに決めた。と、お薬の力でなんとか持ち直したが、キリキリする痛みは続いていた。

「あら、結局全部対処しちゃったのはシィじゃない。一つぐらい大当たりしてくれたら、腹を抱えて笑ってあげたのに」

「『シィの必死な回避顔が笑える』って、既に笑っていただろうが……」

二年前の意趣返しに成功したルルリアの表情は、とても晴れ晴れとしたものだった。もしもの危険のためにトラップを色々用意していた彼女は、目的を果たしても、勿体ないからとそのまま全トラップを放出。そしてシーヴァも、ルルリアの鬼畜な性格と呼ばれ方で、彼女が誰なのかすぐに見当がついたのであった。

「お前な……、ルルリアがあのルゥなら、こちらとしても動きやすいから協力はしたぞ。俺の主人に、伺いだってたててやったと思う。情報屋経由で、素性はいくらでも話せただろう」

「シィをギャフンと言わせたかった。反省も後悔もしていない」

「おい」

「……まぁ、あなたの言うこともわかるわ。でもこちらが話しても、あなたが真実を言うとは限らないじゃない。主の命令なら、自分の趣旨を変えるぐらいしそうだし。あなたの尻尾ぐらい掴んで、お互いの条件を近づけておかないと、私はただの都合のいい駒として使われるかもしれなかった」

「信用ないな……」

「私、他人を信じるのは好きじゃないから」

というより、信じることができない。託すことが怖い。相手に委ねるより、自分で強引に捻じ曲げた方がずっと安心できる。リリック侯爵とも、互いの利益が一致しているからこそ、彼女は彼に任せられるのだから。

「……何？」

「――いや、なんでも」

ルゥとシィという情報屋としてのみの関係が少し変わって、それなりに日にちが経った。シーヴァは協力者のぶっ壊れっぷりに頬を引きつらせながらも、それでも彼女を放っておこうと思えなかったのは、主人からの命令もあるが、どこか幼かった頃の主に似ていたからだろう。俺もまだまだ甘いなぁー、と肩を竦めながら、不機嫌そうなルルリアにいつも通りの笑みを返しておいた。

「ところで、二つほど気になったんだが……。ルゥはどうやって、カレリアの情報を入手してきたんだ？　ルゥの境遇からして、人脈なんてなかっただろうし。それに、襲われたと言いながら、すごくピンピンしているみたいだが」

「あら、気になるの？」

「……正直今のルゥの満面の笑顔を見て、ものすごく聞きたくなくなってきたが、一応俺の使っている網と被ったら面倒だからな」

あっ、これ絶対にお腹が痛くなる方法だ。と、もはや未来予知にも似た悟りを開き出したシーヴァは、流れるような動きで新鮮な水をコップに入れ、胃薬片手にスタンバイした。どうしてこの男は、変なところで無駄スペックを発揮するのか、とルルリアも胃薬がある空間に疑問を持たなくなっていた。

「ほら、入学初日にカレリアを散々挑発しまくって、完全に怒らせたことがあるじゃない？」

「あぁー、一応裏で見ていたが。今から思うと、副音声まみれで怖く感じてくるアレか」

「そうそう、そのおかげで面白いぐらいに動いてくれたからね。裏で姉の標的にされるということは、姉の取り巻き以外いない空間を、わざわざ私に用意してくれるってことだもの。女に呼び出された回数や、男に襲われた回数だって、それなりの数よ。……おかげで、たくさん情報源をいただいているわ」

「な、なるほど。しかしそれだと、カレリアに気づかれるかもしれないし、襲ったやつらからの報復もあり得る。スパイをさせるにしても、信用はできないだろう？」

「ただ情報を聞き出したり、協力させたりするだけなら、そうでしょうねぇ……」

シーヴァからの質問に、にぃ、とルルリアは笑った。先ほど彼も言っていたが、情報の被りを防ぐためと、彼女の情報収集のやり方をここで知っておきたいのだろう。ルルリアとしては、そう簡単に真似はできず、どうせ調べられるだろう、とわかっていたので教えても構わなかった。

姉の指示で襲いかかってきた彼らに、ルルリアが容赦をする理由なんてない。潰すだけなら簡単だが、カレリアの手駒を減らす役割も兼ねて、寝返らせてきたのだ。カレリアの持つ美貌と男を落とす手腕は、ルルリアには真似できないものである。姉の魅力に勝る何かがなければ、彼らを自分側に引き摺り落とすのは難しいだろう。しかも、女一人に複数で手を上げようとするような連中である。情報を駆使して脅す方法もあるが、生半可な対応では裏切られる可能性も秘めていた。

だから、ルルリアは考え、結論を出した。自分が持っている最大の武器の存在を。愛情や尊敬を上回るもの——それは、絶対的な恐怖や畏怖であると。

「でも、そこは安心していいわ。襲ってきた連中はみんな丁寧に潰した後、『素直に調教を受けて私の忠実な下僕になるか、姉の魅了に二度と惑わされないように性癖をMやその他に塗り替えられて新しい人生を開くか』の二択だけを用意して、誰が上かをじっくり教え込んだから」

「おい待て。その二択待て」

「くくくっ、私は自分の部下はちゃんと大事にするわ。男には適度な刺激が必要だって、カレリア《お手本》はよく言っていたし、女の子はあまーいものが大好きよね。私はちゃんと下僕に鞭と飴は定期的に与えているもの。人権だって認めるわ。彼女が容姿と愛で魅了するなら、こっちは恐怖と優しさからの心服ってね……」

「お前、どこに行こうとしているんだ?」

ルルリアの魔王理論っぷりに、シィは冷や汗が止まらなかった。

「わかった。もう十分に理解した。だからそれ以上、変態的な行為に俺を巻き込まないでくれ」

「自分から質問しておいて、酷いわね」

「いや、それ俺のセリフだから」

十六歳の少女に振り回されている自覚はあるが、このビッグウェーブに一緒に乗っちゃうと、ヤバい世界に連れて行かれる。それならもう波に揺られて、振り回される道をシーヴァは選んだ。とにかくこの会話はまずいと思い、話の矛先を変えることにした。

「それで、無事に俺を見つけ出せたまお……ルゥは、これからどう動くつもりなんだ?」

「えっ、そんなの当初の予定通りよ。あなたが『ご主人様に接触するのはまだ待ってくれ、一生のお願いだからッ!』って、面白いことを言うから今までは待っていてあげたんだから」

「……やっぱり、会っちゃうのか?」

シーヴァの引きつった態度に少し違和感を覚えたが、いつも通りの飄々とした様子に深く聞かないようにした。聞いても答えずに、はぐらかされるだけだろう。それなら、無駄なことに時間を割いても仕方がないと切り替えた。

下僕からの報告では、カレリアの目的はユーリシア公爵令嬢とルルリアを嵌めることらしい。なんともタイムリーな話題である。表の二人を接触させようとする動きがあるのに、裏で手をこまねいている訳にはいかない。ユーリシア側も見解は同じだからこそ、シーヴァもルルリアが彼女に会うことをこれ以上止めるようなことはしないだろう。

標的を嵌める下準備なのか、ちょっと目を離したら、期待通りリリックからもらった青い指輪はルルリアの前から忽然《こつぜん》と消えた。その上、ルルリアの婚約者とユーリシアが一緒にいるところを目撃したと、わざわざルルリアに聞こえるように噂話をする女生徒たちまで現れていた。

あれか、女の嫉妬みたいなのを煽るためか。ルルリアは呆れよりも、ちょっと感動を覚えた。本人ですら女の部分はかなり諦めているのに、姉はルルリアを女だと認識してくれていたらしい。ちょっと感激した。

「……ねぇ、シィ。私って女の子よね」

「ん？　あぁ、見た目はな」

「そうよね、女の子らしいことをしても違和感なんてないわ。協力者と下僕以外の味方を作ることも、女として大切なこと」

「うん、人間として大切だな」

「だからね、思ったの。裏の協力者は充実してきたし、表の人間関係もちゃんと構築していくべきだって」

ルルリアは女の子らしくスカートを翻しながら、くるりと一回転する。健気な少女の仮面を被り、その演技に慈愛たっぷりの笑顔を含ませていく。全力の違和感というか寒気に、シーヴァが腕を擦っているが気にしない。姉が流した噂もあるが、学園の優等生というイメージ浸透は既に完了しており、姉のおかげで手駒も申し分ない。

「えーと、結局ご主人様とはどういう関係になるおつもりで？」

「えっ、そんなの女の子らしく、きゃっきゃうふふなお友達関係を目指すに決まっているじゃない。ユーリシア様となら、なんだかいい関係が築けそうだって私の勘がね……」

「……あはははははっ」

表から見れば、次期王妃と次期侯爵夫人。お淑《しと》やかで、可憐な少女二人を思い浮かべれば、午後のティータイムをほのぼのと楽しんでいそうだろう。しかし、シーヴァの頭の中では、肉食獣二人による、きゃっきゃうふふなお友達関係が繰り広げられていた。

表では楽しく元気な姿を見せながら、きっと貴族の令嬢とはとても思えないオーラが全身から迸《ほとばし》ることになるのだろう。それがおそらく学園を卒業しても続くかもしれない。自分はその仲介役になることが、ここに決定した。

……友達の意味を、本気で調べたくなったシーヴァであった。

第十話

三王寄れば文殊も逃げ出す

「えっ、わ、私がですか」

「ええ、そうよ。あなたがやるの」

怯えたように栗色の瞳を揺らす少女に、カレリアは酷薄な笑みを浮かべて答えた。

彼女は男爵家の娘であり、エンバース子爵家と繋がりがある家の者である。そのため、中等部に入学した時には既にカレリアの派閥に組み込まれ、取り巻きとしてついてきた人物であった。逆らえば家が潰されるかもしれない恐怖が、少女をここまで突き動かしてきた。

そんな彼女がカレリアに呼び出され告げられたのは、ユーリシア・セレスフォードに嫌がらせをし、それをルルリア・エンバースの仕業に見せかけろという命令だった。栗色の髪と瞳を持ち、ルルリアと見まがう背格好ゆえに彼女は選ばれた。

カレリアは、基本的に自分で手を下さない。

取り巻きにやらせたり、時には一般生徒を脅している。実行犯には監視がつけられ、もし逃げたり、密告しようとしたり、周りに気づかれたりしたら、トカゲの尻尾切りのように速やかに排除される。証拠を隠滅し、本人は何食わぬ顔で過ごすのだ。

「私なんかに、そんなこと……」

「大丈夫よ、公爵令嬢が一人になるように手筈を整えてあげる。水を浴びせて濡れ鼠《ねずみ》にしてもいいし、手ごろな場所に閉じ込めてもいいいし、襲わせてもいいわ。なんだったら、階段から突き落としてもいいのよ？」

「……ッ！」

カタカタと歯を鳴らす少女の怯えた様子を見ても、カレリアの心に波紋は起こらない。

わざわざ自分が目をかけてあげたことを、光栄に思うべきだろうとすら考えていた。しかし、せっかくの計画が失敗するのは面倒であるため、彼女はそっと少女の耳元で囁いてあげた。

「嫌だったら、別にやめてもいいわ。その代わり、あなたは私の新しいおもちゃにしてあげるから。丁寧に、丁寧に、全部壊してあげる。男爵家もお父様に頼めば、……いったい何が残るのかしらね？」

「あ、あ…」

「そういえば、あなたには妹がいたわよね。家がなくなれば、どこかに売られちゃうのかしら。まだ八歳なのに、可哀想なこと……」

「嫌、やめ…て……」

理不尽に家族を奪われる恐怖が、床に雫《しずく》を落とす。カレリアのやり方は、取り巻きとして見てきた自分自身が一番理解している。女王様にとって、成果を出さない駒を容赦なく排除することなど当たり前で、そして一切の慈悲を与えない。

周りは誰も助けてくれないこともわかっていた。次の標的にされるのが怖くて、震えることしかできなかったのは、自分も同じだったのだから。

己の無力故に膝を折り、絶望を浮かべる少女。

カレリアにしてみれば、親はわかるが、何故妹のことでこんなにも涙を流せるのかがわからなかった。目の前にいる彼女の栗色の髪が、自身の妹を彷彿《ほうふつ》とさせたが、どうでもいいことだと消し去った。

悲観する手駒に、今度はそっと頬に手を添えて、カレリアは優し気に声をかける。己の持つ美貌を最大限に使い、表情一つひとつを完璧に見えるように作り出す。

相手が呆然とカレリアを見上げたのを確認したら、誰もが見惚れるような笑顔を見せた。

「私は決して難しいことを言っていないわ。だって、あなたは実行すればいいだけなんだから。しかもその責任は、全部自分とは関係ない人間が被ってくれるのよ。あなたがちゃんと成功させたら、ご褒美だってあげる。お父様に、男爵家への口添えもしてあげるわ」

絶望の中に垂らす、一本の希望の糸。その眩しさは、それ以外に道はないように錯覚させてしまう。自分の幸せのために、相手の幸せを奪う。それは間違っているようで、間違っていない。そんなことは生きていれば、たくさんあることだ。

そう思わせることができれば、カレリアの思惑通りだった。カレリアへの敵意を歪ませ、視野を狭め、そして自分自身で答えを選んだように錯覚させる。

それが、カレリア・エンバースのやり方だった。魔王様の二択とよく似ているあたり、やはり姉妹である。

「でも、どうやってルルリアさんに責任を……？」

「ふふっ、心配いらないわ。ちょうどいいものがあるから」

カレリアは少女の目の前に、青色に輝く指輪を取り出した。ルルリアが学園に訪れた日に見せつけられた、ガーランド家の家紋が彫られた指輪。妹の言う通り、送った側であるリリックや傍にいたフェリックスなら、すぐに誰の持ち物かわかってしまうだろう。

確かにこれをカレリアのものにすることはできないが、ルルリアのものだとわかるからこその使い道もある。ガーランド家の者として認められた証しだと、大切そうにまるでカレリアへ見せつけるようにルルリアは持っていた。カレリアは、そんな妹の姿を鼻で嗤ってみせる。こんな綺麗なものは妹には似合わない、と目の前の少女の手に指輪を握らせた。

「この指輪は、ルルリア・エンバースが身につけていたものよ。これを、公爵令嬢を陥れた現場に、不自然にならないように置いておけばいいわ」

「……はい」

受け取った青い指輪を握り締め、焦点の合わない栗色の瞳は、虚空へと向けられていた。もし捕まった際は、エンバース家の繋がりを利用して、ルルリアに脅されたと供述するように言っておく。もしもの時はそれを真実にするために、取り巻きに噂を流すように指示を出す。

淑女として何年も学園に通っているカレリアと、まだ入学して数ヶ月のルルリアでは、そもそも下地が違う。妹を知らない人間の心理を誘導すれば、容易にルルリアを悪者にできるだろう。

震える身体を両腕で抱きしめながら、無言で項垂れる少女を一瞥《いちべつ》し、カレリアは金の髪を手で払いながら教室の出口へと歩んだ。後は高みの見物でもして楽しもう、と愉快そうに笑ってみせたのだ。空き教室から出ると、取り巻きに指示を出し、部屋でまだ震えている男爵家の娘を監視しておくように伝える。怯えや恍惚《こうこつ》とした視線を周りから受けながら、カレリアの遊びが始まったのであった。


——数分後。取り巻きの一人が、恍惚の声をあげていた。


「以上が、男爵家の娘に彼女が話していた内容でございますっ！」

「そう、ご苦労様。よくやったわね…、何か欲しいものはある？」

「わ、わたくしめを、……踏んでください！」

「あら、可愛いお願い。いいわ、あなたが満足するまで可愛がってあげる」

「あ、ありがたき幸せー！」

魔王様も下僕とのご褒美《あそび》が始まっていた。そして、これ以上とても描写ができない表情や会話が咲き乱れたのであった。

「……なぁ、前に下僕か新世界かの二択があったよな。下僕になっているのに、さらに性癖も塗り替えられて新しい人生を開いていないか？」

「調教の副作用よ」

「………………」

「副作用よ」

「二回言わなくていい」

魔王軍協力者、唯一の常識人寄りの声も、虚しくこだました。

＊＊＊＊＊

『友達』という言葉には、様々な解釈がある。何をしたら友達、こういう関係だから友達、と一般的な尺度はあれど、非常に扱いが難しいものである。

ルルリア・エンバースはこの十六年間、友達と呼べる存在を持たなかった。

幼い頃はエンバース家の奥に追いやられていたため、他の貴族の子どもと関わる機会はなかった。外は外で自分が生きるのに必死だったのだ。同年代の子どもに出会うことはあったが、彼らが友達かと聞かれれば、首を横に振るだろう。

シーヴァのように遠慮なく話ができる人間もいたが、あれは協力者であり同業者だ。

お互いの利益のもとの友人、という定義もあることを知っているが、ルルリア自身が彼を友人という枠に入れることについて、どうも釈然としなかった。向こうも確実にルルリアを友人とは思っていない。

そんな諸々の事情はあれど、ルルリアは友人がいなくて困ったことがなかったので、別にいいかと思っていた。今後は世間体を考えて友人のような者を作るつもりだが、本性を見せたら即終了のため仮面をつけざるを得ない。本当の自分をさらけ出すことはできない。それぐらいは弁《わきま》えている。

他人を信じることもできない、人を不幸にすることに全力を尽くすような人間と対等にいてくれる存在。そんなものは夢物語だと思っていた。ありのままの自分を受け入れてくれて、一緒にいて楽しくて、お互いに高め合うことができる。そこにさらに同年代で同性という条件が加われば、もはや絶望的だろう。


――そう、ルルリアは十六年間考えていた。

＊＊＊＊

「初めまして、ルルリア・エンバースさん。私のことはご存じでしょうけど、改めてご挨拶を。私はユーリシア・セレスフォードと言います。シーヴァ、彼女の案内ご苦労様でした」

下僕との楽しい戯れが終わって、数刻後。空は暗がり始め、生徒の多くが寮へと足を進める時刻。教員でなければ立ち入れない一角を、シーヴァが勝手にリフォームした一室に、その女性はいた。

黒曜石のように輝く黒髪と瞳を持ち、凛とした眼差しが冷たい印象を抱かせる人物。カレリアの波打つような黄金の髪と違い、すべらかに流れるような黒。華やかな美貌と明るい色彩を好むカレリアとは正反対で、神秘的で月のような印象を抱かせる美女は、ルルリアに微笑みを浮かべ、丁寧に部屋の中へ迎え入れた。

シーヴァに連れられて入室したルルリアは、その清廉な佇まいに息をのむ。それでも、呑まれないように気を引き締め、真っ直ぐな足取りで彼女の前へと進み出た。

「こちらこそ、私のような者をお招きいただきありがとうございます、ユーリシア様」

敬意を持って、ルルリアは頭を垂れる。ルルリアも自身の名と挨拶の文言を口にしながら、そつのない貴族の令嬢としての対応をする。お互いに微笑み合っているが、目は静かに牽制《けんせい》し合う。相手の思惑を読み取ろうとしながら、それを綺麗な仮面で覆い隠している。

ルルリアは、傍からならユーリシアを学園で見たことがある。

しかし、正面から相対してわかった。彼女の前で油断を見せれば、一瞬のうちに食い殺されると。貴族の令嬢なら、誰でも仮面の一つや二つ持っているものだ。本心を隠し、上辺だけの言葉を交わす。しかし、本来令嬢がつける仮面は、自分の身を守るための自己防衛だ。弱さを見せないための、令嬢なりの武器。

だが、ルルリアが仮面を被るのは、自分を守るためではない。猛獣のような自身の渇きを、表に見せないためにの、自分を抑えるための枷なのだ。その獰猛《どうもう》な輝きを、ユーリシアの瞳からルルリアは見いだした。

あぁ、この人も自分と同じだ。まるで、自分自身を見ているような錯覚すら起きる。ユーリシアと全てが同じという訳ではない。それでも、己の渇きを満たすためなら、最後まで容赦なく食らい尽すという魂の根源。それを、ルルリアは感じ取った。

そしてそれは、ユーリシアも同じだったのだろう。最初の探るような雰囲気が消えていき、仮面で隠されていた獣が少しずつ顔を見せ始める。公爵令嬢は面白くて仕方がないように、楽し気に弧を描いて口元が歪む。ルルリアも自然とその変化を受け入れるように、目を細めて笑ってみせた。

「さて、せっかくのお客様を立たせたままではいけないな。座るといい。とっておきの紅茶を今日は用意したんだ」

「まぁ、光栄です。ユーリシア様のとっておきだなんて楽しみですわ」

口調が突然変化したユーリシアに、一切の動揺を浮かべることなく、ルルリアは受け入れる。むしろ、ルルリアにはそれが当たり前のように見えた。月のように夜の闇を静かに照らす姿ではなく、闇や星すら食らう輝きを見せるユーリシアの笑みが、あまりに自然体だったのだ。

こうして、部屋の隅っこでぷるぷるするワンコに導かれた二匹の獣は、無事に邂逅を果たしたのであった。

＊＊＊＊＊

「あら、じゃあユーリシア様もあの絵本をお読みに？」

「当然だな、あの絵本は私の魂の一部と言ってもいいだろう。……幼い頃は、現実を痛いほど思い知らされてきたからな。あの絵本がいつも私の力になってくれた」

向かい合った令嬢二人は、程良い温かみを感じる紅茶を口にしながら、朗らかな笑みを浮かべ合った。最初は他愛のない会話を楽しみ、入れられた紅茶についてなど話題が弾む。そこで、趣味の話をしている時に口に出た絵本が、お互いの関心をさらに高め合ったのだ。

「わかります。己の優越のために見下し、虐げてきた相手から成り上がっていく姿に……」

「あえて止《とど》めを刺さずにいたぶり、自分が上だと勘違いしている者たちを、全てにおいて凌駕《りょうが》し圧倒的な力を見せつけていく姿にな…」

栗色のセミロングの髪と強い眼差しを持ったルルリアと、婀《たお》やかな黒髪とどこか冷たい印象を受けるユーリシア。それぞれが、今の学園においてかなりの有名人である。

表向きの彼女たちを知っている人間がこの会話を聞いたら、ギャップに三度見ぐらいは確実にするだろう。

そんな彼女たちが興奮を隠すことなく語り合うのは、幼少期から読み続けた一冊のシンデレラストーリー。心のバイブルの感想を、熱情を込めながら話し合っていた彼女たちは、気づけばノリノリで語り合っていた。

「私と同じような感想を持っている人がいたなんて、私はまだまだ狭い世界で生きていたみたいだわ」

「それを言うなら私もだ。あれほど秀逸な成り上がり物語が、『恋愛の美しさ』としてばかり評価されていることを、常々疑問に思っていたんだ」

「私も世間の評価を聞いた時は、びっくりしました」

絵本制作者の方が、ぶっ飛び解釈が二人もいたことにびっくりだろう。

「ふふふ、どうやらお互いなかなかの幼少期を過ごしてきたみたいだな……」

「……そのようですわね。でも、私たちは力をつけ、自らの足で立って今ここにいる」

「あぁ、……最後に己が勝つためにな」

紅茶の香りを楽しみながら、ユーリシアは嫣然《えんぜん》と笑う。どこか風格すら漂うその姿と、深淵のような暗い瞳に宿る鋭さには思わず平伏したくなる。

少なくとも、公爵家のお姫様なんて可愛らしい単語には当てはまらないことは確実であった。

ユーリシアもルルリアも、お互いの過去を語るようなことはしなかった。

傷の舐め合いをするつもりもなかった。知っているのは目的のみ。お互いに感じられるのは、常に前へと向かう強い意志。挫けることなく何度でも立ち上がり、己の眼前を立ち塞ぐ敵を粉砕する執念。それだけがわかれば、今の二人には十分であった。

自分と似た相手には、どう対応することが最も正しいのかを知っていた。自分自身の執念深さとしぶとさは、筋金入りであることを両者共に自覚していたからだ。

敵対すれば、その命を奪うまでしなければ止まらない。どれだけ身体を壊し、心を折り、絶望させたとしても……何十年もかけて必ず復讐を果たしに来る。

そんな十代の少女とはとても思えない、アヴェンジャーっぷりを相手は発揮してくるだろう。自分だったら確実にやるからだ。

それ故に、彼女たちの答えは決まった。ただの渇いた獣同士なら、どちらかが死ぬまで戦い続けたかもしれない。しかし二人とも、戦う相手を持っている。だからこそ、歩み寄ることができた。

お互いに敵対した場合のリスクは、想定外を生み出すかもしれないほどの、何かをしてくる可能性がある相手だ。そんな人物なら、敵対しなければいい。裏切らなければいい。絶対の味方として共にいることが、第一に賢い選択だった。

何よりも、自分の本音を隠すことなく、ここまで堂々と対等に話ができる存在を他に知らない。こんなにも楽しく後ろ暗い話ができて、盛り上がれる同性の同年代。それは――お互いに無理だろうと諦め、羨望にも似た憧れを抱いていた『あの関係』になれるかもしれない希望となっていた。

相手を信用することとは違う。絶対に敵対しないという関係が生み出す、絶対的な味方。そんな存在がどれほど大きいものか、彼女たちは理解していた。

ルルリア・エンバースは静かに椅子から立ち上がると、足を前へと踏み出す。

それを見て、ユーリシア・セレスフォードも黒髪を後ろへ流しながら歩みを進める。

向かい合い、目の前に映る相手の顔を見据えながら……真っ直ぐに手を差し出し合った。

「改めて、私はルルリア・エンバースです。よろしくお願いしますね」

「こちらこそ、よろしく頼む。……私は君と対等な関係を望むため、敬語は必要ないのだがな」

「あら……。もちろん、対等な関係を私も望むわ。ただ、私より先輩だから敬語を使っていただけよ。あなたが気にしないのなら、そうするわ」

「ふふっ、そうか」

握り合った手から感じる温かさが、徐々に二人の関係に形を築いていく。


「ユーリシアでは、少々長いだろう。ユーリと呼んでもらって構わない」

「それでしたら、私もルゥと。それ以外、愛称のようなものは特になくて」

「私も似たような感じだから、気にしなくていい」

「くくくっ……」

「ははははっ……」

多くを語らなくても、通じ合える気持ち。滲み出る悲惨さをお互いに感じ取ることができるからこそ、過去を知らずとも信用ができる。この共感レベル、もはや運命だろうと彼女たちは思った。

こうして、魔王様《ルルリア》と覇王様《ユーリシア》の同盟、もとい友達関係が締結されたのであった。

「……ところで、今まで一言もしゃべっていないけど、シィはさっきから何をしているの？」

「ん？　なんだ、そんな隅の方で。遠慮せず会話に入ってきて構わないぞ」

「……いえいえ、どうぞ俺に構わず楽しんでください。ちょっとお薬の時間なので、俺のことは放置してもらって大丈夫です」

「なんで敬語」

彼の懐から取り出される大量の胃薬よりも、敬語が気になったルルリアであった。

＊＊＊＊＊

「それにしても、最初の頃にシィから主の話を聞いた時は、男性の方なのかしらって思っていたのよね。なんせ目的が、国の天辺だもの」

「初めの頃か……。私がルゥという少女のことを聞いた時は、半信半疑な部分があったな。カレリアの情報集めの目的がざまぁというのも、驚いたものだ」

「目的のセンスは、どっちもどっちだけどな……」

優雅に紅茶を飲みながら、午後のティータイムを彼女たちは楽しんでいた。

ツッコみながら、先ほどとはまた違った紅茶の葉を準備したシーヴァは、テキパキと美味しい紅茶を用意する。ユーリシアが一言告げるだけで、十の動きをする覇王の犬に、ルルリアはトップブリーダーのすごさを実感する。今度やり方を教えてもらおう、と魔王は初めてのお友達とのやり取りにウキウキした。

ルルリアはシーヴァのオートモードで遊んでいたが、ユーリシアが彼を躾したのだろうなぁー、と心から納得する。給仕の様子といい、罠の時の神回避なところといい、変なところでスペックを発揮する、と思いながらおかわりを入れてもらった。

「……正直クライス殿下を巻き込んだのは、姉を使って彼の弱みを握るためだと思っていたのよね。この国の天辺になるために」

だが、その予想は見事に外れてしまった。ユーリシアが王子を使って暗躍していることはわかったが、少なくとも王子を切り捨てるつもりはない。そうじゃなければ、二年もかけているのにあの姉が彼を落とし切れていない理由にならない。

ユーリシアは今のまま婚約者として殿下の隣に立ち、そして王妃を目指すつもりなのだ。

確かにこのままカレリアを嵌めれば、ルルリアの婚約者との密会も公になることだろう。そうなれば、ただでさえユーリシアしかちゃんと女を知らなかった王子様なのである。甘えさせてくれた拠り所の女性に裏切られていたことを知れば……、女性不信にもなりそうだ。昔から知っている幼馴染みの婚約者以外には、とても勇気が出せなくなるだろう。姉の男に対する演技力が完璧すぎるが故に、余計に。

さらにカレリアへ懸想してしまった事実は、ユーリシアに対する後ろめたさを生み出す。そして彼女は、その心の隙を見逃す人物ではない。最大の弱みを握ることができるのだ。

まさに覇王として彼女が君臨するには、これ以上ないほどの条件が揃うのだろう。

「……でも、よくこんな計画を進めようと思ったわね。私ならできないわ」

「そうか？　勝手に君の姉君を利用させてもらったのは申し訳なかったが、あんなにもおいしそうな生贄だったからな。ついつまんでしまった」

「もう、人の獲物を勝手につまみ食いしないでよぉー」

完全に女王様が食い物扱いされていることに、シーヴァはうちの覇王と魔王が怖ぇー、と心の中でちょっと同情したくなった。

「あれは面白いほどに、自分を中心に回っているからな。思考が読めて扱いやすい。お前の獲物じゃなかったとしても、いずれ私のための礎にさせてもらっていた」

「あそこまで育てたのは私よ」

「だが、この学園で彼女の取り巻きを選別しておいたのは私だ」

「……なるほどね」

姉がこれほどまでに思い通りに動いてくれるのは、ルルリアによる暗躍だけではなかった。カレリアのみなら上手くいくだろうが、もし彼女に優秀なブレーンが取り込まれていたら、面倒なことにはなっていただろう。

しかし、彼女の取り巻きの多さに反し、そこまで脅威になる人材はいなかった。

選別とはつまり、カレリアに取り込まれてはまずい人材を、彼女から遠ざけておいたり、排除してくれたりしていたのだろう。

それに関しては、ルルリアは感謝を述べたいぐらいであった。

「ついでに、私の政敵になりそうな家の男を誑かしてもらったり、将来的に出そうな杭《くい》を打っておくための弱みを握る布石になってもらったり、彼女のせいで退学に追い込まれそうになった人材をこちら側に取り込む手立てにさせてもらったり、他にも色々とな……」

「……もはや、つまみ食いじゃ済まないほどに、やりたい放題していた」

「でき上がっている食事にさらに盛り付けを施すのが、俺の主人だから」

清々しいほどに、介入しまくっていた。

骨の髄まで獲物をしゃぶる気だ、この覇王様……と、もはや呆れよりも感動の方が強かった。とりあえず、自分の部下になった者たちはこちらで管理しても問題はないか、などの交渉をルルリアはしておいた。

「うーん。でもその計画って、もしクライス殿下の心が完全に姉へ傾倒していたら、かなり面倒なことになっていたんじゃない？」

次にルルリアが疑問に思ったのは、そのあたりの人の心の機微だった。

姉をずっと見てきたのなら、彼女の男に対する恐ろしさはユーリシアもわかっていたはずだろう。フェリックスなんて、簡単に姉の手のひらでコロコロされた。

それなのに、自分の野望に必要不可欠な王子を宛がった。

ルルリアも自らの婚約者を餌としていたが、彼は姉に傾倒しても問題がない人材だった。しかし、ユーリシアが餌にした婚約者は代えが利かない。それなのに、自らの計画のために動かした。

クライス殿下が決して自分を捨てない、と確信していたかのように。

「あぁ、なるほど。ルゥは私が殿下の心という、不確定要素を主軸に考えていたことが疑問なのだな」

「ええ、私は他人の心なんてとても信用できないわ。……特に恋心や愛だなんてものは余計に」

「ははは っ、確かにな。私も人間の恋愛感情というものをはかるのは、なかなかに骨が折れる。クライスが相手でなければ、私もこのような計画は立てなかったさ」

「……ユーリは、クライス殿下のことが好きなの？」

自分の婚約者を信頼する彼女の姿に、ルルリアは首を傾げてしまった。

ユーリシアが恋愛を論理の柱に立てる性格ではないのは確認したし、何より彼女はシーヴァという客観的な目を持っている。

ルルリアの質問に、彼女はそっと微笑んで返すだけだった。

「……ちなみに、ルゥは恋愛をしたことがあるか？」

「残念ながら、縁がないわね」

「そうか。ならば今後の参考の一つに、私のやり方を知りたくはないかな？」

「まぁ」

魔性の女すら退ける覇王様の恋愛に、ルルリアは興味が引かれた。『恋愛』という、女の子らしいきゃっきゃうふふな会話をしているはずなのに、何でこんなにも寒気が止まらないのだろう、とシーヴァはこの場に自分がいる理不尽さに項垂れた。

「恋愛に大切なことはな、……いかに相手に自分を依存させるかが重要なのだ」

「……詳しく」

「恋愛感情のような、ふわふわしたものは私も好かん。必要なのは、相手の最も弱いところをこちらがしっかりと握り、手綱の主導権を離さないことだ。その弱みを救えるのは私にしかできない、と何度も刷り込ませることでトラウマ《盲目的》にさせる。クライスと私は幼馴染み故、その機会は作りやすかったな」

「幼少期に刷り込んでおく効果は、姉で証明されているからわかるわ」

「話が早くて助かる。魂にまで刻み込まれたものを、忘れることや捨てることなどできはしない。捨て去れない気持ちを抱くところは、復讐も恋愛も似たようなものだな。たかが拗り所程度では、少し放し飼いにしても気づけば帰ってくるものだ」

「復讐のために、私が彼らを思うことと同じね。どれほど優しく、温かい世界を知っても、結局はここに戻ってきてしまう。その相手に刻み込む思いに、憎しみか愛かのどちらを埋め込むのかが重要って訳ね……」

　これ、絶対恋愛話じゃない。

　甘酸っぱさの欠片もなさすぎる肉食女子二名の次元が違いすぎる会話を聞きながら、シーヴァはただ胃薬《相棒》を抱きしめる。

　自分の周りにいる女が怖すぎる。えっ、こういう会話をこれから先も俺は聞かないと駄目なの？と仲介役というか、中間管理職の定めに涙が出そうになった。

　それからも遠慮なく盛り上がった恋愛話。そこに男としての意見を参考に頂戴、と突然言われ、「俺は自分の胃に優しくて、胃薬が似合う人間の女の子ならなんでもいいッ！」とキレ気味に答えてしまった彼を、誰も責められはしないだろう。

「えー、それではもう本題に入ろう。これ以上の女子トーク（仮）は、俺がいないところで、二人で楽しんでくれ。さしあたった問題として、女王様による挨拶攻撃に対して、その男爵令嬢をどうするのかを話し合う感じでいいか？」

「あぁ、駆逐するのなら返り討ちにしよう」

「調教するのなら任せなさい」

「慈悲がねぇッ!?」

冗談だよ、冗談……。と、揃って肩を竦める彼女たちに、シーヴァの口元が引きつる。

本題に入ってからもかっ飛ばしてくるというか、これは自分の反応を見て楽しんでいる節があることに気づく。気を引き締めないと、ドSの波に飲み込まれるかもしれなかった。

味方同士の会話のはずなのに、シーヴァの心は戦場の真っ只中である。ただ彼女たちの意見も、選択肢としてあり得ない訳ではないところが、さらに恐ろしいところであった。

「だが、そろそろ布石も十分に揃ってきたところだしな。せっかく裏で動き続けていた者が、表にちょっかいを出しに来たんだ。丁重にもてなさなければ、公爵家の者として礼儀に欠ける」

「あら、それなら私も次期侯爵家夫人の人間として考えなければいけないわね。初めてのおもてなしだから、気を付けないといけないわ」

「……言葉の意味とか解釈って、難しいよな」

三人でそんな話をしながら、ルルリアは今までのことを思い出していた。

視線を下に向ければ、昔よりも大きくなった自らの手のひらが映る。

幼かった頃の自分の手には、本当に何もなかった。手に入れようともがいても、奪われ続けるだけだった日々。それが今では、地位を手に入れ、手札を手に入れ、そして友人までできたのだ。

学園に入学する前に、エンバース家へのざまぁの準備はおおよそ済ましてきている。リリック侯爵閣下の協力もあり、エンバース家を快く思っていない貴族の家を煽った。情報屋としての繋がりを総動員し、培ってきた技術を使い尽くしてきたのだ。

後は、引き金を引くだけ。

その引き金となるのが、エンバース家に絶望を呼び起こすきっかけになるのが、……彼らが何よりも大事にしてきたカレリア・エンバースとなるのだ。彼女には、目に見える悪となってもらう必要があった。

この国の王子を誑かし、その婚約者である公爵令嬢を危険に晒し、挙げ句に妹の婚約者を寝取ろうとした女。そして、学園で彼女が行ってきた非道の数々。ユーリシアの言葉の通り、引き金のための材料はもう十分に揃ったのだ。

そして近いうちに、多くの観客が用意できる絶好の舞台が開かれる。大勢の人間を巻き込み、国すらも動かす大舞台。

それはもう決して夢物語ではなく、ルルリア自身が掴み取れる現実だった。

震えそうになる手は武者震いだろうか、と自分自身のポジティブさに思わず笑ってしまう。引き返そうなどという気持ちが起きないあたり、己の性悪さと執念深さに、ルルリアはさらに笑みを深めたのであった。

彼女の全ては、ルルリア・エンバースという一人の少女の願いは、『ざまぁ』を遂げること。全てを失わせた彼らに、幸福に暮らす自分を見せつけることこそが、彼女の復讐だった。

「……ねぇ、ユーリ。確か一ヶ月後に開かれるパーティーは、クライス殿下の生誕を祝うためのものよね。だから、この学園に通っている生徒や教員、関係者の貴族も参加できるように配慮したって聞いているわ」

「あぁ、そうなっている。私がクライスに口添えをしたからな。なかなかおあつらえ向きな大舞台だろう？」

「それなんだけどね。舞台のためにもう一つ飾りつけをしたのだけど、いいかしら？」

「えっ、まだやるの」

「……面白そうだ、聞こう」

ルルリアの提案に真逆の反応を返す二人を一瞥しながら、すっかり話に夢中になって冷たくなってしまっていた紅茶を、ルルリアは一気に口の中へ流した。

「もしものことだけど、……ユーリの身に何かがあったとするじゃない。たとえば、階段から突き落とされたとかね」

「ふむ、よく乗馬をして追手から逃げたり、ジャングルファイトをしていたりしたから、足腰には自信がある。学園の階段から落とされる程度じゃ怪我一つしないのだが、そういうことを聞きたい訳ではないのだろう？」

ユーリさん、公爵令嬢様だよね……？　と、ちょっと内容が気になって聞きたくなったが、なんとか堪えてルルリアは頷いた。

「とりあえず、あなたに突然の不幸があったとするわ。それで一ヶ月後のパーティーに参加できるかわからない事態になった場合、殿下がエスコートする相手は誰になるのかしら」

「……すぐには決まらないだろうな。私は彼の婚約者であり、対抗馬になり得る相手は既に手を打って潰している」

「その相手を、王子様自らが選んで連れてくる、ってことはできる？」

「ふふ、学園で世話になっている女性という肩書きなら、不可能ではないだろう。不測の事態なため、セレスフォード家がそれを許せば、緊急の代役としてなら周りも強く言えないだろうからな」

「お、おーい。まさか止めるんじゃなくて、便乗する気満々？」

ルルリアの言いたいことが伝わってきたのか、ユーリシアは面白そうに笑みを作った。そして渦巻く不穏なオーラを感じ取り、シーヴァはとんでもなく働かされるかもしれない空気に腰が引けていた。

自分の誕生日という本来の主役には申し訳ない部分もあるが、せっかくの舞台なのだから今回のカレリア《主役》を目立たさなければならない。そのための布石であり、そしてとどめだ。

「よしっ。そういうことなら、私は階段から落ちることにしよう。第一発見者をシーヴァにしておけば、怪我の状態や情報などはいくらでも操作できる。意識不明ということにしておけば、学園に通わなくていいからな。残りの一ヶ月は実家に戻り、シーヴァから状況を聞きながら、学園の外から固めていくのも悪くない。ふふっ、当日は奇跡の生還者として派手に登場してやろう」

「ユーリがいない間の学園の内側は、私とシィで固めておけばいいわね。男爵家の子は、ちゃんとこちらで楽しいお話をしておくから任せて。妹思いなお姉ちゃんを、悪いようにはしないわ」

「さり気なく、俺の仕事が多くないかな……」

ギラギラと嬉しそうに輝く二人の目を見て、シーヴァは説得を潔く諦めた。

ユーリシアが階段から突き落とされ、意識不明になったという事件は、学園に衝撃を巻き起こすことになるだろう。自演なのに。これでカレリアは、公爵令嬢を階段から突き落としたという黒幕確定である。自演なのに。

しかし、結局はそんなきっかけを作ってしまったのは女王様自身なので、彼は心の中で黙祷《もくとう》をささげるだけで見捨てる気満々である。シーヴァにとって大切なのは、いかに自分への被害が最小限に済ませられるかなので、被害を軽減させるためなら遠慮なく濡れ衣だって被せる気であった。

「それじゃあ、決行はその子の見張りが私の下僕になった時にでもしましょうか。いらない心配かもしれないけど、ユーリも他の貴族に気づかれないように気を付けてね」

「心配をするなら、ルゥの方だろう。カレリアのことだ。私を突き落とした犯人をルゥに仕立て上げるために、様々な手を打ってくるだろうからな」

「あら嫌だ、怖いわぁー」

何故この二人の会話には、副音声が聞こえてきそうになるのだろうか。答えを求めても碌《ろく》なことにはならないと悟ったので、シーヴァは笑みを零しながら、相棒を喉に流し込む。覇王と魔王の同盟軍で生き残るには、諦めが肝心なのであった。

——こうして一週間後、学園は震撼した。

第十一話

家族のかたちは奇々怪々

「ねぇ、お父様。今日のドレスは大丈夫かしら。私、大きなパーティーって初めてだから、なんだか緊張しちゃうわ」

「よく似合っているから、心配はいらないだろう。……ただ私としては、こちらのヒールと合わせた方がもっと良くなると思うがな」

「……あら、本当。踏み心地がいいわ」

「だろう？」

そこは履き心地ではないのか、とツッコむ者が誰もいない父娘の会話が、ガーランド家の一室にて繰り広げられていた。父親の声が何故か娘の足元らへんから聞こえてくるのだが、いつも通りに平常運転なほのぼのとした空気が、彼らの中だけには漂っているのだろう。

「最近の学園はどうだ？　なんだか随分面白いことになっているらしいじゃないか」

「ええ、予想通りに……かしら。報告では、お姉様も今回の表舞台で動くつもりらしいわ。よっぽど邪魔者が一人消えたのが、嬉しかったのかしらね。欲が出ちゃったみたい」

リリックからの質問に、ルルリアはおかしそうにくすくすと笑った。カレリアにとってみても、公爵令嬢であるユーリシアが重体になることは予想外だったことだろう。しかしそのことに罪悪感を持つような性格なら、もうとっくに止まっている。自分の計画が上手くいき、障害が減ったぐらいにしか考えていないのかもしれない。

カレリア・エンバースは、一切の挫折を知らずに過ごしてきた。今まで自分が立ててきた計画で、痛い目にあったことがなかったからだ。それ故に、次の計画も必ず上手くいくと当たり前のように考える。多くの観衆がいる今回のような大舞台で、ルルリアを貶めようと欲を出したのだ。

そうなるように煽り、下僕に姉へ助言するように仕向けてきたのは、他でもないルルリア本人である。シーヴァと協力して、クライス殿下と共に姉が現れるように唆し、そしてエンバース家にいる父や母も今回のパーティーに参加できるように手配をした。カレリアも王子の隣にいる自分を両親に見せたい、と嬉々として招待状を推薦してもらっていた。

「それにしても、お父様も今回の催しに来られるなんて、ちょっと意外だったわ」

「ははは、せっかくの娘の晴れ舞台だからな。それに、私はルルリアの共犯者だ。お前の下僕で、父で、犬で、豚なのだ。だから、最後まで見届けたいと思ってな。……それに、私なりにけじめをつけたいこともある」

「けじめ……ですか？」

ルルリアは視線を下に向け、リリックと目を合わせる。そんな彼女の疑問の声に、彼は自嘲気味に笑みを浮かべてみせた。

リリックには、最愛と呼べる家族がいた。しかし、その大切な人は今から十数年も前に、彼をおいてこの世を去ってしまっている。それに彼は、ルルリアが現れる一年ほど前まで、ずっと納得ができずに過ごしてきたのだ。理不尽に奪われた悲しみの傷が、荒れ狂う己の性癖が、彼を自暴自棄へと導いていた。

しかしそれが収まった今、彼は自分のどうしようもなさに苦笑してしまう日々を送っていた。確かに愛していた人を失った辛さは、どうしようもないほどに苦しかった。この痛みを性癖に変換できたら、どれほど楽だっただろうかと涙を流した。周りに牙をむいてしまう手負いの狼のような、そんな必死さがあっただろう。誰も己の辛さを理解してくれないと、嘆いて当たり散らすだけだった日々。

もっと目を向けていれば、自分には他にも家族がいたことを思い出せただろうに。最愛の人との間にできた息子を、馬鹿な己にそれでもついてきてくれた使用人たちを。リリックには、今更どのように彼らに詫《わ》びればいいのかわからなかった。息子とは、未だにまともに口を利けていない。

「こんなかたちでしか、息子と話すきっかけを作れない馬鹿な親だ。君の両親と同じぐらい酷い人間だろうな」

「……フェリックスの視点から見れば、お父様は確かに酷い親だと思うわ。義理の娘のざまぁのために協力して、痛い目に遭わせることも了承済みだしね。その痛い目を糸口にしようなんてしている、本当に自分勝手な人」

「手厳しさに、胸がキュンと……」

「でも、彼の甘さを誰よりも心配していた。やり方は間違っているのだろうけど、私は嫌いじゃないわ」

「優しさが、胸にじんわりと……」

このおっさん、最強だなぁー、とその息子を酷い目に遭わせるきっかけを作った諸悪の根源は思った。少なくともルルリアにしてみれば、親であることを放棄せず、どんなかたちでも子どもと向き合おうとしている彼は、確かに父親なのだろうと感じた。

それが羨ましいのかは、正直わからない。自分の感性が常人よりも大変ずれていることを、ルルリアは自覚しているからだ。何より、人と向き合うことがどれだけ難しいことなのかを理解していた。ルルリアは、家族と向き合うことを諦めた人間である。事情はどうあれ、彼女は彼らを見限った。それが一番楽で、簡単な答えだったからだ。

「家族ね…」

＊＊＊＊＊

『あなた自身が今までの自分が間違っていて、最低だって思うのならそうなんじゃないの？』

ユーリシア・セレスフォードが階段から突き落とされた、ということになったあの日。男爵令嬢である少女の手を掴んだルルリアは、彼女の懺悔《ざんげ》を聞いた。二人を貶めようとしたことをずっと謝り続ける少女は、押し寄せる後悔に涙を流していた。

後悔するぐらいの覚悟だったのなら、やめれば良かったのに。他人の涙程度では揺れることがないルルリアは、そうはっきりと彼女に告げた。ルルリアにとってみれば、はいはい悲惨ですね。という感じで、慰める気は一切なかった。どんな理由だろうと、人を加害者に仕立て上げようとした人間の懺悔なんて聞いても仕方がない。陰でそれを見ていたシーヴァの方が、密かに引いていた。

ルルリアとしては、彼女の家を助けてあげる代わりに、男爵令嬢には口裏を合わせてもらい、ひっそりとこの学園から去らせるつもりだった。この少女自身に興味などなかったため、どうでも良かったのだ。ルルリアの不躾な言い様に、感情に任せて罵声を飛ばしてくるか、それとも黙って項垂れるだろうと彼女は思っていた。

『……ごめんなさい』

『謝ってほしい訳じゃ――』

『違い……ます。お二人に危害を加えようとしたのは、間違いなく私の意思だったから。そのことにすごく後悔するとわかっていても、きっと私は何度でもこの選択を選んでやめなかったと思うから。だから、ごめんなさい』

その謝罪は、先ほどまでのものとは違っていた。自分の罪に対して許しを請うための、自分を守るための謝罪の言葉ではない。己の非を認め、それでも曲げられない思いを背負って放たれた謝罪の言葉だった。

カレリアによって目的を歪まされ、視野を狭くされていたのは事実だ。しかし、ならば冷静だったらカレリアの計画に乗らなかったのかと考えたら、きっと自分は同じ選択をしたと気づいた。他人を不幸にする最低な選択で、自分が酷い人間になってしまったのだとしても、絶対に失いたくないものがあったから。

男爵家の少女にとって家族とは、ルルリアやユーリシア、そして自分自身の幸せを奪ってしまうことになっても守りたいものだった。ただ、それだけのこと。

そう言って泣き笑った少女の表情に、ルルリアは初めて彼女の顔をちゃんと見た。栗色の色彩と同じような背格好の、自分と少し似た少女。何もできない無力さに嘆くだけだと思っていた、震えるだけで立ち向かう勇気もないと勝手に決めつけていた人物。

『お願いです、私にも何かできることはありませんか。権力や頼れる人もいない、何もない私だけど、それでもこのまま逃げるだけなんて私は自分を許せない。私の大切なものを、これ以上誰にも傷つけられたくないっ……！』

あぁ、姉を笑えないな……、とルルリアは目を伏せた。この学園に入るまで、彼女は他者と関わることが少なかった。まして、真っ直ぐに人と向き合う機会などほとんどなかったのだ。

接触するよりも先に情報を集め、その人物がどのような人間なのかを調べてからルルリアは動いてきた。男爵令嬢である少女のことも当然調べあげ、それから自分の益にはならないと判断したのだ。今までの下僕と同じような対応にしなかったのは、妹を守りたいという少女の願いを聞いて、なんとなく気まぐれという慈悲を行ったに過ぎない。とりあえず、男爵家は助けてあげるから、こちらの言うことを聞きなさい、と頷かせるつもりだった。

そんな程度に考えていた人物。しかし、こんなにも力強い目をした人間が、姉の取り巻きとしてただ怯え続けるだけの……泣き寝入りをするだけの少女？　先入観で人を見ていたのは、ルルリアも同じだと気づいた。どんなに小さく力のない者でも、牙のない者などいないはずがなかったのに。

彼女の牙も、自分と同じ復讐なのかもしれない。それでも、ルルリアやユーリシアに比べれば、小さすぎて本当に力なんてないだろう。そんなことはわかっていたが、ルルリアは栗色の少女を真っ直ぐに見つめた。自分とは真逆の理由で、戦うことを選んだ少女を。

『……できることはあるわ。それもカレリアの中では、ユーリシア・セレスフォードを階段から突き落としたことになっている、あなただからこそできることが』

『本当ですか？』

『ただ、すごく嫌な役目よ。カレリアの恨みだって買うでしょうね。大人しく私たちに任せる選択を選ぶ方が、あなたにとっても賢明よ』

『……ルルリアさんを信用していないのとは違うんです。でも、私たち男爵家が助かるには、もうあなたに勝っていただく他ありません。私の存在で少しでも勝率があげられるというのなら、必ずやり遂げてみせます』

このままカレリア側についたとしても、いつかまた今回のように家族を人質に取られる可能性がある。少女がカレリアに黙ってついてきたのは、やりたくないことをやり続けてきたのは、男爵家を守りたかったからだ。それが脅かされる危険がある場所に、留まり続ける理由なんてなかった。

ルルリアは静かに息を吐いた。こういう人間は、止めても行動に移す。それならこちらで手綱を握っておく方がいい、とルルリアは判断した。無理やり止める方法もあったが、彼女はそれを除外する。それは目の前の彼女が失敗しそうになった時の、最終手段でもいいだろうと考えたのだ。

本来ルルリアは、お互いに利益のない取引はしない。他人を信じて、任せる行為が怖い。だから今回のようなルルリアにとって必要不可欠ではない、この少女の取引を断ることもできた。同情で受け入れるような可愛らしい感性など、家族を切り捨てることで、自分を守る道を選んだ自分にはないのだから。

だけど――自分を切り捨ててでも、家族を守りたいと願った少女のこれからを。己の無力を嘆き、それでも足掻《あが》こうとする彼女の先を見てみたくはあったのだ。

＊＊＊＊

「一直線で、危なっかしい。まぁ見方は色々あるのでしょうけど、あの子の家族にとっては本当に良い娘で、良いお姉ちゃんなのかしらね……」

「ルルリア？」

「ふふっ、心理的には全く問題ないから安心して。いよいよだから、さすがの私もちょっと緊張しちゃっているのかもしれないだけ。あの子はあの子。私は私。少なくとも私は、誰かの幸せのために我慢をしたり、ずっと頑張ったりできるような健気な性格じゃない。最初から最後まで、自分の幸せのためだけに戦う人間よ」

ルルリアは、ヒールの踏み心地を確かめていた足を床にしっかりと降ろし、目を細めて微笑んでみせた。そこには陰りも、感傷的な雰囲気も一切ない。あの絵本の主人公のような綺麗な人間にはなれないと、もうとっくに決着をつけているのだから。

むしろ冷静そうに振る舞ったり、余計なことを考えておいたりしないと、心から滲み出そうになる歓喜のオーラに貴族の令嬢としての仮面が剥がれそうだった。全く気負いもなく、ざまぁ超楽しみ！　と実はウキウキしているのであろう元気な娘の様子に、リリックも微笑ましくなった。

「あぁ、全くもって心配はいらないようだ」

「もぉ、早くパーティーが始まらないかしら……。胸のドキドキで、興奮してきちゃったじゃない」

「興奮と言えば、ルルリアよ。お前の父として、一つ言いたいことがある」

「どうしたの、改まって？」

上から覗き込んだ侯爵閣下の表情が真剣であったため、ルルリアも気を引き締めて言葉を待った。

「……我が娘よ。今はいているガーターベルトより、こっちのガーターベルトの方が今のヒールに合って、父はより興奮す――」

「いやん、エッチ！」

強烈な蹴りが、足元にいる決め顔のおっさんに見事に決まった。痕がきちんと目に見えない箇所で、痛みも鋭いが後には引かないように配慮された素晴らしい蹴りである。娘の本番前のガス抜きに成功したことに、お父さんはご褒美と一緒に喜んだのであった。

＊＊＊＊＊

「セレスフォードさんの婚約者であるクライス殿下のパーティーに、よく参加できたものですね。私は、そこまであなたが恥知らずだとは思いませんでした」

煌《きら》びやかに飾られた豪華な会場の中、その輝きに決して劣らぬ美貌を持つ金色の女性は、嘆かわしいとばかりに声をあげた。その言葉はそれほど大きなものではなかったが、彼女の鈴を鳴らしたような声に、会場にいた多くの者たちの視線が集まる。……傍にいるクライス殿下には、確実に聞こえただろう。

この国の王太子にして、今回のパーティーの主役と共に現れたカレリア・エンバースは、多くの視線を集めた。カレリアは、公爵家の姫の代理という大役を任された女性である。どんな娘なのかと思っていた貴族たちは、その美しさにまず目を奪われた。結い上げられた黄金の髪に、それをさらに引き立てるように輝く澄んだ青い瞳。透き通った肌と甘い微笑みは、純粋さと妖艶さの両方を感じさせた。

容姿や存在感は、公爵家の姫に劣らぬ女性である。そのような印象を植え付けることに成功したカレリアは、これからの己の輝かしい未来に喜びが溢れ出しそうだった。こうやって少しずつユーリシア・セレスフォードの居場所を奪っていき、いずれは成り代わってみせる。一度敵だと認識した人物のものを奪うことは、カレリアにとって当たり前のことであったのだ。

そうして多くの視線を奪ったカレリアは、パーティーの参加者の中に、探していた人物をようやく見つけ出した。既に姉である自分に奪われていると知らない、婚約者の傍にいる少女。カレリアが学園で回した噂によって孤立させるようにしてきたため、彼女の周りにはあまり人がいなかった。

それでも、めげずに前を向き続ける妹に、カレリアの苛立ちが生まれる。同じ栗色の髪をしたあの男爵家の娘のように、可愛げがあれば使ってあげたのに。公爵令嬢を突き落とした例の娘は、その後カレリアに心服を示した。使い捨てようかと思っていた人物が、思わぬ腹心となったのだ。

自分も公爵令嬢が好きではなかった、とカレリアに共感する態度に、最初は半信半疑だったが、彼女はカレリアの全てを肯定的に認めた。公爵令嬢を突き落としたあの日から、自分は変わりました。そう言って、ルルリアへの嫌がらせを自ら率先して行った。その姿を見て、カレリアはいい駒ができた、と彼女に任せるようになっていったのであった。

全ては順調に回っている。あとは……、目の前にいる自分の世界にとっていらないものを排除するだけ。ルルリア・エンバースという、己の妹の全てを奪うために。

その仕上げとして、カレリアはルルリアを己の舞台へと引き上げたのであった。

――そしてそれは同時に、カレリアが己に声をかける瞬間を今か今かと待ち構えていた肉食獣（空腹状態）を呼び起こす……もう一つの舞台のプロローグでもあった。

*****

「……お姉様？　いったい、何をおっしゃっているのですか」

「本当はわかっているのでしょう。そのような知らないふりを、いつまで続けるつもりなのですか……。もうやめて、ルルリア」

「カレリア？」

妹を糾弾するような声音から、嘆願するように目を伏せるカレリアの変化に、クライスは彼女の隣に寄り添う。覗き込んだ彼女の顔は今にも涙を流しそうに、悲しみを浮かべていた。先ほどまでの明るかった彼女との落差に、多くの人間がその原因を作った少女に視線を向けた。

周りからの訝し気な視線に、栗色の少女は驚いたように目を瞬かせる。何故自分にこのような視線が向けられるのかが、本当にわからない……というような顔である。ルルリアの隣にいるフェリックスも、王太子と一緒に現れたカレリアの登場に目を白黒させ、姉妹を交互に見て疑問を募らせた。

カレリアにしてみれば、いきなり糾弾される立場となった妹の反応の方が、自然なことを知っている。しかし、それを不自然へと変えるために、妹が偽っているのだと周りに思わせるために、カレリアはさらに悲痛な声をあげ続けた。

「最初に噂を聞いた時は、まさかと思ったわ。確かにあなたは、もう私の妹じゃないのかもしれない。けれど、……それでも私たちが家族であることに変わりはないって、ずっと考えていたの。でも、真実がわかっていくにつれて、私…、私っ……」

取り留めもなく感情が溢れてくるように、言葉を紡ぐカレリアの唇が、辛そうに歪みを作った。

カレリアの話で目の前にいる栗色の少女が、彼女の妹であると多くの人間が悟る。エンバース家の次女が、ガーランド家にいることも。もっと詳しい人間は売られたことを知っているが、カレリアの涙を浮かべた表情は、エンバース家も辛い選択をしたのだと訴えるようであった。

そんな愛しい娘の様子に、彼女の両親が駆けつける。そして、娘であったルルリアに気づくと、鋭い視線を彼女に向けた。その視線に、ルルリアは怯えたように肩を震わせる。カレリアは寄り添ってくれたクライスにお礼を言うと、静かに溢れていた涙を拭き取った。

悲し気な娘の背中に優しく手を添える父親と、心配そうに見つめる美しい母親。カレリアへ向けられる彼らの愛情の深さが、周りにも見えた。故に、それとは正反対に冷たく見つめるもう一人の娘への、彼らの視線が余計に際立って見えたのだ。

「……カレリアから聞いていたが、殿下の前によく姿を現すことができたな。侯爵閣下にも、申し訳ないことをした。このような愚か者を、お渡しすることになってしまうとは」

「本当です。エンバース家だけでなく、ガーランド家にまで泥を塗るなんて…。あなたのような者を産んだなんて、私自身が信じられないわ」

両親から突きつけられる、ルルリアへ向けた言葉にクライスを含め、全ての人間が目を見開く。怯えるように肩を震わせる少女に、向けられたとはとても思えないような言葉。いったいこのルルリア・エンバースという少女は、何の罪を犯したというのか。大衆の心理は、無意識のうちにそのように誘導されていった。

一方で、向けられる憎悪に震える少女は、ただそこに佇んでいるだけのように見えた。しかし、彼女の栗色の瞳が彼らの視線や言葉を受けても、一切の揺らぎが起きなかったことに気づいた者はいない。そしてそれが、酷く冷めたものであったことも。

変わらないな、この人たちは。ただ、それだけをルルリアは思った。カレリアの言葉だけが、彼らの中で価値があるのだ。ルルリアの言葉を聞こうとしたことなんて、一度もなかったのだから。彼らの中では、ルルリアはどれほどの悪党に成り果てているのだろうか。思わず、笑ってしまいそうだった。

そんな笑いの波に堪えながら、ルルリアは噴き出さない様に気を付ける。そして、必死な表情を作り、反論するように声を張り上げてみせた。

「お、お待ちください！　私には、何のことをおっしゃっているのかがわかりません。クライス殿下とは初対面ですし、エンバース家に、ましてやガーランド家の方々の顔に泥を塗るなんて……。そのようなことをした覚えなど、私にはありません」

「……しらを切り通せると思っているのか。お前を信じていたカレリアの思いを、踏みにじっておきながら」

「どれだけあなたに酷いことをされても、離れていてもあなたは家族なのだと、この子はいつも言っていたのに……」

本当に彼らの中では、姉はどれだけ天使で、妹は大魔王なのだ。ある意味、勘違いとは言えない部分もあるが。それにしても、今までルルリアを人形のようにしか思っていなかったにもかかわらず、ここで『家族』なんて言葉を使ってくるとは。家族……なんて綺麗な言葉なのだろう。

昔のルルリアは、家族を求めたことがある。彼女の中では、多くを求めたつもりはなかった。ただ本で読んだような『家族』が欲しかった。幼かった頃の優しい思い出を、もう一度取り戻したかった。叱られたって良かったのだ。温かいご飯を食べたり、大好きな絵本を読んでくれたり、時々でいいから一緒に寝てくれたりしてくれる。

そんな『当たり前の家族』になりたかった――と、昔の私ってめっちゃ健気だったなぁー、という感じでルルリアは完全に白けた目になっていた。気づかれないように仮面は継続中だが、いい加減本題に入ってくれないかなと思う。

家族のかたちに、本当の定義なんて存在しない。どれだけ否定したって、無視したって、家族は家族。そして、認めさえすればどんなかたちでも家族になれるのだ。そんな曖昧なものだけど、強いもの。要は、自分や相手にとって特別な存在なのだ。

ルルリアは、別に彼らが家族であることに否定はしない。ただ、世間一般で言われる当たり前の枠にはまった家族ではないだけ。これが自分にとっての、エンバース家という家族のあり方なのだ。

ガーランド家に行って、変態《父》を相手にしてきた魔王《娘》は、悟りながらそう思う。きわどいプレイを、空気を吸うように日常的にやる家族だってあるのだから、今更家族のことで悩んでも馬鹿らしくなってしまった。

だからルルリアは、真っ直ぐに家族《エンバース家》と向き合える。ポジティブに自分を鼓舞しなくても、全てを受け入れられた。

「ルルリア、どうして……。どうして、クライス様の婚約者であるセレスフォードさんを、階段から突き落としてしまったのッ……！」

さぁ、最初で最後のざまぁ《家族喧嘩》を始めよう。カレリアの声と、周囲の喧騒を聞きながら、ルルリアは一人静かに笑ってみせた。

第十二話

導かれし役者たち

「突き落とした……？　彼女が、ユーリシアを？」

「クライス様……。ずっと、黙っていて申し訳ありません。それもこのような場で、……でも私、どうしてもこの子の姉として、我慢できなくてっ」

口元を押さえながら、カレリアは潤ませた瞳で語りかける。断腸の思いで話す彼女の様子と、その語られた内容に、このパーティーに参加している全ての人間が戸惑いを見せた。クライスもどういうことなのか、と問いかけたい思いを静かに堪えながら、カレリアが落ち着くのを待った。

いつも自分の前を歩くように、強い女性だった己の婚約者。ユーリシアの大事を聞いた時、クライスの頭は一瞬真っ白になり、彼女に限ってとなかなか信じられなかった。それでも、自分の目の前からいなくなった黒髪の女性の存在が、真実を告げている。

公爵家に連絡をとっても、国王様に詳細は知らせていたが、クライスに詳しく話されることはなかった。学生の身分である殿下の手を煩わせたくない、と国王に公爵家から達しがあったらしい。ユーリシアが意識不明であるため、これが事故なのか、故意なのかはわかっていない。しかし、ユーリシアが自分で足を踏み外したとは、どうしても思えなかったのだ。

その現場を最初に発見した教員からは、ユーリシアの傍に彼女のものとは違う私物が落ちていたらしいとだけ教わった。その品も公爵家によって回収されている。それ以上は、口止めされているため聞けなかったが、その調査を行っているとだけ話を聞いていた。

「そんな、私はユーリシア様を突き落としてなどいません！　いったいなんの証拠があって、そのようなことを…」

「それではどうしてあの日、寮を抜けて、放課後の学園にいたのですか」

「それは、ですから誰かからの呼び出しの手紙が入っていたと説明を」

カレリアの問いに、ルルリアは不安げに答える。あのユーリシア・セレスフォードが、階段から足を踏み外すという失態を起こすとは、学園にいる誰もが思えなかった。それ故に、これは故意なのではないか、と考える者は多かった。

その日は学園の仕事で遅くなったユーリシアと、数人の生徒、そしてルルリアが学園の寮にいなかった。いなかった生徒たちは当然事情を聴かれたが、その中でもルルリアの答えは異様なものであった。

気づいたら、机の中に入れられていた手紙。学園の仕事の用事で頼みたいことがある、と学園にいる教員の名で書かれたもの。ルルリアは放課後に、その指定された教室に向かったのだが、結局誰も姿を現さなかった。そうありのままを説明したが、それは言い換えれば、誰もルルリアのアリバイを証明できる者がいなかったということだ。

何よりも、彼女を用事のために手紙で呼び出したはずの教員は、そのような手紙を書いていないと否定したのだ。ルルリアはその手紙を証拠として提出したが、結局誰が書いたのかはわからなかった。

「……確かに、その手紙を私自身が書いたんじゃないか、と学園でそのような根も葉もない噂が流れているとは聞いていました。しかし、それだけで私が彼女を突き落としただなんて」

冷静に振る舞いながら、周りを諭そうとルルリアは言葉を紡ぐ。その手紙がいったい誰の手によって、用意されたものなのかをとっくに知っているが、表側のルルリアは知らないため不安そうにしながらも、異を唱える。今大事なことは、真実だけを言うことなのだから。

第一、他にもアリバイがない者は何人もいる。生徒だけでなく、教員や事務員だって容疑者に入るのだから。ルルリアの話した理由がたまたま異質であったため、学園の好奇の的になっただけだと話した。

「私も、それだけならルルリアがそんなことをするはずがないって思えたわ。だけど――、あなたはセレスフォードさんを憎んでいたでしょう？」

「憎む？　何故私が、彼女を憎む必要が」

「彼女とあなたの大切な人が一緒にいるところを、私も聞いたからよ。あなたも噂なら、聞いていたでしょう？　大切な人が奪われるかもしれないことに頭がいっぱいになって、セレスフォードさんにあなたは嫉妬してしまっていた。私は姉だから、あなたのその変化に薄々気が付いてしまったの」

カレリアの言葉は抽象的でありながら、断言するように力強さを感じさせる。ルルリアの大切な人というのは、十中八九フェリックスのことだろう。しかし、その部分を明白にしていないため、誰のことを具体的に話しているのかはわからない。カレリアは、三者三様の困惑を狙って言葉を口にしていた。

おぉ、ここで女の嫉妬を取り出してくるのか、とルルリアは感心した。これは意味深なことを言っておいて、ルルリアが悪いでさらっとこの場を流す気だ、とカレリアの思惑を悟る。

ルルリアにとってみれば、全く身に覚えのないことへの戸惑いを。クライスは自分の婚約者が、ルルリアが嫉妬するような男性と会っていたのかという衝撃を。フェリックスはユーリシアと会っていた覚えがないため、自分のことを話されているとは思わず、ルルリアには別の大切な人がいたのかという疑心を。カレリアが答えを言わない限り、相手は意識不明と状況をよくわかっていないフェリックスであるため、真実はわからないままだ。余念がないな、お姉様。

ちなみに真実は、ただユーリシアとフェリックスが廊下ですれ違う頻度が高かっただけ。姉の誘導で、ルルリアの婚約者をユーリシアが通るルートに行かせればいいのだ。仲睦まじく歩くって、飛躍しすぎだろ噂。王子の婚約者が、そんな堂々と浮気をする訳があるか。しかも婚約者にルルリアが問いただせばすぐにばれる噂である。しかし、ここで恋する乙女なら、『怖くて聞けない』という選択肢を選ぶらしい。と、ルルリアの友人は白々しく言っていた。

訳がわからない。さっさと聞けよ。吐かせろよ。だいたい公爵家で殿下の婚約者であるユーリシアに、侯爵家と仲睦まじくするメリットがなさ過ぎて、即行で選択肢から外す。それにあのフェリックスが、公爵家のお姫様に手を出せるほどの気概があったら拍手を送っている。そんな思考回路なので、つくづく自分は恋愛とは無縁そうだとルルリアは感じた。

「ルルリア、私も女だから少しわかる。自分の大切な人を奪われたくないと、そう思う心は決して間違っていない。それでも、人として踏み越えてはいけない境界があるわ」

「いえ、全く嫉妬した覚えがありませんが」

「醜い自分を周りに見せたくないのね。でも、そうやって真実を隠してどうなるの。そんな妹を、私はこれ以上見ていたくないわっ……！」

少しめんどくさくなって、思わずちょっと素が出てしまった魔王様だが、姉の平常運転に流された。妹を堕とすのに、全力である。どう答えても、ルルリアを悪党にしたいようだ。傍から見たら、嫉妬で狂った醜い事実を隠す妹を、姉として気持ちに寄り添って諭そうとする構図だろうか。

先ほどからカレリアは、ルルリアを納得させるつもりが欠片もない。だから彼女の狙いは、周りを煽ることで味方にして、事実を捻じ曲げようとすることなのだろう。ここで婚約者にそのような事実はなかったと証言してもらっても、その当時のルルリアは噂を聞いて、誤解したまま嫉妬してしまっていたとかなんとか言いそうだ。

両親からの視線がアレなのは変わらないが、周りからはひそひそとした話し声が聞こえる。おそらく姉の取り巻きたちが、まるでカレリアの話が本当であるかのように、周りへ浸透させようと頑張っているのだろう。

ルルリア一人が否定をしても、王子の信頼が厚い姉とさらに学園にいた複数が肯定をすれば、どちらの方に天秤が傾くかなど、子どもでもわかる。彼女が昔からよく使っていた手だな、とそれを幼少期より受けてきたルルリアは知っていた。

クライス殿下やフェリックスの視線も痛いが、何もまだ言ってこないのは決定的な証拠がないからだろう。当然だ、やっていないものに証拠なんてない。状況証拠だけで動くような人たちではない。ただ、周りからの疑わし気な目だけが感じられた。


そんな場所に、――新たな第三者が足を踏み入れた。


「エンバースさん、このことはまだ何もわかっていないことです。公爵家からの調査もありますから、あまり大きなことには……」

「あっ、先生……」

学園の教員にして、ユーリシア・セレスフォードを見つけた第一発見者。そのこともあり、黒髪の若い青年――シーヴァは公爵家から色々事情聴取をされ、さらに口止めをされたらしい。丁寧で物腰が柔らかく、しかしどこか頼りなさそうな、教師としてはどこにでもいるような人物であった。

カレリアは、彼から情報を手に入れようと何度か接触したのだが、あまり時間もなかったため、味方に引き込むことはできなかった。よく薬を飲んだり、胃のあたりを抱きしめたりしているので、病弱なのかもしれない、ということしかわからない教員だった。

今回この場に出てきたのは、公爵家からの差し金なのかもしれないと考える。だが、カレリアにとってはチャンスでもあった。彼はあの現場を実際に見た人物なのだ。つまり、カレリアが作り上げた――ルルリアが行ったという証拠の品を目撃している。

王子からさり気なく聞いた、ユーリシアの私物とは違うものがあったという話。それは間違いなく、男爵家の娘に命じておいた、ルルリアの指輪だろう。ここには現場の目撃者と、指輪の持ち主を知るガーランド家の者がいる。落ちていた指輪の特徴を告げれば、記憶を呼び起こし、ルルリアへとたどり着く。

「……クライス様から聞いたの。セレスフォードさんの近くに、彼女の私物とは違うものがあったって。もしかしたらその私物は、彼女を突き落とした時に、犯人が気づかずに落としたものではないか、と私は考えているのです」

カレリアは確認のためにシーヴァに視線を向けると、彼は困ったように目線を宙へ揺らす。王子やそれなりの貴族には告げていた事実であるため、否定はしなかった。

「私もまだルルリアを信じたい思いが確かにあるわ。その私物が、真偽の証拠になるかもしれない。だから、貴方にお聞きしたいのです。あの時、現場に落ちていたものが何だったのかを」

「そ、それは……」

「すまない、私からも頼めないか」

ルルリアへの疑いの種は植え付けた。それをさらに芽吹かせるために、カレリアはシーヴァを追及していく。口ごもる教師に、クライスからの援護も入る。公爵家から口止めはされているだろうが、頼まれている相手は王太子。しかも、犯人がわかるかもしれない瞬間であるため、周りも期待した。

「真偽も何も、私は本当にそのようなことは……」

「……ねぇ、ルルリア。あの指輪はどうしたの？」

「……指輪がどうしたというのですか」

ルルリアはカレリアの問いかけに、思わずその指輪をはめていた自分の指を、そっと周りへ見えないように隠した。

「学園に入学した日に、あなたに見せてもらった青い指輪があったはずよね。侯爵家に認められた証として、ガーランド家の家紋が彫られたものだって、ずっと大切そうにしていたもの。でも最近見かけなくなったわ。あれは、今どこにあるの？」

「あれは、気づいたらなくなってしまっていて。学園に捜索届を出しているところ……まさか」

もちろん、知っている。カレリアはそっとほくそ笑む。カレリアからの突然の質問に、ルルリアは不思議そうな顔をしたが、すぐに姉の言いたいことに気づく。例の男爵令嬢が、ちゃんと指輪を事件の現場に置いてきたと報告していた。その時に監視をしていたカレリアの下僕も、それが事実であることを証言している。

階段から転落した公爵令嬢の傍に落ちていた、ルルリア・エンバースの指輪。さらに、今まで蒔いた種と組み合わせればどうなるか。貴族とは面目を保つ必要がある。証拠が少なく立証は難しくても、このまま公爵家の姫が傷つけられた事実だけが残るのはよろしくない。犯人を見つけてみせ、面目を保たなくてはならない。しかし犯人が見つからなかった場合、そんな世間への生贄に相応しい人物が他にいるだろうか。

「ねぇ、先生。正直にお答えください。その現場に落ちていた私物というのはもしかして、……青く輝く綺麗な指輪だったのではなくて？」

静寂が場を包み込む。溢れそうになる笑みを抑えながら、カレリアは確信を持って問いかけた。

「いえ、違いましたよ」

「――えっ」


姉の表情筋が、初めて固まった。


「落ちていたのは、指輪ではありませんでした」

「えっ、嘘？」

「え、あの……、嘘と言われましても。青い指輪なんて、どこにも落ちていませんでした。公爵家の関係者とも確認をしましたが、それは間違いなく」

「そ、そんなわけッ……！」

「……カレリア？」

戸惑うような王子の呼びかけに、もっとよく現場を見たのか、と口から出かかった激情を慌てて抑え込む。隣にいるクライスを思い出したからだ。しかし納得がいかない、というようにカレリアの目は、強く目の前の教員を睨んでしまった。

　ここで、決定的な瞬間を迎えるはずだったのに。疑惑でしかない種を複数植え付け、そこに証拠となりえる品を出す。たとえ決定的なものがなくても、大衆の心理はルルリアへ疑念を生み出す。後は取り巻きを使って追い詰めていけば、ルルリアの社会的な地位を失墜させることができたであろう。そのための段階を踏むために演技をし、両親に偽りを伝え、動いてもらった。

　それらが、こんなことで台無しになってしまった。この空気では、結局疑惑は疑惑でしかないと思われてしまう。どういうことだ、と混乱しながらも、考えるのはそんな自分の舞台を壊すきっかけになった黒髪の教師。完全に八つ当たりである。カレリアの憎々しげな目に気づいたのは、それを受けたシーヴァだけだろう。

　そんなカレリアの視線を受けた教師は、一切の驚きを見せることはなかった。むしろ、周りから見える角度を調節し、同じようにカレリアのみに一瞬見えるように――嗤ってみせた。その後すぐに、彼の顔は困ったような表情になったが、一瞬だけ見えた表情にカレリアは呆然と目を見開いた。

「すぐに俺に構っている暇なんてなくなるよ、……女王様」

　周りはカレリアに注目していたため、調節して出されたシーヴァの声を拾ったのは、カレリアと近くにいたルルリアだけだろう。

　五年間の付き合いで、ある程度相手の心理を感じ取れる。余計なことを言うな、と横目で見た少女に、ちょっとぐらいストレスを発散させろやっ、と何故か切実な感じに目で訴えられた。とりあえず、後で覇王様にチクッておこうと思った。

「……それにしても、落ちていたものが指輪じゃなかったことに、随分驚かれていましたね。妹を信じていると言っているのに、妹の指輪だと疑っていなかったみたいに」

「何を言って…」

「いいえ、ただ貴女は先ほどから確かな証拠もないのに、話を大きくしようとしているように思いまして。指輪の話といい……まるで自分の妹を犯人にしたいようだと感じてしまったので」

「ひ、酷いッ！　私の気持ちを疑うというの⁉」

「す、すみません。少しそのように、感じてしまっただけでして……」

「落ち着くんだ、カレリア。貴方も言い方には気を付けてくれ」

　クライスからの誡《いまし》める言葉に、シーヴァは慌てて頭を下げる。申し訳なさそうに話しているが、先ほどの青年の顔を見てしまったカレリアには白々しい言葉にしか聞こえなかった。しかし、ここでこの教師を糾弾する訳にはいかない。学園に戻ったら……、と考えながら、今は王子の心情が大切だと考えた。

「申し訳ありません、クライス様。思わず、大きな声を……。その、クライス様は、私のことを信じてくれますよね？　私の気持ちを」

カレリアは潤ませた瞳を上目遣いにして、己の容姿を最大限に使う。感情が高ぶってしまったように、そっと彼の服を掴み、寄り添うように身体を傾ける。それに肩を揺らす王子の初心な反応と、周りの見惚れるような視線を受けながら、ここまでかとカレリアは内心舌打ちをした。これ以上の舞台は、自分の首を絞めかねない。

今回のパーティーで、ルルリアを完全に貶めることはできなかった。しかし、これほどの観衆の前で、ある程度の疑惑の種を植え付けることはできたのだ。それに男爵家の娘にも、指輪の話を聞かなければならない。故に、これ以上の舞台を続けるのは危険だと判断した。

だからカレリアは、今回の舞台を降り、次の舞台の用意をしようと思考を巡らせる。……しかし、カレリアは知らなかった。

「……お姉様、クライス殿下と随分仲がよろしいのですね。私、今までお姉様が王子様と親しかったなんて知りませんでした」

次の舞台などもうない。勝手に舞台から降りることなど許さない、とルルリアは真っ直ぐにカレリアに告げた。その声は先ほどまでの弱々しいものではない。静かでありながら、どこか響き渡るような芯の籠った声。

そう、カレリアは知らなかった。大魔王からは逃げられないことを。

歩み出るルルリアと代わるように、シーヴァは舞台の後ろに下がる。そしてすぐさま、安全地帯の確保に急いだ。突然の妹からの話に、虚を突かれたカレリアは思考がまとまらずに呆けてしまう。ここでルルリアが出てくるとは、思っていなかったのだ。エンバース家や周りも、予想外の人物の切り口に動きを止めた。

そんな呆然とする姉の代わりに口を開いたのは、クライスだった。自分に関係がある話でもあったため、ルルリアに、そして周りにいる貴族たちに伝えることも含めて話し出した。

「私は二年ほど前から、学園で彼女に色々と世話になっていた。困った時、よく相談などに乗ってもらっていたんだ」

「そうなのですか。……それは、姉とはそれ以上の関係はないということでしょうか？」

「どういう意味かな」

「今回お姉様が一緒にいるのは、ユーリシア様が来られない代わりだと聞かされています。私が気になるのは、お姉様と恋愛的な意味で愛し合ってはいないのか、と聞きたいのです」

ルルリアの言葉に、この会場にいた誰もがざわめき、次第に口を閉じていく。彼女が発した質問は、ここにいる誰もが気になった問いかけであったからだ。しかし、あまりにも不躾な問いであるため、誰もが二の足を踏んでいた。そんな内容を、一切の躊躇なく彼女は言ってのけた。

「……それを、君に答える必要があるのかい」

「そ、そうよ！　私の妹だからって、そこまで口を出すつもり。失礼よッ！」

「私が、彼女の妹だから聞いたのではありません。失礼なこととも、重々わかっております。それでも、どうしてもッ……！」

今まで姉や親からどれだけ糾弾されても、揺るがなかったルルリアの双眸《そうぼう》が初めて揺らいだ。泣き出しそうな、押し込もうとしても押し込みきれないような感情が溢れ出る。気丈に立っていた少女の悲痛なまでの声は、興味本位で聞いた訳ではないとわかる真剣さを感じさせた。

姉のターンは、先ほど終わった。ならばここから先は、――己のターンである。

そして、ルルリアは叫んだ。カレリアが無力な少女だと思っていた妹の張り上げた声が、全ての人の耳に入っていった。


「だって……、だってッ！　お姉様は、私の婚約者が好きだって言っていたから！　彼に抱きしめられていたからっ！　だから、彼がお姉様を好きだというのなら、二人の幸せのために私は大人しく身を引こうと思っていたのにっ……！　もし殿下とお姉様がずっと前から本気だったと言うのなら、私の婚約者との逢瀬《おうせ》はなんだったというのですか！　彼への愛は、嘘だったというのですかッ⁉」

「――ッ」

「……えっ」

まだ余裕を保っていたカレリアの相貌が、完全に崩れた。そして、クライスを含め、全ての人間に衝撃が走る。正直全く周りについていけていなかったルルリアの婚約者は、いきなり舞台の上にあげられて、当事者の仲間入りを果たした。こちらも完全に固まっていた。

ガーランド侯爵家の子息が学園に入ったのは、今年のことである。それまでカレリアと彼が出会う機会はなかった。ルルリアがフェリックスに尽くしているのは、学園で誰もが見てきたことだ。栗色の目がいつも赤い髪を探しているのは周知の事実で、嬉しそうに微笑む姿を見てきた。それ故に、彼女が溢れる涙を止めることなく告げる内容に、痛ましいほどの強い思いが込められていることに周りは気づいたのだ。

もしルルリアの証言が正しいのなら、カレリアとフェリックスの関係はほんの数ヶ月前からということになる。クライスにしてみれば、淡い気持ちを抱いていた相手であり、カレリアも同じように自分を思ってくれていると考えていたのだ。

確かにカレリアとは婚約者でも、恋人でもない。弱い自分を支えるように寄り添ってくれた女性。それでも他の男に愛を囁く女性に、これから先も同じ気持ちを抱けるのか。しかもその相手が、実の妹の婚約者である。あまりの突然の衝撃に、否定することも忘れてクライスは混乱した。

「な、何を言って――」

「私はお姉様の妹ですよ。お姉様の魅力を誰よりも知っていました。昔から、色んな男の人を虜にしてきたお姉様を見てきたから。だから、初めて婚約者である彼をあなたと会わせた時から、本当はずっと怖かったっ！」

「昔から……、色んな男……」

「違ッ！　誤解で、クライ――」

「それで彼の様子を見ていて、気づいてしまった。お姉様に向ける彼の気持ちに。そして、一ヶ月

前に二人が抱き合っているところを、私は見てしまったっ！」

慌てて復活したカレリアだが、妹の勢いは止まることなど知らない、というようにさらに畳みかけていく。ノリノリだなぁー、と安全地帯で夜食を食べる青年。薬を飲む時は空腹だと胃が荒れる可能性があるため、今のうちにしっかり食べておかないといけない。花よりも胃だった。

「いっ、一ヶ月前……そんな最近に？」

「し、信じないで。私は無実で――」

「好き合っている二人にとって、私は邪魔者だってわかったわ。でも、二人は私を傷つけないようにって、隠れて愛し合おうって会話をしていた。お互いに表の夫と妻を騙しながら、裏で愛し合うってッ……！」

王子は完全に沈黙した。

「クライス様！　私はあなたをちゃんと愛し――」

「私は、そこまでお姉様が彼を愛しているのなら、彼も幸せになれるというのなら、身を引こうと思ったのです。それなのに、お姉様は王子様と結ばれようというのですかァッ⁉」

「せめて最後まで、言わせなさいよッ！」

姉のことを話しているはずなのに、的確に王子の心を粉砕していく娘の様子に、家に帰ったら言葉責めをしてもらおう、と今晩のおかずを決めるようなノリで、今まで見守っていたおっさんは決意した。

そんな台風というか嵐というか、とんでもない内容のマシンガンが放たれて沈黙してしまった会場で、姉の声はよく響いた。気づいてから急いで口元を押さえるが、もう手遅れだろう。カレリアの中にあった余裕は、もうなくなっていた。

ルルリアがあの現場を見ていたのは、既に確定だった。まさか見られていて、しかもそれをずっと隠していたなんて、思ってもいなかった。学園での暴露だったら、まだ平静を保てられたかもしれない。しかし、ここは公の場である。

それでも、なんとか解決の糸口を探したカレリアは、顔色が青を通り越して白になりかけている妹の婚約者に目を移す。冷静に考えれば、ルルリアの言った内容には、先ほどのカレリアと同じく決定的な証拠がない。妹の苦し紛れの虚言だと、周りに思わせなくてはならない。

そのためには、カレリアと婚約者の彼が、揃って否定を口にする必要があった。

「……ほ、本当なのか、カレリア。君が、そこにいる彼と愛し合っていたと」

「あり得ません、妹のでたらめですわ！　だって、そんな証拠がどこにあると言うのですか。私は彼と、一切そのような事実はありませんでした」

カレリアのはっきりとした口調に、クライスは安心したように小さく息を吐く。一方で、赤髪の少年の目は、信じられないようにカレリアを見つめた。

「彼はルルリアの……妹の婚約者なのよ。確かに、彼には妹のことをよろしくね、ってお話をしたことはあったたわ。だからもしかしたら、その時の様子を見ていたルルリアが勘違いを起こしちゃったのよ」

「私は学園で起きたことも含め、一切の嘘をついていません」

「姉を貶めようとするなんて、何を考えているの？ ……ねぇ、そうよね。貴方も大切な婚約者に、こんな酷い誤解をされるなんて心外でしょう？」

カレリアの視線は、ルルリアからその後ろにいた人物へと移る。小さく息をのむフェリックスに向かい、彼女はゆったりと歩み出る。ルルリアはその様子を、無言で見つめた。

自分が行ってしまった不義を、その本人であるルルリアが知っていた。彼女の話は勘違いでもなんでもなく、ルルリアは事実に一切の嘘をついていない。それを誰よりも知っている二人のうちの一人が、当たり前のように正しい方を糾弾している。

カレリアがクライス殿下と親しかったことなんて、フェリックスは知らなかった。二年も前から、彼女には好きな人がいたことも知らなかった。今だって、自分に愛などないとはっきりと告げ、そのまま別の男に愛を囁くのだ。今までの彼女はなんだったのか、今の彼女はなんなのか。全てがわからなくなった。

「ほら、貴方もちゃんと否定して」

それでも、決断を迫られているのはわかった。己の不義を王太子の前で、そして多くの人々の前で認めるのか。そんな事実などなかった、とルルリアが虚言をしたと貶めるのか。答えない、という選択肢がこの場にないことだけは理解していた。

フェリックスの迷いを感じ取ったカレリアは、妖艶に微笑んでみせる。浮気がばれてしまうことがまずいのは、彼も同じ。それなら自分のために、妹を犠牲にすればいいのだ。その選択を選ばせるために、己の美貌で安心させようと笑い、さらに語りかけようとした。

ルルリアは、それでも動かなかった。カレリアの思惑も、フェリックスの葛藤も理解しながら、傍観を選んだ。というより、自分の出る幕ではまだない、とわかっていたからだ。


「……私は、今まで多くの女性を悲しませてきた」


カレリアが次の言葉を紡ぐ前に、荘厳な低い声が会場に突如響き渡った。誰もがその声に驚き、視線を向ける。赤髪の少年もそれにつられ、目を向けた先にいたのは、自分が誰よりも知っている人物であったことに気づく。そんな多くの視線を受けながら、壮年の男はしっかりとした足取りで前に歩き出した。

リリック・ガーランド侯爵閣下。妻を亡くしてからは、こういった催しは代理を立てる様になっていた……狂ってしまった人物として有名だった者。今渦中にいる少年の父親であり、ルルリアの後見人。

「そして、同時に息子のお前も苦しめてきた」

「……父さん」

「妻を忘れることができなかった私は、多くの不貞を行ってきた。そんな私の姿に、お前も失望してきたことだろう。こんな父を持ったことで、苦しんだことがあっただろう。周りから、後ろ指をさされることだってあったはずだ」

リリックからの言葉に、フェリックスは否定を返すことができなかった。母が生きていた頃は幼かったが、幸せだったのは覚えている。そして、それが突然崩れてしまった日も。……優しかった父が変わり、目を背けるようになった記憶も。

「私は多くの女性を、そして家族を悲しませてきた最低の男だ。そんな男の息子などと、お前が思いたくない気持ちもわかる。私はようやく自分が間違っていたことに気づいたが、今更父親面できる人間でもない」

「それは……」

「だが、そんな私だが、お前にこれだけは言えることがある。これだけは、お前に伝えることができる」

息子の近くまで来ると、リリックは歩みを止めた。フェリックスは改めてその姿を見て、あんなにもずっと遠くに感じていた父親を認識した。いつも見上げていたはずの背は、いつの間にか同じか、少しこちらが高いぐらいに変わっていた。

「私が最低な男なのは、間違いない。お前がその最低な男の息子であることも、間違いはない。だが、お前は私ではない」

数年ぶりにまともに見たその顔は、確かに父だった。

「だからお前は私と同じように、……自分のために、自分の身勝手のために、平気で人を傷つけるような男にならないでくれ」

自分のために、自分勝手な理由のために、多くの人間に迷惑を、傷を残してきた人間だからこその言葉。そしてそれは、そんな男の息子としてずっと傍で見てきたフェリックスには、痛いほど理解できてしまった。

「……俺は」

働いていなかった思考が、彼の中で回り出す。自分がするべきことを、自分がこの場で一番にしなければならないことを。傷つくのは己の名誉。だが、それは違う。この場で一番傷ついているのは、自分が傷つけようとしているのは誰だ。

それに気づいた時、彼の選択は決まった。

「……俺が、間違っていた。ごめん、ルルリア。俺は、すごく君を傷つけることをした」

「あっ……」

唇を噛み締めながら、フェリックスはカレリアとの密会を告白した。彼女とのやり取りを、彼女に目を向けてしまった自分自身を、ルルリアを隠れ蓑にしようとしたことを、カレリアとの全てを息子はルルリアへ伝え、何度も頭を下げた。

フェリックスの話を聞いていた周りは、ただ愕然《がくぜん》と眺めていた。この少年の話は、ルルリアの真実を証明してみせたのだ。己の不義を大衆の前で詫びる彼の覚悟を、疑う者は誰もいなかった。

だからこそ、その視線はそのまま金色を纏う女性へと向けられる。事実を隠すだけではなく、真実を捻じ曲げようとしていたことに気づいたのだ。この場にいる全員が、カレリア・エンバースという女性に不信感を募らせた。

自分に視線が集中しているというのに、冷や汗が背に流れる。喉がカラカラに渇き、いつものような高揚感など全く感じない。妹の婚約者の少年に、自分を裏切ったといくら罵ったとしても、この現状は変わらない。

違う、とカレリアは首を横に振る。自分はこのような視線を向けられる人間ではない。羨望や憧れや畏怖といった、そんな視線を受けるのが当たり前の人間のはずなのだ。それなのに、いつの間にか変わってしまった。

両親ですら、何が起こったのかわからないというように呆然としている。クライス殿下は信じられないような面持ちで、カレリアから一歩距離を取った。ルルリアを非難していたはずの大衆は、どこにもいなくなっていた。

それでも……それでも、まだきっと大丈夫だと。カレリア・エンバースは声を張り上げた。今までだって上手くいってきたのだから、これからだって、という思いを込めて。

「ご、ごめんなさい……。私も彼とのことはどうすればいいのかわからなかったの。彼の気持ちを大切にしたくて、でも妹の気持ちも大切で。もうこれしか方法がない、って考えてしまって。本当にごめんなさい。こんなことになってしまうだなんて、思ってもいなかったの。……だけど、私は――」

「見苦しいですよ、カレリア・エンバース」

言い募ろうとしたカレリアの声は、たった一声で掻き消されてしまった。何故、ここであの声が聞こえてくる。注目を集める自分の声と同じように、どこか人を惹《ひ》きつけ、釘付けにするような凛とした声。澄んだ水辺を連想させるような、美しく気高い女の声が。

誰もが声の方へ振り向き、息をのむ音が聞こえる。カレリアも、ゆっくりと振り返った先に見てしまった。黒を宿す髪と瞳。洗練された佇まいと、洗練されたその雰囲気は、多くの人間を傅《かしず》かせるだろう。

そしてついに、この舞台にもう一人の役者が揃う。

「ユーリシア・セレスフォード…」

覇王様があらわれた。カレリアは逃げ出そうとしたが、しかし完璧なまでに回り込まれてしまったのであった。

第十三話　スタイリッシュざまぁ

華やかなパーティー会場で、巻き起こった大舞台。一人の健気な少女の思いが奇跡を呼び起こし、すれ違っていた親子の絆を甦らせる。それにより、女王様の偽りで固められていた仮面が剥がれ落ちた。こいつらやりたい放題しているなぁー、と人のことを言える神経では全くない教師も、いそいそとデザートに手を付け出す。

そんな舞台（表）に、漆黒を纏いし一人の女性が姿を現した。

そこにいたのは、誰もが目を奪われる存在感を放つ人物。

優雅に歩み出る女性の名は――ユーリシア・セレスフォード。

またの名を、覇王様。髪と同じ黒き瞳が、真っ直ぐにカレリアを射抜く。彼女の登場によって、ざわめきが瞬く間に周囲へと広がっていった。


……そんな緊迫した雰囲気の中、ガーランド家では普通に家族会話が行われていた。

「本当にすまなかった。俺は君に、どう詫びればいいのか…」

「……いいのです。姉ではなく、私を選んでくれただけで嬉しかったから。それに、お父様との仲が直って良かったたって思うもの」

「ルルリア」

優しく微笑む己の婚約者の言葉に、今までの己をフェリックスは恥じた。彼女はこんなにも自分に尽くしてくれていたのに、それを心のどこかで物足りないと感じていた自分自身に。いったい何が不満だったんだ！　と、唇を噛み締めた。

晴れることのない胸中と、後悔を滲ませる赤髪の少年。そんな息子の様子に、リリックは仕方がなさそうに笑いながら声をかけた。

「ルルリアはお前を責めていない。これ以上の謝罪は、彼女を困らせるだけだ」

「父さん、だけど……」

「だが、お前の気持ちもわかるつもりだ。このまま、ただルルリアに許されるのでは、自分が納得できないのだろう？」

自身の心の迷いを的確に当てる父の姿に、そんなにわかりやすいだろうか、と気恥ずかしくなる。しかし、実際にそのことで悩んでいるのは事実。さっきの暴露以上の恥などもうない。息子は勇気を奮い立たせて、真っ直ぐな気持ちで父に教えを乞うた。

「えっと、どうしたらいいのかな」

「……お前自身が納得できないというのなら、男なりのけじめをつけてきたらいい。間違いを犯した私に、妻はいつもお仕置きをして正してくれた。その時の痛みは、たとえどれだけの長い年月が経とうと、風化することなどない」

当時の愛する妻による折檻《せっかん》の記憶を呼び起こしているのか、おっさんの脳内はパッションピンクに溢れていた。だが、表情はナイスミドルなため、息子は真剣な顔で父の言葉に何度も頷く。この父から、よくこんな息子ができたなぁー、と人類の神秘にルルリアは感心した。

物理的な痛みと、精神的な痛みは違うものだろう。それはフェリックスもわかっていたが、今までルルリアを傷つけてきた心の痛みを、自分が知ることはできないのだ。同じ痛みを共有することはできない。しかし、その痛みを知ろうとすることは、決して間違いではないはずだ。

愚かな己を許してくれたルルリアだが、それだって我慢してくれているだけなのかもしれない。被害者である彼女に、そんな思いをずっと抱え込ませるなんてさせたくない。そんな真実を知っている側からすると、『それただの魔王だよ』と言いたくなるようなフィルター全開の婚約者。教えてくれるような善人は、どこにもいなかった。


故に、自分とルルリアのために、少年は決意《自爆》をしてしまった。


「……頼む、ルルリア。君の感じた痛みを少しでも知りたいんだ。だからどうか、遠慮なく……俺の頬を叩いてくれッ！」

「そんな、あなたを叩くだなんて…」

「無茶なことを頼んでいるのはわかっている。だけど、俺はこのままただ君に許される訳にはいかない。君の痛みを少しでも知らなくちゃならないんだ。だから手加減なく、俺の頬を叩いてくれ！」

真剣な表情で、ルルリアに己の罰を求める決断をした。これで自分の罪が許されるとは思っていないが、それでもこの痛みをきっかけにしたい。さぁ、来い！　と意気込む目の前の少年に、これどうするのよ、とそうさせた原因をルルリアは睨んだ。興奮させてしまった。

しかし、さすがに娘の機嫌を下げたくないので、父はサムズアップして、『ガンガンいこうぜ！』のサインを出した。容赦がない。もう本人が望んでいるし、保護者公認だからいいか。そんな感じで、ルルリアも深く考えるのをやめて、利き手をゆっくりと開閉し出した。

この少年は、十分に役割を果たしてくれた。しかし、ルルリアよりも姉を選んでいたことに変わりはないのだ。顔か、やっぱり顔なのか。と、イラッときたのも事実。それはそれ。これはこれである。

だからルルリアも、この一発で今までの気持ちは流して、お互いに綺麗さっぱりなかったことにしようと考えた。

罪悪感？　何それおいしいの？

「本当に、手加減なくでいいのですか？」

「あぁ、気が済まないのなら何発でも……」

「いえ、一発で十分です」

「……そうか。優しいな、ルルリアは」

「はい、一撃で決めますから」

ビンタ一発で済ませてくれる婚約者の温情に涙が出そうになる相手と、言葉通り一撃で再起不能へご案内できるとやばいオーラを放つ相手。噛み合っているようで、全く噛み合っていない会話が繰り広げられた。

ギュッと目を瞑り、衝撃に備える婚約者を前に、ルルリアは深く息を吐き、身体から力を一瞬抜く。そして脇をしっかりと締め、目標地点をロックオンした。腕の角度の調節と、手首の捻り具合、さらに周りの舞台を壊さない程度に衝撃音を殺す最大スピードをはかる。

覇王様の登場で周りの目がユーリシアに向いていたため、ガーランド家の奇行に気づいた観客は誰もいなかった。覇王VS女王の修羅場の横で、ゴウォォッ！　と一瞬豪風のような音が鳴ったことにも。

なので、ルルリアの清々しいまでのドSな笑顔を見られたのは、羨ましそうに眺める侯爵様。それと、周りの空気を読まずに飯を食っていたせいで、運悪く一部始終を目撃してしまい、胃を押さえ出した青年。

「――あれ？」

そして、なかなか来ない衝撃に思わず目を開けてしまった瞬間、眼前に迫りくる拳《凶器》に意識がとんだ哀れな被害者だけだった。

＊＊＊＊

流れるような逆転劇を見せた第一幕が終わり、そして色々酷い幕間を挟み、ついに第二幕が開演した。幕が上がったと同時に姿を現した女性は、本来この場にいるはずのない人物。それに驚きと疑問を浮かべていた観客たちは、次に歓喜を表し、会場全体を大きく包み込んだ。

カレリアは、自分の言葉を掻き消した覇王様の登場を、呆然と眺めていた。態勢を立て直そうと、この場から逃げ出そうとしていたところを、完璧に回り込まれていた。ものすごいアウェー感とプラスして、未だに信じられない気持ちが、現実を認識することを拒むように彼女の動きを止めた。

そんなカレリアよりも先に復活したのは、クライスだった。彼はユーリシアに気づくとカレリアから離れ、考えるよりも早く、真っ先に駆け寄っていった。ちょっと放し飼いにしても、ちゃんと自分のもとに帰ってくると豪語していた、飼い主の言っていた通りの行動であった。

「ユーリシア！　本当に、君なのかっ……！」

「はい、クライス様。そして、申し訳ありませんでした。貴方の婚約者という身でありながら、このような大切な日に遅れてしまって」

「君が謝る必要はない。それよりも、怪我は……」

「問題ありませんよ」

ユーリシアの傍にたどり着くと、冷静であろうと努めているようだが、クライスの忙しない様子が感じられる。無意識に手を握ったり、慌てて離して怪我を心配したりする言葉を紡ぐ彼にもし尻尾があったら、ぶんぶん振り回していたかもしれない。

そんな王子様は、覇王様にぴしゃりと言われて、ちょっと尻尾がしゅんとなる。本人はおそらく無意識なのだろうが、完全に飼いならされていた。


「しかし、ずっと意識不明だったのだろう。まだ横になっていた方が」

「ありがとうございます。しかし、貴方を守る……このような時に寝てなどいられません」

「私を……守る？」

「ええ、そうです」

己の婚約者の言葉に、クライスは戸惑いを強く浮かべた。

階段から突き落とされたかもしれないユーリシアを守るのなら理解できるが、何故ここで自分が出てくるのか。病み上がりの身体に鞭を打ってまでして、この場に現れた彼女を疑う訳ではないが、状況が理解できなかった。

ユーリシアは、眉を寄せるクライスに続きを話すことはなかった。次に彼女が視線を向けたのは、先ほどまで自分の可愛い犬《婚約者》が戯れていた餌《カレリア》。彼女の脳内も割と酷い。そんな滲み出る覇王オーラの直撃に、意識を取り戻した姉の頬が思わず引きつった。

ユーリシアは、クライスがカレリアに尻尾を振ったことに、怒りを感じることはなかった。おいしい餌があったら、思わず飛びついてしまうのは犬の本能的に仕方がないことだろう。まだまだこちらの方が、『待て』の躾ができていなかっただけのこと。彼女の脳内は本当に酷かった。

ルルリアによって偽りの仮面を剥がされ、精神的に追い詰められたカレリアに、もはや余裕などない。ユーリシアがこの会場に来たことは予想外だったが、このまま知らぬ存ぜぬを決めて、彼女の回復を祝福する言葉を投げかけるべきだろうかと考える。

ユーリシアがカレリアに強い視線を向けるのは、きっと自分が彼女の代役に選ばれたことに嫉妬をしているか、自分の美貌に対抗意識を感じたからではないかと思った。クライスを取り合う憎き相手同士。良い感情を持たれているとは、さすがに考えづらい。

しかし、ユーリシアと表で直接的には会ったことがないため、初対面にも等しいはず。先ほどまでの様子を見られていたのだろうが、彼女をなんとか味方にできないかと、カレリアは悪足掻きを選んだ。


「ま、まぁ、セレスフォードさん！　無事でよか――」

「そうでしょう、カレリア・エンバース。この国の王太子を唆し、自分の妹の婚約者を寝取ろうとし、そして……私を階段から突き落とした黒幕よっ！」

覇王様、にべもなかった。

「あっ、えっ、待ッ！　ち、違いま――」

「そんなっ！　お姉様が殿下の婚約者であり、公爵令嬢でもある次期王妃と名高いユーリシア・セレスフォード様を、階段から突き落として重傷を負わせた黒幕ですってッ⁉」

再び舞台に帰ってきた魔王様、絶好調だった。

ルルリアのとても丁寧な状況説明の叫びに、会場にいた全ての人間が、急展開に愕然とした。

ユーリシアを突き落とした犯人は、未だに特定されていない。先ほどまで話題となっていた内容が、今度はその当事者によって再び開示されたのだ。

ルルリア・エンバースがその犯人であると、状況証拠で糾弾したカレリアとエンバース家。逆に糾弾をした探偵役であるカレリアこそが、真の犯人だったと告げる当事者のユーリシア。どちらの言葉を信じるかなど、問うまでもなかった。カレリアに対する不信感が広がっていた会場で、女王を庇《かば》う者はいない。

「……どういうことなんだ、ユーリシア。カレリアが、君を突き落とした？」

理解が追いつかない真実に、クライスは唇を震わせる。

今まで自分が見てきたカレリアが、本当の彼女ではないことを知った。それに彼は、失望はしたが、彼女を責めるつもりはなかった。カレリアに幻想を抱いていたのは自分自身であり、それを自業自得とはいえ、彼女一人に罪を被らせるのは違うとわかっていたからだ。

これまでのような関係にはもうなれないが、カレリアに助けられてきたのは事実。だから仮面の剥がれた女王を、彼は王太子の名をもってこの場から逃がしてあげようと考えていた。事態を大きくしてしまった原因は、彼女を代役として連れてきた自分にもある。世間からの非難は、甘んじて受けるべきだ。それが今までの彼女へのお礼であり、これからの決別のために選んだクライスの選択だった。

そんな淡く美しい過去すら塗り潰す、クライスの善意を根本から崩す真実が、今明かされる。彼の中にあったカレリア・エンバースは粉々に砕け散り、おぞましいまでの不気味さだけを生み出していた。

「――違います！　私は、彼女を突き落してなどいません！　第一、セレスフォードさんが学園にいた時、私は寮にいて、多くの人に目撃されているわ。そんな私がどうやって、貴女を突き落したというの⁉」

「ええ、その通り。貴女が私を直接突き落とした訳ではないわ」

「ほらっ！　公爵令嬢である貴女が、そんな嘘を――」

「だから私は、『私を突き落とした黒幕』と呼んだのよ、カレリア・エンバース。その美貌と家柄を使い、裏の女王として学園を支配し、多くの生徒を利用して使い潰して、絶望を振りまいてきた貴女にね」

目の前の相手を睨みつけ、激昂《げっこう》を飛ばすカレリア。それとは対照的に、落ち着き払い、冷静な態度を崩さないユーリシア。

更に暴かれていく事実が、じっとりと汗を滲ませる。煮えたぎる思考とは違った冷静さが、カレリアの中にもあった。……このままではまずいことも、彼女は理解していたのだ。

今のカレリアの声は、誰の耳にも届かない。一方的にユーリシアの声だけが、響き渡る現状。そんなこの状態を、彼女はよく知っていた。幼い頃から、誰よりも知っていたのだ。姉と妹という今の立場とは逆転した状況を、自分は何度も作り上げてきたのだから。

故に、その恐ろしさを知っている。どれだけルルリアが必死に伝えようとしても、それをあっさりと切り捨てる周りを見てきた過去を。そしてそれに、高笑いをしてきた自分自身を。そんな自分が笑い続けてきた立場に己がなるなど、考えてもいなかったのだ。

どれだけの経験をしても、相手の気持ちを考えたことがなかったカレリアは、ルルリアの立場になって初めて恐怖心を覚えた。いや、ようやく思い出した。幼かったカレリアが、ルルリアに感じていたはずの気持ち。いつしか忘れてしまっていた現実。自分の立場が変わってしまうかもしれない恐ろしさ。そんな可能性があったことを、カレリアは思い出したのだ。

しかし、カレリアがそれに気づくのは――あまりにも遅かった。

「……クライス様が、貴女に惹かれていたことを、私は薄々気づいていました。貴女を見る彼の視線に、私も心穏やかだったかと問われれば、……肯定の言葉を、自信を持って言うことはできませんでした」

「ユーリシア……」

恐怖に言葉を失うカレリアを見つめながら、ユーリシアは切なげに口を開く。そんな彼女の様子に、クライスは目を見開いた。次期王妃になるための覚悟を持ち、常に前を向き続け、自分のことを引っ張ってくれていた強い女性。ユーリシアがクライスに弱さを見せることはなく、いつも己の情けない姿ばかりを見られていた。

彼女に劣等感を抱いていたことは否定しない。王太子という立場をクライスは持っているが、表に出さない不安はいつもあった。こんな自分を、強い彼女は本当に愛してくれるのか。自分が王子でなかったら、見向きもされなかったのではないのか。そんな鬱々とした思いが、彼の中で静かに沈殿していっていた。

その表に出せない憂いた気持ちを認めてくれたのが、カレリアだったのだ。

強い彼女とは違う、弱さを持った女性。厳しく律するユーリシアとは逆に、カレリアはよく感情を見せてくれた。自分が守らなくてはいけない、と思ってしまったぐらいに。

カレリアに向けていた淡い気持ちを、優秀な彼女なら気づいていたかもしれないとわかっていた。それでも何も言われないことに、やはり自分は愛されていなかったのだろうか、と鬱屈した思いもあったのだ。

だが、ユーリシアがクライスへ告げた言葉は、そんな彼の暗い気持ちを晴れさせた。切なげに、悲しげに語る彼女の姿。初めて見た彼女の弱さに、クライスは思わず見惚れてしまった。

「私は、可愛い性格じゃなかったから。王太子の隣に立つ者として恥じないように、自分や周り、そしてクライス様にも厳しいことばかりを言ってしまった。そんな私が、あなたに愛される訳がないって思っていたわ」

彼の隣に立つために我慢し続け、ずっと隠されてきた婚約者の思い。彼女の厳しさは、王太子である彼のためを思って、告げているとわかっていたこと。そんなことはない！　と、ユーリシアの告白に叫びたくなったクライスは気づいてしまった。

結局自分たちは、お互いに愛されていないと思ってしまっていただけなのだ。自分を愛してくれているのか、とユーリシアに聞けなかった弱い自分と同じように、彼女もクライスに自分への思いを聞けなかっただけではないのか。

そう思い至ると同時に、クライスの頬に朱が走る。幼馴染み以上の感情は元々持っていたが、そこから先に踏み込む勇気がなかった。そんな複雑な気持ちが、彼女の本当の気持ちがわかっただけで、単純すぎるほどに意識してしまったのだ。

不器用というか、これってただのヘタレじゃね？　という半眼の魔王様に、そこが愛らしいんじゃないか、と覇王様は目を細める。

尻尾をぶんぶん振っていそうな、ワンコ王子の幻覚が消えない。おそらく、これから先も消えないだろう。

「だから、クライス様が望むのなら、……カレリア・エンバースを側妃として認めようと思ったのです。私にはできないことを、彼女にできるのなら。貴方を支える力になってくれるというのなら、と」

「……私は、そこまで君に決意をさせてしまっていたのか」

「私が、勝手にやったことです。彼女を取り立てるために何ができるだろうか、と私は彼女のことを調べました。……ですが、その行動がカレリア・エンバースの真実に、たどり着くきっかけになってしまった」

表では淑女として通り、子爵家の令嬢として名高い、美貌の女性。しかしその裏では、多くの男をその美貌と演技で魅了し、自分の手足にしていたのだ。子爵家より低い家柄の者を取り巻きにし、時には脅し、女王の手駒としてきた。

中には学園を退学まで追い込まれ、家を潰されそうになった者までいたのだ。ユーリシアはなんとかその家族を助けることには成功したが、カレリアの暴挙に拳を握り締めた。このような人物がこの国の側妃になれば、どうなってしまうのか。カレリアのことを思うクライスを傷つけたくないがために相談することもできず、彼女は一人で戦う決意をしてしまった。

そうして行動を開始したユーリシアだったが、学生の身分ではできることは限られていた。少しずつ証拠を集めてきたが、その行為をカレリア側に察知されてしまったのだろう。クライスを手に入れようとしていたカレリアにとって、更に自身の悪事を露見させようとしていたユーリシアは、邪魔者以外の何ものでもない。

そうして、ユーリシアを排除するために、カレリアは計画を実行に移したのだ。

「クライス様の妃となり、この国を裏から牛耳る……そのための基盤を学園で彼女は作っていたのでしょう。だから、殿下の婚約者であり、そして真実に気づいてしまった私は、彼女にとって都合の悪い人間だった。それ故に――カレリアは、私を亡き者にしようと計画を立てたのでしょうね」

「な、なんだってッ⁉」

「そんな、お姉様が国家反逆罪にも等しい、そのような恐ろしい計画をッ⁉」

「えっ、ちょっと……」

いや、そこまで考えていない。というより、自分の行いを公爵令嬢である彼女に気づかれていたことも知らなかったのですが。むしろ、「なんだって⁉」と逆にカレリアの方が叫びたい。本当にあることないことを言われ、更に妹に周りを煽られ、カレリアは混乱した。

ユーリシアはカレリアの行動の推測を話しただけで、真実とは言っていない。だが、この場面で説得力のある内容を語られた周りはどう思うか。やっぱりこいつら性格悪いわぁ…、とまだ常識人寄りの青年も、諦めの境地にたどり着きそうになっていた。

「わ、私たちの娘が、そのようなことをするはずがありませんっ！」

「これは罠だッ！　カレリアをよく思わない者が、貴女にそう思わせようとしたのでしょう！」

流れを壊したのは、甲高い女性の声だった。美しい容貌は青白くなっているが、唇を噛み締めて気丈に奮い立たせる。カレリアはエンバース家にとって、全てと言ってもよかった。たった一人の娘を中心に、回り続けていた家族。

だから、ここで彼らが出てくるのは、予想済みだった。勝者側にしか立ったことがないカレリアは、自分に向けられる負の感情に満ちたこの場から抜け出す術を知らない。このまま女傑二名によるオンステージが続けば、なんやかんやで本当に反逆罪まで付け加わるだろう。そうなれば、エンバース家は終わる。

……それを挽回するために、エンバース家のターンが回ってきた。

「ユーリシア様、貴女が今話した内容は、全て予想でしかありません。先ほど、自身を突き落とした者はカレリアではなかった、と証言もされていました。それなのに、娘がやったというのは、強引すぎるのではないでしょうか」

「そうです。証拠もなく、そのような証言だけで、こんな多くの人がいる中で、娘一人を糾弾するなんて――」

「先ほど私は、それをあなた方にやられましたが」

そして、魔王様の一言で沈められ、終了した。

「ふぅ、愚かですね。娘が可愛いのは認めましょう。しかし、それによって曇った目で周りを見ることしかできないのは、もはや害悪です。第一、――いつ私がカレリア・エンバースがやったという証拠がない、と言いましたか？」

「えっ……」

「証拠がなければ、逃げられるとわかっていました。だから私は、目を覚ましてからずっと彼女のことを探り続けてきたのです」

「ずっと、……もっと前に、目覚めていたということか」

「貴方にお伝えすることができず、申し訳ありませんでした。しかし、私が昏睡状態にあることでカレリアの油断を誘い、証拠を掴む絶好の機会だったのです。国王様にも許可をもらい、エンバース家や学園を見張らせてもらいました」

ユーリシアは己の人脈を総動員し、今まで築き上げてきた人望を生かし、包囲網を敷いた。エンバース家の過去を洗い、カレリアと所縁《ゆかり》のあった人物たちからも証言をもらう。そこには、彼女たちの家庭教師をしていた者の証言もあった。王太子を誑かし、次期王妃とされる公爵令嬢を傷つけたとされる、カレリア・エンバースの証拠を掴むために。

「証拠を集めている間、ルルリアさんには辛い思いをさせてしまいました。カレリア・エンバースは、自分の取り巻きを使い、私を突き落としたのは妹だと誘導させ、孤立させようとしていました。さらに、集団で襲われそうにもなったと聞いています」

「そんな、それじゃあ…今までのことは。全てお姉様が、私を……」

それまでの恐怖を思い出したのか、ルルリアは震える肩を小さく抱きしめる。このようなか弱い少女を、集団で襲わせようとするなど考えられないような出来事だった。どれほどの恐怖を味わったのだろう、と周囲から同情が起きる。

ユーリシアが裏から手を回したおかげで大事には至らなかったらしいが、心の傷は簡単には癒えないであろう。――もちろん、目撃者と襲っていた方のメンタルが。シーヴァが覇王様に言われて恐る恐る覗いた部屋には、鞭を片手に無双する魔王の輝かしき姿。デザートのおかわりを食べていたシーヴァは、当時の魔王によるドS行為を思い出したのか、遠い目で胃を押さえた。

「そして、ある一人の協力者のおかげで、全ての真実が明らかにされたのです。彼女は己の犯した罪を認め、贖罪《しょくざい》のために自分の全てを擲《なげう》ってでも証拠を集めるために動いてくれました」

「一人の、協力者ですって……？」

「貴女が一番よく知っているでしょう、カレリア・エンバース。……何故私が、自分を突き落としたのは貴女じゃないと断言できたと思いますか」

ユーリシアの言葉に、最初は訝《いぶか》し気だったカレリアは、まさか、と呆然と口を開いた。ルルリアを嵌めるために、会場で噂を流す役割を与えていた人物を、慌てて彼女は探す。

この会場にいるはずの、自分の腹心。ユーリシアを突き落とし、この一ヶ月の間、カレリアに付き従った使える駒。全てを認めてくれていたはずの、栗色の少女を。

「私はあの時、自分を突き落とした相手を見てしまった。そして、ずっと気になっていたのです」

「待ってくれ、ユーリシア。つまり君は犯人を見ていたのか。なら何故、報告を――」

「……泣いていたのです。ごめんなさい、と何度も。もし彼女が本気で私を突き落としていたのなら、私はこの世にいなかったかもしれません。私がこうして、すぐに目を覚ますことができたのも、そのおかげです」

カレリアの計画通りだったのなら、ユーリシアは死んでいてもおかしくなかった。しかし公爵家で診断してもらったが、軽い脳震盪《のうしんとう》だけで死ぬような怪我は一切なかったのだ。その報告を聞いたクライスは安心すると同時に、こんな危険な橋をずっと一人で彼女に渡らせてきたのかと、自分の情けなさに後悔が滲んだ。

ユーリシアはすぐに、自身を突き落とした少女は生贄だったのだろうと気づいた。カレリアがよく使う手口だと知っていたのだ。もしその少女をユーリシアが糾弾すれば、黒幕は蜥蜴《とかげ》の尻尾を切るように、簡単に少女を切り落とすことだろう。

「だから、私は彼女に隠れて会いに行きました。そして、訳を聞かせてもらったのです。家族を人質に取られ、言うことを聞かなければ、エンバース家の力を使うと。彼女の妹も、平気で売り飛ばすと言われたようでした」

「……酷い」

「ええ、確かに彼女は罪を犯した。しかし、真に裁かれなければならないのは誰なのか。私はこのような悲しい出来事を、これ以上増やしてはならないと思いました。だから、私は彼女に協力を呼び掛け、そして相手も己の過ちを認め、証拠を見つけてみせると贖罪の道を選んだのです。カレリアの最も近くに行ってみせると」

『カレリア様、私は公爵令嬢を階段から突き落としてから変わったのです。あなたこそ、真に輝くに相応しいお方です。だからどうか私も、カレリア様の理想に付き従わせてください』

「……嘘、でしょ」

カレリアの声はかすれ、その呟きは誰の耳にも届かなかった。自分を肯定するのが当たり前の世界で生きてきたカレリアにとって、他者は自分のための駒だった。他者を信じたことなどない。しかし、裏切られたという事実が、カレリアの心に突き刺さった。

ユーリシアが合図を出すと、公爵家の者たちが多くの資料を持ってくる。公爵家、そして王家のサインが入ったその資料をクライスは手に取り読み込むと、顔を伏せて静かに首を横に振った。

当事者の一人であるルルリアも、その資料の一部に目を通す。そして、上がりそうになった悲鳴を必死に抑え込んだ。自分の姉が今まで行ってきた非道な行いを、更に妹である自身を貶めようとしてきた事実の全てを、ルルリア（表）は知ってしまったのだ。

この日、カレリア・エンバースは多くの注目を浴びる存在となった。小物な悪党ぐらいの女性が、見事に完全なる悪の親玉扱いにランクアップされたのだ。やったことは事実だけど……、とシーヴァは自分の主人の容赦のなさに、今更ながら乾いた笑みを浮かべていた。

「彼女の罪は、他ならない私が許しました。しかし、カレリア・エンバース。貴女を許すことはできない。今まで多くの人々を苦しめ、己の欲望のために国を揺るがそうとしたことは、決して許されることではないッ！」

ユーリシアの恫喝《どうかつ》は、舞台全体を震わせた。

たった一人で王子を守ろうと戦い続け、傷つけられても立ち上がった女性。彼女の覚悟は、王家の信頼を得、さらに多くの賛同者を作り上げたのだ。己を傷つけた者への慈悲の心と、悪を決して許さぬ断罪の心を持つ、未来の王妃。その姿を、誰もが幻視した。

クライスもまた、ユーリシアに惚れ直していた。弱い彼女を知ることはできたが、やはり彼女は強く気高く輝いている姿が、最もよく似合う。彼女ほどこの国を、そして自分の幸せを考えてくれる人はいないだろう。

自分にどこまでできるかわからないが、頼りないかもしれないが、彼女に支えられるだけでなく、自分もユーリシアを支える男になりたい。今回のことで、ユーリシアが自分を思ってくれていることを知った。そして、一人で危ないことに立ち向かってしまう危うさも知ったのだ。

もう二度と、彼女を一人で戦わせるようなことはさせない。裏を知っていると、『完全に袋叩きにしていましたよ』とわかるのだが、それを伝えてくれる善人は、やっぱりどこにもいなかった。

クライスは眩しそうにユーリシアを見つめながら、ピシッと尻尾を立てて誓ったのであった。

＊＊＊＊＊

「あ…、あっ……」

右を見ても、左を見ても、どこを見ても、自分の味方がいないことに、カレリアは歯をカチカチと鳴らす。どうしてこうなってしまったのかと、ガラガラと足元が崩れるような錯覚を起こしていた。

何も持っていない、奪い続けてきたはずの妹が、何故多くの人々に囲まれ、あんなにも温かい場所にいるのか。好意を寄せ続けていた王子の心が、自分から完全に離れ、別の女性のもとへ向かってしまったのか。社会的にも、人望的にも、精神的にも、全てが地に堕ちた。反論すらできない、反撃することもできない現状が、そこにはあった。

彼らが語った内容に、カレリアにはそれが真実ではない、とわかるものが含まれていることを理解していた。だが、多くの真実も当然含まれているのだ。それを一つ一つ否定したって、何も変わらない。己の全ては『虚偽』となり、『真実』は彼らが握ったのだから。

「お、お母様……、お父様ぁ……」

「カレリ、ア……」

そんなカレリアが縋《すが》れるものは、もう家族しか残っていなかった。ふらふらと覚束ない足元で、泣きそうな顔で両親に向けて手を伸ばす。信じていた娘の真実を知り、母は小さく肩を震わせ、父のカレリアに向ける視線は戸惑いを浮かべている。それに、カレリアは怯えた表情になる。母と父に失望された事実。それでもカレリアは、家族の温もりを求めて足を前に進めた。

ルルリアは横目で、彼らの様子を眺める。公の場で悪女として周知されたカレリアに、両親はどのような反応をするのか。彼らは、カレリアのみを信じてきた。カレリアだけが、彼らの世界の中で回っていたのだから。愛していた娘が全て幻想だったと突きつけられ、彼らの信じたかった世界は崩壊したのだ。

失いたくない、と手を伸ばすカレリアの姿に、ルルリアは六歳の頃の自身を幻視する。ぬいぐるみを奪ったカレリアに伸ばした手を、父親に叩き落とされ、母親に侮蔑の瞳を向けられたあの日を。六歳までのルルリアが持っていると信じていた、全てを失ったあの日と同じように……。


「カレリア……」

か細い声で、娘の名を母は呼んだ。伸ばされた娘の手を、父は振り払わなかった。そのまま両親にしな垂れるように身体を傾けたカレリアに、ルルリアは小さく目を見開いた。

これほどの罪を犯した娘を、それでも彼らは受け入れたのだ。力ない声で頼る娘を、ただ抱きしめている。栗色の瞳は、それをただ見つめていた。

彼らはルルリアにとって、最低の父親だった。最悪の母親だった。その評価は、一生変わることはないだろう。今の状況に同情なんてしない。奪われてきたものを、奪い返してやっただけだ。後悔をするような神経なんて、自分にはない。

だけど、そんな最低な彼らでも――ちゃんと大事な娘の帰る場所は守ってあげたのだ。

ここでカレリアを罵り、自分たちの保身を願い出ることもできた。しかし、彼らはそれをせず、カレリアへの愛情を選んだのだ。

「……そっか」

そんな『親』としての彼らだけは、ルルリアも認めた。

「そう言えば、エンバース家は財政難だったらしいですね。長女のわがままの資金作りのために、次女を平気で売りとばし、……国のお金に手を付けたりとね」

はいはい、愛情万歳。そんな美しい親子の絆を確認していたエンバース家に、覇王様はあっさりととどめを刺した。ユーリシアは思い出したように、エンバース家が隠蔽していた書類を取り出す。カレリアの悪事の証拠探しのついでに見つけておきましたよ、というぐらいの軽い感じで。

エンバース家が横領などをしていた事実も突き止めていた。

それにカレリアは完全に目が点になり、父親と母親の表情が引きつった。えっ、なんでその書類がそこにあるの？　と見る見るうちに血の気を失っていく父と、絶望を母は浮かべた。ちょっと同情しかけていた周りも、お前らもかいッ！　とガクッと肩を落としていた。

まぁ、『親』としては認めてやるが、『人間』としては一切認めてやらないがなっ！　と溜めに溜めてきたエンバース家の不祥事を、一切の葛藤なくユーリシアに魔王様は既に手渡していた。一家全員仲良く逝ってらっしゃい、であった。

「……エンバース家は、国家に対し多くの不利益を及ぼしている。これらの罪、いったいどのように償われるつもりですか」

ハッ、と顔を上げたエンバース家の者たちの表情は、完全に色をなくしていた。貴族としての義務を怠り、子爵家の権威を笠に傲慢に振るい、さらに侯爵家の子息と王太子を誑かし、公爵令嬢を傷つけ、学園で多くの人間を貶めてきた。数えるのも恐ろしくなる。

ユーリシア・セレスフォードの声は、一瞬だけ全ての音を止めたが、その内容を理解していくにつれ、周りはざわざわと話し出した。流れを見守っていた多くの観客たちは、断罪の時に興奮する。関係のない第三者にとって、悪が正義の前に敗れ去ることは余興の一つでしかない。一方的に非難されてもおかしくない罪人たちを前に、徐々に声が上がっていったのだ。


「……死罪でも、おかしくないよな」

その言葉を言ったのは、果たして誰だったのか。それはわからないが、その言葉は周囲へ瞬く間に伝染していった。そうかな、そうだな、そうだよな。というように、周りのボルテージは上がっていき、囃《はや》し立てるような声が増えていった。

そして、一つの大きな声がエンバース家の断罪を叫んだのを皮切りに、その空気は舞台全体を大きく揺らした。観客はもはや第三者でも、カレリアの味方でもない。エンバース家の完全な敵として、彼らに牙をむいたのだ。

そんな周囲の様子に、つまらなそうにユーリシアは鼻を鳴らし、シーヴァは感情の見えない瞳で観客たちを見つめる。リリックは気絶している息子を抱えながら、やれやれと首を横に振った。

収まることのない熱に包まれ、カレリアたちは動くことすらもできない。口を開くことも、逃げることもできなかった。このまま、死んでしまうのか。

カレリアは涙を流すが、誰も助けてくれる者なんていなかった。そんな人間がいないことを、誰よりもわかっている。そしてそれは、この舞台にいる誰もが知っていた。

ユーリシアが、彼らを助けることはしない。彼女は未来の王妃として、これほどの罪を犯した者たちを許す訳にはいかないからだ。

そして侯爵家の当主であるリリックも、罪人を助けることにメリットはない。

カレリアの取り巻きたちも、この空気に怖気づくことしかできない。

王太子であるクライスも、ここまで事態を大きくしてしまった要因の一つは自分自身にもあるため、観客を抑えられる立場にはなかった。


「――やめてくださいッ！」


だがそんな舞台の上で、たった一人だけこの場で彼らの助命を願い出ることができる立場の人間がいた。その人物はエンバース家と深い関わりにありながらも、彼らを断罪できる権利を十分に持っている少女。

栗色の髪を振り乱し、言葉の矢を浴びるエンバース家の矢面に彼女は立った。

その行動に誰もが目を見開き、興奮していた空気は少女の悲痛なまでの悲鳴によって鎮まっていく。信じられないような目を向けるのは、観客だけではない。小さな少女の背中に守られている、父が、母が、姉が、何が起こったのかわからないように息をのんだ。

この少女がここで出てくることを、誰も予想できなかった。それも彼らを守るように、立ち上がったことにも。今までの舞台を見てきた者たちは、それ故に言葉をなくしたのだ。

この少女が、――止めに入るのかと。

ルルリア・エンバース。カレリアの一つ年下の次女は、エンバース家で容姿が似ていないからという理由で、虐待され続けていた。自由も愛もなく、何も彼らからもらうことなく奪われ続け、そして最後には道具のように売られて捨てられたのだ。

それでも、ガーランド家でようやく幸せを掴み出した少女を、またも彼らは一方的に傷つけた。ルルリアの愛する人を優越のために奪い、無実の罪を捏造し、全てを壊すために貶めようとした。どれほど温厚な人物でも、どれほど優しい人物でも、これほどの暴挙を許すことができるのか。

「もう、もう十分ではないですか……。彼らは、確かに許されないことをしました。私もどうしてこの場に、自分が出てきてしまったのかわかりませんっ！　それでも、それでもッ……！」

ルルリアは、エンバース家の被害者だ。彼女を責める者は誰もいないほどに、この少女はただ婚約者を愛し、健気に頑張ってきた。罪を疑われた時も気丈に立ち続ける強さを持ち、己の思いに蓋をしてまで、愛した人の幸せを考えていた人物であったのだから。

「ルルリアさん。貴女は、……彼らを許せるのですか」

「……ユーリシア様」

「貴女は誰よりも、彼らに傷つけられてきた人です。私は彼らについて調べてきたからこそ、貴女がどれほど辛い目に遭ってきたのかも知っています。それでも、……彼らを許すのですか？」

ユーリシアの問いかけは、決してルルリアを責めるものではなかった。透明で静かな波紋は、ここにいる誰もの心を掴む。純粋な疑問を浮かべるユーリシアの声音に、静寂がルルリアの答えを促した。

「……許すことは、できないかもしれません」

「そうですか…」

「ですけど、死んでしまったら本当にそれまでなのです。彼らが罪を償うことも、私が彼らを許すことができるのも、生きているからこそできることなのです」

ルルリアの震えるような声は、胸を締め付けられるような、もの悲しさに溢れていた。

「エンバース家にとっては、私は家族ではなかったのかもしれません。しかし、私にとってはそれでも家族でした。私を産んでくれた母に、それでも育ててくれた父に、本当の私を教えてくれた姉に、心から感謝をしていました」

ルルリアが浮かべた儚げな笑みに、誰も言葉を紡ぐことができなかった。エンバース家の断罪を叫んでいた者たちも、ルルリアの思いの深さを知ってしまった。

「だから、これが私からの最初で最後の彼らへの感謝のプレゼントなのです。エンバース家の、……彼らの助命をどうかお願いします」

この舞台にいた誰もが、ルルリア・エンバースという一人の少女の存在を刻み込む。強くはっきりとした意思を持って、告げられた彼女の願いは、どこまでもひたむきなものであった。

「……全く、仕方がありませんね。彼らのことは、王家に私の方からも口添えをしておきましょう」

「それじゃあっ！」

「しかし、あくまでもそれだけです。エンバース子爵家の取り潰しは避けられないことでしょう。彼らは貴族ではなくなり、使用人も全員解雇されることになる。この国にいても、彼らには居場所がない。国から追放を言い渡されるかもしれないわ」

ユーリシアは、彼らを許した訳ではない。だから自分にできるのはここまでだ、とルルリアと周りにはっきりと伝える。それにルルリアは、何度も頭を下げて、ユーリシアに感謝を告げた。

「ありがとうございます、ユーリシア様」

「……ユーリシアでいいわ。同じ学園に通う生徒同士なのですから。それに、私はどうやら色々と厳しい人間みたいだから、貴女のような人が傍にいてくれると、周りも安心してくれそうね」

「えっ。それって……」

「ふふっ、遠まわしに言いすぎたかしら。良かったら、私のお友達になってくれませんか？」

微笑みながら手を差し出したユーリシアに、ルルリアは驚きを浮かべる。それに迷いを示したのは一瞬で、次には嬉しそうに自らも手を差し出した。ルルリアは今回のことで表に出すぎている。それによる弊害を減らすことも含め、ユーリシアの友人という地位をこの場で認めさせたのだ。

二人の新たな交友関係に口を出す無粋な者は、この場にいなかった。というより、拍手を送っておかないと空気を読めないというレベルではない。ここまで美しくまとまった大団円を崩したら、社交界でKYの称号を頂くことだろう。

罪人は下される裁きを待ち、それに打ち勝った者たちは笑顔に包まれる。まるで最初から、そのように大きな流れができ上がっていたかのように……。こうして、一つの大舞台の幕は閉じたのであった。

＊＊＊＊

「皆様、せっかくの祝いの席を騒がしくさせてしまったこと、大変申し訳ありませんでした。この度のことは、また改めて機会を設けたいと――」

終わりを迎えた舞台に、最後の挨拶をするユーリシアの声が響き渡る。全ての観客の視線を浴びながら、黒き女性は堂々とした姿を見せていた。それ故に、最後の仕上げに気づいたものは誰もいなかった。

「私は、私は……」

カレリア・エンバースは、虚ろな瞳でユーリシア・セレスフォードを見ていた。

先ほどまであそこにいたのは、自分であったのに。それなのに何故、彼女があれほどの脚光を浴び、自分は無様な姿を晒しているのか。今まで持っていた地位や人望も、隣にいた愛しい人も、手に入れた何もかもを失った。失ってしまった。

自慢だった己の金の髪を掻き毟る。どうして、どうして、とそればかりが彼女の心を占めた。

自分はそんなにも悪いことをしただろうか？　妹のものをもらって何が悪いのか。学園のことだって、自分がやり易いようにしただけだ。ユーリシアのことだって、こんな大事にするつもりなんてなくて、ちょっと傷つけてやろうとしただけだった。階段から突き落としたのだって、手駒が勝手にやっただけで――。

まとまらない思考と、認められない現実が、カレリアを押し潰そうとしていた。自らの行いを反省する、という当たり前とされる行動が彼女にはできなかった。いや、そんなものを知らなかったのだ。

それでも、自分に向けられた多くの非難の目が、己のしてきた行動を罰しているのだとはわかっていた。自分を中心に回り続けていた、罪悪に目を背け続けた無邪気な世界はもうなくなってしまった。

ユーリシアの声を、聴いている余裕なんてない。そんな自分の世界に入っていたカレリアの思考を浮上させたのは、一人の少女の声だった。

「……お姉様、お母様、お父様」

誰よりも知っている声の主が、自分のことを呼んだ。何をしに来た、と思いながらも、先ほどまでの屈辱が全身を煮えたぎらせる。

ずっと自分よりも下であった、見下し続けていた妹に――命を救われた。カレリアがルルリアに感じたのは、少なくとも感謝ではなかっただろう。あまりにも惨めで、荒れ狂う気持ちだけだった。

ゆっくりと顔を上げると、そこには痛ましげな表情で自分たちを見つめる妹がいた。ずっと蔑んでいた妹から、こんな惨めな目で見られる自分が信じられなかった。そこまで哀れな存在に堕ちてしまったのかと、呆然と受け入れるしかなかった。

「こんな風になってしまうだなんて、こんなお姉様たちを、見ることになってしまうだなんて」

エンバース家まで歩み寄ったルルリアは、そのまま項垂れる彼らの前で止まり、少し膝を折って目線を合わせながら、悲しそうに眉を寄せた。泣いているのか、手で顔を覆い、嗚咽《おえつ》を含ませたような言葉を発していた。


「あぁ…、本当に、本当に――」

本当に――どれほど待ちわびたことだろうか。この瞬間を、この一瞬を作り出すために、作り上げてきた舞台。何もかも失い、絶望を浮かべる彼らを、地位も人望も何もかも上回った自分が見下ろす……この光景を。

ルルリア・エンバースは、彼らを貶めるつもりはあったが、殺すつもりはなかった。彼女の目的は彼らの命ではなく、その心だったからだ。死んでしまったら本当にそれまでだ。生きているからこそ、その顔が屈辱に歪むのを見られる。その無様な姿を笑うことができる。その心にずっと消えない、己への憎しみを植え付けられる。

そして何より、彼らの助命を頼むだけで、自分の評判はこんなにも素晴らしいものになった。彼らはしっかりと、己の踏み台という役割を果たしてくれたのだ。あの舞台で告げた通り、ルルリアの胸中は本当に彼らへの感謝でいっぱいだった。

さぁ、これが本当の最後だ。もう彼らの顔を見ることはないだろう。もう彼らを思うこともないだろう。観客の視線がユーリシアに集中していることを確認したルルリアは、ゆっくりと顔を覆っていた手を外した。

「――えっ」

誰もルルリアの行動を、表情を見ていなかったため、驚きに目を見開いたのは、エンバース家の人間だけだった。ルルリアの顔には、涙の痕など一切なかったのだ。むしろそこにあった顔を、一瞬妹だと認識することがカレリアにはできなかった。

嗚咽混じりの声は、嘲るような声音へ。涙を浮かべていた目は、暗い優越を浮かべる。そして、手で覆われて隠されていた口元には、妖艶さの中に残忍さを含んだ、誰よりも嬉しそうな笑みがあった。

「本当に、……ざまぁ」
初めて見るルルリアの笑顔は、カレリアや両親の脳裏に深く刻み込まれていった。そして、唐突に気が付いてしまった。理由や理屈などない。ただ、これだけはわかったのだ。

「あ、ァッ……――」

初めて見たはずのこの表情が。初めて聞いたはずのこの言葉が。ルルリア・エンバースという人間の本心なのだということを。健気な少女の皮を被った、ただの大魔王なだけであったことを。
カレリアの声にならない慟哭を聞きながら、ルルリアは楽しげに笑う。自信に満ち溢れていた人間を、一瞬にして絶望の底に堕とすために、全てを整え、全てを操作し、そして最後には全てを無駄なく己のものにしてみせた。まさしく、魔王以外の何者でもなかった。

――こうして、ルルリア・エンバースという一人の少女の復讐は遂げられたのであった。

第十三話　スタイリッシュざまぁ

第十四話　勝ち取った未来へ

「あぁ、もう最高！　最後のあの人たちの顔、きっと一生忘れられないわぁ」

「……おかげで、こっちは色々大変だったけどな」

「あなた正直、ご飯を食べていただけじゃない」

「うるせぇよ。俺の相棒が力を発揮するためには、必要な行動だったんだよ！　……ユーリも、久々にノリノリだったしなぁ」

悠々と高笑いする魔王様を眺めながら、シーヴァは大きくため息を吐いた。自分の主人と協力者による名場面《茶番劇》を、心の中でツッコみまくりながら胃薬一箱分を飲んでいたら、魔王様によるとどめの仕上げである。自分の胃にとどめを刺されるかと思った。

あの後、ルルリアの本性を知ったカレリアは、目の前にいた妹に掴みかかろうとしたのだ。溢れんばかりの憎しみを止められず、感情のままに動いてしまった彼女は当然取り押さえられた。それに「きゃぁーー」と裏を知っている人間からすれば、腕を擦りたくなるような可愛らしい悲鳴をあげる魔王。怯えて震えるところまで、抜かりはなかった。

ルルリアの本性を知らない周りからすれば、自棄《やけ》になって妹を害そうとした姉である。散々酷い目に遭わせてきたにもかかわらず、それなのに自分たちの助命を願い出た健気な少女に牙をむく女。それを止めることなく、呆然とただ座り込むだけの両親。取り押さえた側も、周りも容赦をする理由がなかった。

言葉にならない叫び声をあげ続けるカレリアと、虚空を見つめるその両親は、そのまま警護の兵に連れて行かれ、ルルリアから強制的に引き離された。その時、姉の青い瞳と、妹の栗色の瞳が一瞬交わる。ルルリアの優越を浮かべる瞳は次第に色をなくしていき、彼らを見つめるその目は、最後には無感情な路頭の石を眺める様に変わっていった。

「さようなら、……私の過去」

もうそこに、価値を見い出すことができないから。何も映さなくなった妹の瞳に言葉を無くす姉を見据えながら、ルルリアは静かに視線を外した。それがルルリアと、その家族との最後の別れとなった。

「ありがとうございますね、シーヴァ先生。パーティーの騒ぎの収束のために、わざわざ傷心中の私を別室に連れてきてくださって」

「その口調、マジでやめてくれ……。まぁ、ご主人様は忙しいし、あのおっさんは色々報告もあったみたいだし、お前の婚約者はな・ぜ・か気絶中だったしな。教員で面識があり、さっきルゥの味方をしただろう俺なら、問題ないって感じかねぇー」

あとは、覇王様からの指示も含まれているけどな…、とシーヴァはルルリアを横目で見ながら、ガシガシと乱暴に頭を掻いた。自分の主人が心配していることは、わかっているつもりだ。そして、おそらく自分が一番の適任者であることも。

ユーリシアもリリックも適任者として不可能ではないだろうが、彼らがルルリアに出会ったのは、ざまぁ準備の後期と言ってもいい。ルルリアがまだ力を持っておらず、彼女の本性も目的も知りながら、ずっと彼女の成長を見守ってきたのはシーヴァしかいなかった。

十年――言葉にすれば簡単だが、そこに費やされ続けてきた思いは、言葉では言い表すことができない年月だろう。ルルリアはそんな長い年月を、たった一つの目標を成し遂げるために費やしてきたのだ。そしてそれは、今日という日についに完遂された。それは間違いなく、嬉しいことだろう。幸せなことだろう。

しかしそれは言い換えれば、ずっと目標にし続けてきた柱が唐突になくなってしまうこととも同意だった。真っ直ぐなまでの一途さは、それだけ危うい危険性もあることなのだ。たった一本の柱だからこそ、頑張っている間に折れることは早々ない。それが折れてしまったら、その人物は全てを失ってしまうからだ。

そしてその現象は、たった一つしかない柱を完遂してしまった時も同様だった。

「しかし、本当にあれで良かったのか？　十分すぎるほどに復讐はできたと思うが、……あいつらはルゥのことをずっと恨み続けると思うぞ。今までのことに罪悪感も、お前への謝罪もなく」

「別にどうでもいいわ。私は彼らに罪の意識を感じてほしかった訳でも、謝罪をしてほしかった訳でもない。謝られたって、私の今までが変わる訳でもない。必要ないわ」

最後に見た彼らの目は、絶望とそして自分への憎しみに溢れていた。今までのことを反省して、頭を垂れる彼らを考えたことはあったが、きっと虚しいだけだと思ってしまったのだ。

許しを請う相手を、許さずに贖罪をさせ続ける。それは確かに面白そうだろう。優越感を得られるだろう。だけど、そんなものはいつか終わりを迎えてしまう。受けた傷というのは、無意識のうちに風化していってしまうものだ。断罪を望んだ周りだって、そろそろ許してあげたらと声をあげてくるだろう。

それでいつか許してあげて、これからを仲良く一緒に笑っていきましょう？　冗談でしょう、と彼女は思った。ルルリアはもうとっくに彼らを見限っているのだ。自分のこれからの人生に、もう関わりなんて欲しくないほどに。彼らに興味なんて一切なかった。

それなら、謝罪も贖罪もいらない。ずっと自分が彼らを恨み続けていたように、同じ苦しみを永遠に味わい続けてほしい。届かない復讐相手に絶望し続け、人生がめちゃくちゃになればいい。忘れたくても忘れられない、そんな風に相手だけが自分を思い続けるなんて、そっちの方が楽で素敵だ。

「……だから、私が今後の彼らに望むことなんて、一つだけよ。私は彼らにやったことを、やってきたことを一切後悔なんてしない。だから彼らも、私に今までやってきたことを、やったことを後悔するな。それだけよ」

「……性格悪いなぁ」

「あら、私らしいでしょう？」

最後にカレリアがやらかしてくれたおかげで、国外に追放してもルルリアに被害がいかないように公爵家や王家が守ってくれることとなった。クライス殿下が謝罪の意味も込めて、ルルリアにそう告げたのだ。彼らの手はこれから先、ずっとルルリアに届くことはなくなった。

ルルリアの楽しそうな笑みに、呆れながらもシーヴァは納得した。そして、彼女が本当にエンバース家に対して、もう興味も関心もなくなったことを確認する。ルルリアは、過去に囚われてはいない。そこは少し、安心した。

ならば、自分がするべきことは一つだけだ。過去を切り捨てる手伝いは必要ないのなら、未来に向かって目標を立てられるように踏ん切りをちゃんとつけさせる。

ご主人様の大切な友人のために頑張る俺、やっぱり健気だなぁー。と、健気とは程遠いような思考回路の青年は、肩を小さく竦めた。

「ルゥはさ、これからどうするかとかは決めているのか」

「えっ？　……そんなの、これから考えるわよ」

「そうだろうけどさ。……よーし、わかった。せっかくだから、君の先生としてちょっと先人の知恵を教えてやろう」

「いきなり何よ」

突然のシーヴァの飄々とした態度に、ルルリアはきょとんと目を瞬かせた。まぁ、聞いてみろ、と青年は相変わらず読み取りづらい笑みを浮かべながら、続きを口にした。

「これはまぁ、ある人の体験談なんだがな。むかーしむかしあるところに、とても立派な家柄のお家がありました。しかしそこに住んでいた当主の男は、表はいい人ぶって、裏では酷いことをする悪役の典型みたいなやつでした。女も好き勝手やっていたから、表で認知されていない子どももいるかもしれないな」

「……それで？」

「そんな男のところに、政略結婚で嫁いだ女性がやってきました。その人は男の本性に気づき、なんとかしようとしたが、どうすることもできずに泣いてばかりいました。そんな時、自分にその男との間に子どもができたことを知ります。そして生まれたのは、なんと可愛らしい女の子でした」

その少女は、母を愛し、父を憎み続けた。子どもの自分では母を守ることも、父の本性を周りに伝えることもできず、何もできない己に悔しさを滲ませ続けた。生まれたのが女児であったことに父は落胆し、蔑み、ストレスの捌け口のようにされたのだ。

そしてついに、その母は身体を壊し、残される娘を心配しながらもこの世を去った。少女にとって、絶対的な味方が消え、周りは父の人形ばかりの敵だらけとなった。そして最悪は、さらにその少女に降り注ぐ。

「なんと今度は、母が死んで数ヶ月も経たないうちに、別の女が母のいた場所に現れた。表向きには、色んな理由をつけてな。その女性を父親は愛し、そして娘が邪魔になってきた。その女も、自分の子どもをその家の跡継ぎにしたくて、娘を疎ましく思っていた。……この後は、だいたいわかるだろう？」

「ええ、そうね……」

まるで物語のように語っているが、現実にあったことだと考えれば、身震いを起こすものだろう。そしてなんとなく、その少女が誰なのかが薄々気が付いてくる。もしそうなら、シーヴァがこれを話すことに、彼女は許可を出しているということだ。何故、こんな話を今するのかはわからないが、ルルリアは静かに相槌《あいづち》をうっておいた。

一方でシーヴァは、自分の主とのやり取りを思い出す。今回の舞台のために、彼女はエンバース家を調べていた。そのため一方的にではあるが、ルルリアの過去をユーリシアは知ってしまったのだ。「だが、それでは不公平だろう?」と、妙なところで律義な性格の主の言葉に、シーヴァは小さく笑った。

その少女の幼少期は、本当に悲惨なものだっただろう。父に蔑まれ、新しい母から疎まれ、時には命を狙われたかもしれない。大好きな母を奪い、大きな力を振りかざす男を、幼い少女は見続けていた。

「そんな境遇で過ごしていた少女はついに――見事なまでにキレました」

「うん、よく我慢した方だと思うわ」

「色々端折《はしょ》るが、少女はそりゃあもう遠慮容赦なく行動した。自分の目的をやり遂げるために、あらゆるところから味方作りをしたんだ。父に恨みを持つ人間を、片っ端から仲間にしてな。元々能力はあったんだろうけど、すごかったよ」

まるでそれを近くでずっと見てきたような言い方に、ルルリアは黒髪の青年を見つめる。己の友人と同じ色の髪と瞳を持つ、年齢不詳の男。前に一度なんとなく聞いたことがあったが、彼は自分の主に恋愛感情は一切ない、と腹を抱えながら話していた。

こんなにも捻《ひね》くれた自由人を、いったいどうやって仲間にしたのかは、ずっと気になっていた。自分の友人は、王子にすら見せていない本性を、シーヴァには当たり前のように見せている。恩があるから従っている、という青年との間には、それ以上の何かがあるのは確実だとは考えていた。

ユーリシアは、自分の愛称は一つしかないと言っていた。そして、その愛称を口にするのは、ルルリアともう一人だけ。ユーリシアがシーヴァを信頼しているように思えたのは、彼が彼女を裏切るように思えなかったのは、そういう何かが見えたからなのかもしれない。

「ちょっと話が脱線しすぎたな。まぁ、最後は見事に、少女は目的を果たしてみせた。家を没落させることなく、世間からも全てを隠し、その男を椅子から蹴り落としたんだ。母親なんて、今ではその少女の顔色を窺いながらビクビクして過ごしているらしい」

「えーと、おめでとう？」

「あぁ、そうだな。その少女も大喜びしたさ。ずっと願い続けてきた、目標にし続けてきたことを、成し遂げられたんだからな」

ここまで聞けば、今までのシーヴァの話が、今のルルリアによく似ていることがわかる。経緯や結果は違うが、ずっと目標にし続けてきたことを成し遂げてみせたのだ。そしてその少女がルルリアの想像通りの人なら、少女は過去を乗り越え、眩しいぐらいの新たな野望を持って未来を歩いている。

彼女が強い訳だ、とルルリアは心の中で納得した。そして目標のために考えないようにしてきた不安が、少し小さくなったように感じる。そっか、ちゃんとここから歩くことができるんだ。自分もあんな風に、未来へ向かってまた突き進める可能性があるのだ。

ずっと歪んだ笑みしか浮かべられなかった少女に、今初めて純粋な笑みが浮かんだ。

「そん時の少女は、新たな自分として歩くためにあることをして……今までの自分から完全に踏ん切りをつけたんだ。経験談を聞いた限りでは、かなり効果はあると思うぞ」

「……何をしたの？」

ルルリアは、自分ではもう吹っ切れていると思っている。今までの分を取り戻せるように、幸せになろうという気持ちだってある。自分の評価も、家柄も、友人関係も、何もかも手にしている。それでも、言い知れぬ不安は確かにあったのだ。

「ふふふ、気になるだろう。その方法はな、目的に向かっている間は無理でも、終わった後ならちゃんとできるだろうっていう、とっておきの――ッ痛てェッ！　ここで蹴るかッ⁉」

「さっさと言いなさい」

「俺、ルゥの先生で年上だぞ。……なんでこう、横暴で面倒なところばかりが似ているんだか」

ルルリアからの物理的催促に、シーヴァはガシガシと自身の黒髪を掻く。思わず文句が出てしまうぐらい、どこか自身の主人と似ているルルリアに、シーヴァは肩を竦めた。色々とぶっ飛んでいる少女に頭が痛くなる思いと同時に、なんとなく仕方がないかと許容できてしまう気持ちもある。

そんな自分自身の感情に少し呆れてしまった。

「……まぁ、なんだ。今この時だからこそ、できるんだろうけどよ」

＊＊＊＊

『なぁ、ユーリ。過去を終わらせたお前は、これからどうするんだ？』

『これから、どうするかか…』

シーヴァが思い出すのは、五年前のあの日。幼い少女が、自らの過去に決着をつけた日の出来事。小さな部屋でぼんやり月を眺めていた黒髪の少女へ向け、シーヴァはぶっきらぼうに思ったことを口にする。彼の目には、目的を果たした喜びと一緒に、ユーリシアの瞳がどこか空虚に見えてしまったからだ。

『そうだな…。まずは報告も兼ねて、お母様の墓参りをするだろ。次に、彼女の処遇を決めて、公爵家の混乱を早急に収めて、他家への情報操作も行って……。あぁ、それに…、あの子の将来のこともちゃんと考えてやらなければ……』

『だぁっーー！　そういうめんどくさいことは、今はなしっ！　俺が聞いているのは、ご主人様の次なる目標だよ！』

『……私の、次の目標か』

シーヴァから告げられた言葉に、ユーリシアはくすくすと自嘲気味に笑みを浮かべる。十二歳の少女が浮かべたその表情に、シーヴァは小さく溜息を吐いた。彼女と出会ってからこれまで、己の目標のために唯我独尊のごとく突き進んできた姿も正直どうかと思っていたが、逆に大人しい姿だとどうも調子が出ない。

『心配はいらない、幸せになってみせるとお母様と約束したんだ。だから、自分のこれからのこともちゃんと考えるさ』

『……なら、いいんだけどよ。頼むぜ、ご主人様』

『ご主人様か…。それでシーヴァは、本当にいいのか？』

『俺をあそこから連れ出してくれて、番犬っていう役目をくれたのはユーリだろ。責任をもって、ちゃんと最後まで俺を飼ってくれよ？』

ユーリシアと同じように、シーヴァもまた、たった一人の家族だった母親を亡くしてからの生活は碌でもないものだった。他人を陥れたり、出し抜いたりしなければ、自分が生きていくことすら難しかった日々。

そんな生活から引きあげてくれたのが、ユーリシアだった。自分の母から聞いていた、助けてくれた恩人の存在と憎むべき相手。母が受けた恩を返すことができ、さらに憎んでいた相手へ復讐ができる両方のチャンスを彼女はシーヴァにくれたのだ。ただ死にたくなかったから生きていただけの自分にくれた、新しい目的と彼女の番犬という生き方。

『復讐という、お前が望んでいた目的が終わったのにか？』

『寝食がきっちりあって、のびのびできて、さらに公爵家のお姫様から十分な給料ももらえるんだぜ。根無し草な生活に今更戻るなんて、俺はごめんだね。そんでもって、貴族みたいな堅苦しい生活もごめんだけどな。それともユーリにとって、俺のことを「必要だ」って初めて会った時に言ったセリフは、その場限りのものだったのかよ』

『……それは、違う』

『なら、このまま必要としてくれ。俺にとっても野良犬が飼い犬になるには、ご主人様が「必要」なんだから』

シーヴァが茶化しながら言った言葉に、一瞬ユーリシアは肩を震わせる。それにシーヴァは気づくが、見て見ぬふりをした。他者から疎まれ続け、自身もまた他者を蹴落とすことで生きてきた今まで。そんなどうしようもない人間でありながら、……それでも誰かに必要とされたいと願う心が確かにあった。

そんな自分でも馬鹿馬鹿しいと感じていた気持ちがあることを、ユーリシアに出会って、シーヴァは初めて実感したのだ。それが、まだ親に甘えたい年齢であろう少女なら、さらに強く感じるはずだろう。

ユーリシアは、ずっと弱さを見せずに生きてきた。大好きだった母親にだって、自分のことで心配をかけさせたくないと強くあり続け、甘えを堪えてきたのだ。だったら今ぐらい、強がらなくてもいいように肩の力を抜かせてやるべきだろう。真っ直ぐにまた未来に向かって進める様に支えるのが、きっと今ここにいる自分の役目なのだろうとシーヴァは考えた。

『……だから、あいつに復讐できた程度で終わるんじゃねぇぞ。いつものように、あのギラギラした野望に燃えた目で自信満々にいろ。俺だってそれを手伝うんだからな』

『私だって、そのつもりだ。あの男に私の人生を好き勝手されて終わるなんて、冗談じゃない』

『そうそう、その意気その意気』

普段のふてぶてしい態度が戻ってきたユーリシアに、シーヴァはくつくつと楽しげに笑う。それから、油断していた少女の黒髪をガシガシと乱暴に掻き撫でた。いきなりの飼い犬の暴挙、もとい子ども扱いに夜空をぼんやり眺めていたユーリシアの目が見開かれ、羞恥で頬を赤らめる。つい反射的に、シーヴァの鳩尾に蹴りを入れてしまうぐらいには、突然のことに驚いてしまった。

『……お前は、いきなり何をするんだ』

『そ、れはっ、鳩尾に容赦なく…、蹴りを入れられた、俺のセリフ……』

『女の髪を乱暴に扱うデリカシーのない馬鹿犬に、容赦など必要ない』

『真顔で蔑まれただと…』

ご主人様のために自分なりの慰め方をしたつもりが、完全に逆効果の地雷を踏み抜くシーヴァだった。

『いや、ユーリは頑張ったって意味で、こう年長者としてだなぁー』

『余計なお世話だ』

『うわぁ、ひでぇ…。ただでさえ、子どもらしくない性格なんだから、長年の目標を達成できた今ぐらい、子どもらしくしてもいいだろうに』

『……子どもらしくなどと言われても、今更何をしろというんだ』

『えっ、それはまぁ。うーん、たとえばだなぁ……』

そこまで言いかけたシーヴァは、ふと考え込む。自分が今、ユーリシアに何となく言おうとしたたとえ話の内容が、案外良い案な気がしたからだ。

この少女は、ずっと前だけを向き続けてきた。なら、今ぐらい立ち止まって、先の見えない未来への不安や煩わしい過去なんて忘れるぐらい、すっきりしてもいいじゃないか。今の彼女にはきっと、それが必要なことだと思ったから。

『……どうした？』

『いや、うん。なぁ、ユーリ。今この時だからこそ、できるかもしれないと思うんだけどさ』

＊＊＊＊＊

「――思いっきり、泣いてみるんだ」

「はっ？」

五年前に黒髪の少女へ向けて告げた思いつきを、今度は栗色の少女に向けて重ねる様に口にした。そんな突拍子のないシーヴァの言葉が理解できないように、ルルリアはきょとんと目を瞬かせる。その様子が、あの時のユーリシアとそっくりで、シーヴァは小さく肩を震わせた。

「泣くんだよ、心の底から思いっきりな。別に悲しくなくてもいい。嬉し泣きでもいい。今までの愚痴を言いながらでもいい。とにかく過去なんて糞《くそ》くらえッ！　っていうぐらいに全力で泣いてやるんだ」

泣く。そんな行為で、本当に踏ん切りをつけられるのか。そんな半信半疑な気持ちだったが、ルルリアは気づく。自分が思いっきり泣いたのは、果たしていつのことだっただろうかと。

嘘泣きなら、何回もしたことがある。だけど心から涙を流したのは、もうずっと遠い記憶の中だ。思い出すのは、全て一人ぼっちの部屋。冷たい食事を一人で食べた、六歳の頃の涙。そして――誰も自分を心配してくれない、必要とされていないのだと理解した七歳のあの時。それ以降、彼女が流した涙に意味などなかった。

六歳の頃は、ただ辛くて悲しくて、悔しくて泣いた。だけど、どうして七歳のあの時は泣いてしまったのだろう。もう両親に何も期待していなかったはずなのに。姉を貶めると決めたはずなのに。信じるものなど、何もなかったはずなのに。それでも、確かにあの時、ルルリアは心から泣いた。

「……泣いてすっきりするって、完全に子どもじゃない」

「かもなぁー、確かにかっこはつかない。だけど、……今ぐらいかっこつけなくてもいいだろ。お前、頑張っていたし。俺から見たら、ルゥもユーリも子どもと変わらないさ」

あっ、待て。今のセリフは、ご主人様には絶対に言うなよ！　と勝手に自爆しているシーヴァを見て、ルルリアは呆れながらも笑ってしまった。そしてふと気がつくと、だんだんぼやけかけてきた視界に、さらに噴き出してしまう。

「わざわざそんなことを言うために、シィは私に付き添ってくれたの？」

「ん？　ご主人様からの命令もあるし、ルゥが目標をなくしてしまったことで自暴自棄になって、大魔王降臨で災厄を振りまかれても困るからな。覇王様VS魔王様なんて、俺の胃を殺しにくるような事態になったら、俺は本気で病院のお世話に――って、だからなんで蹴るんだよ⁉」

「あなた、絶対女にモテないわね」

実際、ルルリアが心配だからとか言われたら、気持ち悪いと一蹴していただろうが。実にシーヴァらしい、保身一番の行動だった。

「もういいわ。……とりあえず、ちょっと背中を貸しなさい」

「……はいはい、わかりましたよ。魔王陛下のお心のまま――グホォッ！！」

「さっきから聞いていたら、誰が魔王様よ。人を人外みたいに言わないでくれる」

やっぱりこいつ、空気が読めないわぁー、と思いながら、ルルリアはその背中に身体をゆっくりと倒す。……すっきりできたら、まずは先生やその息子さんに手紙でも書いてみよう、とルルリアは静かに目を伏せた。

既に裏では、『魔王様』の呼び名がシーヴァや下僕含めてほぼ全員に定着していることを、ルルリアだけが知らなかった。

エピローグ　そして、新たなる伝説へ……

「ユーリ、どうしたらいいのかしら……」

「う、うむ。そうだな……」

大舞台から数日経った、あくる日の優雅な午後の時。

二人の女性が、木陰の一角で仲良く話をしていた。彼女たちのテーブルの上には、紅茶やお菓子といった色とりどりの品が用意され、ティータイムを楽しんでいるように見えるだろう。

しかし、その女性二人の本性を知っている給仕役《シーヴァ》にとっては、めくるめく陰謀策謀織りなすカオスの会議場と同等なので、一切気が抜けなかった。

準備段階で胃薬、本番でも胃薬、反省会でも胃薬。『身体は胃薬でできている』を地でいく青年だが、今回は珍しい光景が広がっていた。

狼狽《うろた》える魔王様と、難しい顔で悩む覇王様という非常に稀《まれ》な場面に、シーヴァはこんな二人が見られる日が来るとは、とちょっと感動していた。

「……確かに、私が原因なのはわかるわ。弁解もできないぐらいに。だけど、今まで一切そんな片鱗《へんりん》なんてなかったのよ。それがこんなことになるだなんて……」

「う、うむ……」

　覇王様、さっきからそれしか言っていない。本気でどうするべきか戸惑うユーリシアと、疲れたように頭を抱えるルルリア。天変地異の前触れか、と失礼なことを堂々と考えるシーヴァ。

　本当に珍しく平和だった。

　ルルリアはあれから、表も裏も元気に過ごしていた。

　名前も正式に『ルルリア・ガーランド』を名乗るようになり、社交界にもユーリシアの友人として顔を見せるようになったのだ。

　まだ新しい目標を立てることはできていないが、じっくり探していこうとポジティブには考えている。これから何をしよう、と想像を膨らませることに苦痛は感じない。なら、ゆっくりでいっか。と、ルルリアは微笑んだ。

　そんな勝者の余裕に溢れていたルルリアに、まさかの問題が浮上する。

　その問題はある意味で、というか完全に彼女の自業自得であり、自分の目的のために好き勝手やってきた彼女への、当然の報いだったのかもしれなかった。

「まさか……、覚醒するだなんて……」

「う、うむ。私もあそこまで突き抜けてしまった者を、諦めさせる案はすぐには…」

「血筋って怖いよなぁ」

　ぼそっと呟いたシーヴァの言葉に、まさにその通りだとルルリアは項垂れた。エンバース家が性悪の血筋だったのなら、ガーランド家は変態の血筋である。

はっきり言おう。彼女は血の恐ろしさを見くびっていた。

「だって彼、普通の男の子だったじゃない。血の片鱗なんて、どこにもなかったじゃないの。それが、ビンタ一発でって」

「お前、あの殺人拳をビンタなんて、よく可愛らしく言えるな」

ぶっ飛ばされた。

相変わらず、一言多いやつだ。と、優雅に紅茶を飲みながら、ご主人様は呆れた。

＊＊＊＊

あの日、ルルリアがざまぁを決めた日から数日後のこと。彼女はリリックとフェリックスのもとを訪れた。内容は婚約破棄の件と、それから養子縁組のことを話すつもりだった。

ドSスマイルを見られてから、どこかよそよそしくなった婚約者に、ルルリアは元々の関係に戻そうと思ったのだ。

浮気の件でルルリアに対し罪悪感もあるだろうし、何より顔を腫れ上がらせる威力のビンタをぶちかます女の婚約者など、彼もごめんだろう。そう思い、ルルリアはリリックに婚約破棄を伝えに行ったのだ。周りには傷心中だと思わせ、賛成意見を増やせるように情報を誘導してきた。後は、当主の決定だけ。

そんな流れを作っていたルルリアに待ったをかけたのは、まさかの人物だった。

それが、ルルリアが悩む元凶、というより婚約者の当人であった。お願いを伝えに行ったルルリアに、「婚約破棄なんてしないッ！」と今までのよそよそしさはどうしたのか、と問いかけたくなるぐらいに、フェリックスは強い意志を見せたのだ。

お互いのためだとか、実は傷心中でとか、いくら理由をつけても、嫌だの一点張り。別に罪悪感や、責任は必要ない、と割とバッサリ切っても折れない。訳がわからず、ルルリアは直接彼に事情を聞いたのだ。そして、後悔した。

『昔から俺は、ルルリアと一緒にいて、何か物足りないような気持ちをずっと持っていたんだ』

『それでしたら、やはり――』

『だけど、それがなんとなくわかったんだ。この物足りなさがなんだったのかがっ！　君の、君のあの時のサディスティックな笑顔が、どうしても俺は忘れられないんだァッーー！』

屋敷に響き渡った声に、ルルリアの頬が盛大に引きつった。リリックは息子の覚醒の予兆に、クワッと目を見開いた。

『この気持ちがなんなのか、ずっとわからなかったんだけど……すごくドキドキしたんだ。最初は病気なのかと思ったんだけど、やっぱり動悸は収まらなくて。ルルリアを見ていると、あの笑顔で笑ってほしいとか、もう一回叩いてほしいとか……。俺、おかしいのかなって思っていたんだ』

よそよそしかった原因が発覚。覚醒段階前期。

『そんな風に戸惑っていたら、婚約破棄の話になって。そう思ったら、すごく嫌な気持ちになったんだ。それで気づいたんだ。俺は……ルルリアが好きなんだって。そして、あの笑顔が好きだ。君からもらった痛みが好きだ。そう、自覚ができたんだ』

婚約破棄で気持ち発覚。覚醒段階後期。

『そ、それは、きっと錯覚――』

『息子よ、今日は父と一緒に風呂に入らないか。親子として、男として、大事な話をしよう。ルルリアよ、後で私をお仕置きしてくれて構わないから、婚約の話は少し待っていてくれ』

あまりにキラキラした目でルルリアを見る当主様に、説得を失敗したことを悟る。むしろ、覚醒促しフラグが乱立した。そして一晩を経て、覚醒終了。ちなみに、お仕置きを期待していたおっさんは、今現在も放置されている。

結論から言ってしまうと、蛙《かえる》の子はやっぱり蛙だった。以上。

「えっと、私としては浮気したのは事実なんだし、ちょっと痛い目に遭わせちゃってもいいよね？ぐらいの気持ちだったんだけど……」

「周囲の非難の目にも負けず、婚約破棄を断固拒否したんだってな。……そんなにしつこいのなら、遠慮せず本性を見せて、手に負えないところをわからせれば――」

「とっくに、見せたわ」

「…………」

「見せたのに、さらに喜んでしまって……」

ユーリシアはこめかみに手を当てる。ルルリアは過去の自分の軽率な行動が、一人の純粋な少年を完全覚醒させてしまったことを知る。

ガーランド家で結んだ婚約は、両者が必要ないと判断したら白紙に戻すようになっていた。つまり、ルルリアとフェリックスが合意した上で取り消せるのだ。

傷心を理由に周りを煽ろうかと思ったが、彼の思いは固く、逆に彼の決意を応援する者まで現れそうだったため取りやめた。何その執念。

「もういっそ、結婚したらどうだ。根本の原因はルゥだし、考えたけどこれ、誰も不幸にならないよな」

「侯爵家の次期当主であり、性癖のおかげで浮気の心配もなく、君を一途に思っている。そしてルゥが本性で接しても、全く問題のない男。……これだけ揃うと、完璧な優良物件だな」

「……お父様の高笑いが聞こえるわ」

もしルルリアがガーランド家の養子になった場合、リリックにはとある懸念があった。それは万が一、ルルリアが結婚することになった場合、その相手の家によっては嫁いでしまう可能性があったことである。

しかし、このまま自分の息子とゴールインすれば、娘はずっと家にいるじゃん、とリリックはホクホク顔だった。『煩悩』という言葉は、このおっさんのためにあるのだろう。そういった思惑があったから、二人の婚約が未だに解消されていないのだ。

そしてルルリアが、フェリックスを本気で拒絶していないこともわかっていたからだ。彼女自身もこのことに気づき、頭を悩ませる原因となった。

確かにルルリアは、息子に対して嫌悪はない。浮気の件は、あの殺人拳《ビンタ》で流したため、もう気にしていないのだ。切り替えの早さを、こんな場面で発揮しなくても……と自分の性格に頭痛がした。

さらに、彼女自身は気づいていないが、ルルリアは自分に向けられる素直な好意を、本気で拒絶することができない。愛情をもらおうと努力をし、それが叶わなかった過去があるルルリアには、本気で向けられているとわかる愛情を、理由もなく振り払う行為ができなかったのだ。

「一般的な感じの、普通の恋愛ができるとは自分でも思っていなかったけど、これって、いいの……？」

「う、うむ、そうだな。ルゥの気持ちの問題ではないかな。性癖から始まる恋というのも、……たぶんきっと、おそらく、あると……信じようか」

ここまで完璧に目が泳いでいる主人を見たのは、初めてのシーヴァであった。

そして心の中で、魔王様と覇王様をここまで戦慄させた婚約者くんすげぇー、と拍手を送った。

――こうして、ルルリアが『親子丼ドM乗せ』を経験することになってしまうのかは彼女にもわからないが、それでも自分が勝ち取った未来をポジティブに歩いていくのであった。

後日談 第一話

親子丼による素晴らしくカオスな日々

ちゅんちゅん、と可愛らしい小鳥の鳴き声が、清々しい朝の訪れを告げる。窓から差し込む暖かい日の光が、ガーランド侯爵家を優しく照らし出していた。そんな爽やかな一日の始まりにて。

「お父様、朝ですよぉー」

「フゴォー」

「えいっ！」

「ふんぬォォオオォッーー！？」

ガーランド家らしい、朝の鳴き声が屋敷中に響き渡った。


「ふむ、さすがは我が娘。昨日の疲れも吹っ飛んだな」

侯爵家であるガーランド家の朝は、喜びの悲鳴から始まる。ガーランド侯爵家当主であるリリック・ガーランドは、夜の書類仕事や他家への訪問で凝っていた身体をゆっくり解しておく。今日もいい一日になりそうだ、と窓から見える朝日に笑顔を浮かべた。

最近は貴族社会に復帰し、交流関係の改善や新たな付き合いの幅を広げるために、日夜当主としてリリックは仕事に励んでいる。十何年分のツケは大きいが、それは己の自業自得である。自分の息子が当主になるまでに、必要最低限だった足場を必ず揺らぎのないものにする。それが貴族の当主として、父として、息子に残せる数少ないものであった。

当然、今までの行いから嘲笑や皮肉混じりの声も多くある。それをリリックは、当たり前だと受け取っていた。むしろ、積極的に嫌がらせの言葉や態度をもらいに行っていた。娘が学園にいるため普段はなかなか満たせない己の性癖を、彼らはある程度満たしてくれるのだ。嫌味や嫌がらせをしている方々も、まさか相手に活力を与えているとは思ってもいないだろう。

相手は遠慮なく文句を言え、言われている当人は超幸せ。傍から見たら、今までの贖罪のために真摯な態度を示す侯爵様のお姿である。何かがおかしい。蔑まされる心地よさを感じながら、目標への実現に向けて、おっさんはいつも通り平常運転であった。

「あれっ、父さん。おはようございます」

「フェリックスか、おはよう。お前もさっき起きたところか？」

「はい、……とても激しかったです」

「あぁ、そのようだな」

リリックは愛する娘からの朝の挨拶に上機嫌になりながら、朝食を食べるために屋敷の廊下を歩いていた。すると、曲がり角でふらふらと足を進めていた明るい赤色を見つける。同じように父が目に入ったフェリックスは、よろよろとふらつきながら挨拶を交わした。

リリックと同様に、ガーランド流の朝の挨拶を終えた息子は、当たり前のようにふらふらである。それに、父は小さく肩を竦める。変態上級者であるリックとは違い、まだまだその道の初心者である息子には、娘のドS起床法は激しすぎたらしい。乱れた赤髪と、よれよれの服が彼らの闘いの激しさを物語っている。それに若いな、と微笑ましそうにお父様は笑った。

「ルルリアの一撃は、かなり鋭いからな。痛みを快感へ変えることに慣れぬうちは、辛いものもあるだろう」

「うん、まぁね。でも、こう……グッと重いんだけど、後に響かない心地よさのある痛みっていうかさ……」

「ほぉ、その良さがわかるとは、こっちの素質は問題なさそうだな」

息子の感想に、うんうんと感慨深くおっさんは頷いた。被虐欲の強い人間といっても、何も理不尽に与えられる苦痛や、蔑まれ虐げられること全てに喜ぶような単純なものではない。性癖の暴走と放置歴十年以上のリリックぐらいのレベルになると、どんな些細なことでも、己を悶えさせる要素に変換することができる。しかし、それは変態の中でも相当高度な技なのだ。

大切なのは、いかにその苦痛や辛さや恥ずかしさを自分の中で昇華し、陶酔や興奮や煩悩に繋げられるのかが重要である。SとMだからといって、必ず良好になる訳ではない。お互いが妥協し、認め合い、肉体精神共に耐久力を高め合っていくことで、初めて愛のあるお楽しみができるものなのだ。

「今は使用人に起こしてもらうか、ルルリアに普通に起こしてもらうように頼んだらどうだ。いきなりレベルを上げすぎると、心身のバランスを崩してしまうかもしれん。我々が行く道は、そう簡単に習得できるものではないぞ」

「うーん、確かに激しいけど、……嫌じゃないんだ。彼女からの痛みって考えるだけで、そのなんか、嬉しくて――」

頬を赤らめて、少年は赤髪を掻いた。フェリックス・ガーランドは、リリックの最初の妻との間にできた一人息子である。女性に対して酷い仕打ちをしてきたリリックだが、避妊だけはどんなことがあっても心がけてきた。面倒な手続きや、出元をしっかり確認する作業を毎回行ってまでも、高い避妊薬を飲み、相手に飲ませることもあった。

理想の女帝を探すことを目的に、煩悩を拗《こじ》らせてきたリリックだが、子ができた時の損得を考える頭はあった。跡取りが一人しかいない現状は、あまりよろしくないのはわかる。しかし、二人目を作ったところでガーランド家にとって得にはならないと判断したのだ。

子を愛する余裕がない父と、虐げられ続ける母との間に生まれた子どもが、幸せな時を過ごせるわけがない。その子どもがガーランド家に対して憎しみを覚え、己やフェリックスへ牙をむきかねない危険性もあった。

特に女にとって、子は時に束縛となる。リリックとの間に子がいなかったからこそ、今まで彼のもとに来た女性たちは、すぐに実家へ逃げ帰ることができていたのだ。リリックも女帝の素質がない女性をいつまでも囲う必要性がないため、それを追うこともなかった。

故に、正真正銘ガーランド家の跡取りは、フェリックスただ一人なのである。侯爵家の次期当主として、彼はまだまだ未熟で幼いであろう。しかし、親の贔屓目《ひいきめ》もあるかもしれないが、決して馬鹿ではない。足りないものは多くあるが、それを学ぶ意欲だってある。ならば、後は環境を合わせてやればいい。

今まで十何年も、自分のためだけに時間を使ってきたのだ。ならばリリックに残ったもう何十年という時間は、息子のために使ってやりたいと思った。おっさんにとって、煩悩命《ルルリア》と息子命《フェリックス》は、かけがえのない存在となっていた。

それ故に、自分の性癖を抑えて息子にルルリアを譲ることもできるし、きちんと父子でシェアすることもできるのだ。時々煩悩に負ける時もあるが、その時は息子にばれないように気を付けているので問題はない。それに娘から、「駄目だ、このおっさん」という半眼の目に堪らなく興奮したのは、また別のお話である。

「……ふっ、そうか。ならば、お前の目指す道を行くといい」

そんな息子に、リリックは優しい表情で頷いてあげた。フェリックスは、十六歳の思春期の少年である。だからこそ、存分に青春を謳歌させてあげるべきだ、と父は考えた。多少の無茶は目を瞑ってあげて、大人として止めるべきところは止めてあげたらいい。

十年という月日の溝を埋めるように、二人の様子は仲の良い親子そのものである。ざまぁの舞台から数ヶ月が経ち、父から息子への愛あるドM教育も、大変順調であった。

「そういえば、父さんはどうやってそこまで極められたんだ？　その、母さんも、ルルリアぐらい激しかったの？」

「ふむ、レヴェリーはルルリアほどの体力がなかったからな……。激しいのは、週に数回あったぐらいだ。むしろ本人はそんなに動かず、じっくり責めるタイプだった。ルルリアが一撃必殺でバッサリな感じなら、妻はじわじわ追い詰めてキュッとする感じだったな」

「……ちなみに、朝はどんな風に起こされていたの？」

「身動きを奪われてから、全身をくすぐられた。ざっと一、二時間ぐらい」

「…………高レベルだね」

この数ヶ月の間で行ったリリックとの楽しい親子会話で、生前の母は鞭を自由自在に使いこなす女帝だった、とうっとりした表情で語られたことがある。それを知った息子の心境は、なんと言えばいいのかわからない状態だったのは言うまでもない。幸せな幼少期の頃の美化された母が、「あらあら、ごめんねぇー」とニッコリ黒く微笑んだ気がした。確かに、精神攻撃が得意そうだ。息子もちょっとダメージを食らった。

しかし、あの優しくほんわかした母が、鞭を持って高笑いしていたのか……。ふとフェリックスは、筆を持って延々と父を虐める母を想像してみる。あっ、こっちは想像しやすい。楽しそうだ。思えば母は、一つのことに集中して根を詰めるような性格だった気がするなぁー。そんなドSな母親を、しっかり受け止められる、できた息子であった。

「そういえば、学園はどうだ。学業の方は順調か？」

「今のところは問題ないかな。あの舞台の後、殿下とセレスフォードさんのおかげもあって、学園の方は落ち着いたしね。……カレリアさんの取り巻きの人たちの罪状なんかが、結構面倒なことになっているみたいだけど」

「ふむ、まぁそのあたりは殿下と姫君に任せておけば、悪いようにはせんだろう」

髪や衣服を整え、絨毯の敷かれた廊下を二人で歩く。学園が休みの日の朝は、息子と一緒に過ごすのがリリックの日常である。他愛もない話に、花を咲かせる親子。しかしこの光景は、ほんの数ヶ月前まではあり得ないものであった。完全に冷えきっていたガーランド家に、ルルリアが入ったことで少しずつ緩和されていき、最後のあの舞台で長年の氷を溶かすことができたのだ。

息子を釣りの道具に提供したり、ざまぁのカタルシスにしたり、煩悩拗らせていただけだったり、ドMに覚醒させたり、やっていたことは一番酷いおっさん。それでも、ルルリアが婚約破棄を告げに来た夜の風呂で、初めてお互いに抱えていたものをぶつけ合い、理解し合えたのだ。そして、息子は完全に道を踏み外したのであった。

「そうだ、ルルリアとは上手くいっているのか?」

「えーと、男女だし、専科も違うからルルリアと被っている授業は少ないけど、お互いにわからないところを聞き合ってはいるかなぁ…?」

「……息子よ」

視線を明後日に飛ばしながら話すフェリックスに、リリックは息子のヘタレさに遠い目になる。学園の校舎では、ルルリアはいつも通りに健気に婚約者を慕う令嬢モードであるが、ガーランド家や関係者だけになるとドSの魔王が顔を見せるのだ。

自分の本性をフェリックスに見せた後、ルルリアから当然ながら遠慮がなくなった。普段から辛辣な言葉や拳が普通に飛び、とても婚約者に向ける態度ではなくなっただろう。

「でも、そこがまたいいんだけどね……」

「うむ、よくわかっているじゃないか」

ジト目だった父は、フェリックスの言葉に共感するようにサムズアップした。虐げられる喜びを分かち合う親子は、魔王の折檻に笑顔を浮かべ合う。ルルリアの態度は、彼らにとってはただのご褒美だった。

もちろん、ぞんざいに扱われる現状は、フェリックス自身にとっても幸せであるが、もっとルルリアと仲良くなりたいんだけどなぁ……、と思う気持ちもある。そんな変態的な思考と、思春期の恋心に板挟みとなった息子の心。しかし、これが青春ってやつなのかなぁー、とフェリックスはのほほんと考えていた。友人の少なさがよくわかる思考回路であった。

ちなみに、ルルリアは朝早く起きて、先に食事を取るのが常だ。その後、侯爵家の領地をひっそりと歩き回ったり、書庫で本を読んだり自由な時間を過ごしている。ずっと誰かと一緒にいるのは、彼女の性格的に息が詰まる時もあるのだろう。昼と夜は一緒に過ごすことが多いが、朝は一人で過ごすことが多かった。

「後、気になることといえば、……なぁんかルルリアと親し気な教師が一人いるんだよね。ルルリアも時々本性で接しているし。あの舞台で彼女の協力者だったってだけ聞いているけど、それでもなぁー」

「あぁ、あの黒髪の教員か。私の目から見て、アレは弄られて光るタイプだな。虐めっ子なルルリアとの相性は悪くなかったのだろう」

「ッ……！　ルルリアにお仕置きをされるのは、婚約者の特権なのに。学園のルルリアの下僕たちとは、性癖勝負を果たして、俺がトップだと知らしめてはいたけど……。こんなところに伏兵がいたなんてっ……⁉」

悔しそうに拳を握る息子に、意外と学園生活を楽しんでいるんだなぁー、とお父様はほっこりした。ルルリアと元から知り合いだったらしい教員のことは、リリックも味方であるとだけ簡単に伝え聞いている。ざまぁ劇場で教師と生徒として関わりができたので、日常生活でも接しやすい部分が増えたのだろう。

「くそっ、まさかの恋のライバルか。あの教師の性癖は、いったい何癖なんだろうか……」

フェリックスからの思春期故の、本気で謂《いわ》れのない敵意を受けるシーヴァであった。ルルリアの本性を知ったフェリックスは、全てではないがある程度の裏は教えてもらっている。自分が餌にされた事実に最初はへこんだようだが、すぐにルルリアの踏み台にされたことに興奮していたので問題はなかったらしい。それはそれで解決したが、彼の中でルルリアと親しげに見えたシーヴァに、ちょっとばかり面白くない感情は芽生えていた。

自分の婚約者が本性で接する、何かしら親しい異性。どんな人物なのか少し気になって話したことはあるが、胃薬が好きなことぐらいしかわからなかった。彼女の性格と下僕牧場を考えるに、シーヴァも何かしらの性癖を持っているに違いないと思ったのだ。

これは、ルルリアの婚約者として宣戦布告をするべきではないだろうか。「ルルリアからのお仕置き希望者なら、俺と勝負をしろっ！」と。次に学園で会ったら言ってやろう、と息子はキリッと真剣な表情で考えた。

ちなみにその後、息子から性癖勝負を挑まれたシーヴァは、あまりのことに胃を押さえながら、ノーマル代表として話し合いで解決しようと頑張ったらしい。結果、『胃薬フェチ』という謎の性癖を持っているということで納得される。胃薬を飲むペースが上がったのは、言うまでもない。

「あっ、後学園のことでさ。ルルリアがセレスフォードさんと仲が良いから、俺も殿下と話す機会が増えたんだ。プライベートでは、名前を呼んでいいって言ってくれてさ」

「ほぉ、殿下が。友人になれたのか？」

「あぁー、友人と言うかお世話になっている先輩って感じかな。やっぱり緊張する。でも貴族として、もう少し近づいておくべきなのかな……」

「ふむ、次期国王と友好を築くのは必要だが、焦る必要はない。少なくとも、ルルリアと姫君は、身分を超えた親友同士だ。そこに身分の枠にはめて近づくことを、無粋と感じて攻撃の材料にする者もいるかもしれん。今まで通り、お前の距離でやってみろ」

「そっか。うん、わかった」

フェリックスにとって、クライスは良き先輩だ。侯爵家を継ぐため、彼との繋がりが大事なことはわかっている。それでも、今の先輩後輩としての関係も大切にしたかった。父からその裁量を自分に任されたことに、心の中でホッと息を吐いた。

後、口には出さないが、お互いにカレリアに誑かされ、婚約者にヘコヘコする者同士である。しかも、その婚約者に振り回されているのも同じ。そんな婚約者を、メロメロにしたいのも同じである。ここまで似た境遇を持つ相手など、なかなかいないであろう。お互いに、赤の他人という気がしなかった。

ちなみに不義を行い、それを公衆の面前でさらけ出したフェリックスだが、彼が表だって糾弾されることはなかった。被害者であるルルリアがそれを許したのもあるが、一番は王子であるクライスもまた、似たような立場であったがためだ。わざわざ次期国王に喧嘩を売るような真似などしない。故に、「もう女王様が全部悪かったでいいじゃん」ということで収められたのであった。

「この前はクライス先輩と、女性へのプレゼントについて話したんだ。彼の護衛の人にも案を聞いてみたけど、花とかアクセサリーぐらいしか出てこなくてさ。だけど、ルルリアもセレスフォードさんも、そういった女の子らしいものを欲しがりそうな人じゃないよなーって」

「そうだな。姫君は詳しくわからないが、ルルリアは必要な分あれば問題ないという考えだろう。装飾品に限らずもらえるものは何でももらって使うだろうが、欲しいものという訳ではないいな」

「だよなぁ……」

「ふっ、悩めばいい。女性に振り回されることもまた、男の甲斐性のうちだ。少なくとも、その二人に関してはお前や殿下が心から選んで送ったものなら、ちゃんと受け取って大切にしてくれるさ」

「えっ、そうかな？」

フェリックスは、父親の言葉に半信半疑な様子だが、それに関してリリックはそれ以上語らなかった。公爵家の姫の事情は漠然としているが、ユーリシアがルルリアを彼女自身と重ねているのはなんとなくわかる。それなら、よっぽどセンスのないプレゼントでない限り、彼女たちは必ず受け取るだろう。

「昔は私も、妻へのプレゼントに色々考えたものだ。ハイヒールや蝋燭《ろうそく》にボンテージ、今は額縁に飾っている鞭など、懐かしいものだなぁ……」

「なるほど……。じゃあ、クライス先輩ともう一回相談してみるよ」

そうして後、クライスに相談した紆余曲折の結果、二人は婚約者にガーランド家のルートで取り寄せた薔薇の装飾が彫られた赤い蝋燭をプレゼントすることになった。趣向をこらした品として純粋に喜んでくれるかなと尻尾を振るワンコに、魔王は本来の用途で使うことになるだろう蝋燭を、覇王様は笑顔で受け取ったのであった。そしてユーリシアは、自分の部屋ですぐに溶けてしまったが普通の明かりとして、最後まで蝋燭を大切に使ったらしい。

それから、食事を取るための部屋に着くと、使用人たちがテキパキと仕事をこなしている。基本食事は三人で食べることが多いので、そこまで広い部屋は必要ない。普段は仕事の合間に食べるリリックも、休日は落ち着ける場所で、家族三人で食事をするのだ。和気藹々《あいあい》と性癖を暴露しまくっているが、彼らの中では落ち着いた食事風景であった。

食事が終われば、ルルリアが一人でいる午前の間に、領地の経営についてリリックは息子へ指導する時間を取っている。時々彼女も参加するので、その時は生徒が二人になる。それが終わった午後は、領地を散歩したり、領民との接点を増やしたりする。ゆったり休日を楽しむことが目的だが、将来の領主のための土台も作っていた。

リリックは今日の予定を考えながら、出された朝食を綺麗に口の中に収める。隣では銀食器を手に、とろとろの卵のかかった鶏肉のソテーを美味しそうにフェリックスも食べていた。パリッとした厚めの皮と、ふっくらとした肉のうま味。そこに卵のとろみが上手く絡み合っていた。

そんな風に、のんびり食事を堪能していた二人であったが、ふと何かを思い出したかのように、フェリックスがおもむろに口を開いた。

「そうだ、プレゼントの話とはまた変わるんだけど。ちょっと前に、学園で変な気持ちになってさ。この気持ちが何なのかわからなくて、父さんにずっと相談をしたかったんだ」

「気持ち……、ルルリアのことか？」

「ううん、周りのこと。この前、他の家の人と話をしていた時にだけど、俺のことを知っていたんだろうね。口では直接何も言われなかったけど、ものすごく嫌な顔をされたんだよ」

ガーランド侯爵家は、ある意味で有名である。父や自分の過去の行動から、こういう態度を向けられるのは理解していた。故に、父が幸せそうにそんな嫌味の世界を堪能していたため、覚醒したフェリックスも不誠実ではあるが、心の中でちょっと虐げられることを楽しみにしていたのだ。しかし、現実はそう甘くなかった。

「蔑まれて、軽蔑した目を向けられたはずなんだ。だけどなんか足りなくて、全然気持ちよくなれなかったんだ。ルルリアの時は、あんなにも胸がドキドキしたのに……」

難しい顔で肩を落とす息子に、リリックは腕を組んで考える。魔王様からの施しは嬉しいが、他のやつの施しは嬉しくない。聞きようによっては、のろけにも聞こえるかもしれない。リリックは基本雑食だが、息子はグルメなのかもしれない、と変態の奥深さに感慨深い気持ちになった。

「ふむ、つまり興奮できなかったことが、変な気持ちに感じたのか？」

「あっ、いや、その次。なんか蔑まれていると、だんだんそいつの顔を屈辱で泣かせてやりたくなってきたというか……。俺を下に見ているこいつを踏み越えたら、気持ちよさそうだなぁーって、ふいに変な気分になっちゃってさ」

「……ん？」

おっさんのきょとん顔が、披露された。

「それで、変だなって思ったんだ。俺、ルルリアから酷いことをされるのは大好きなのに、他の人たちには酷いことをされるよりも、した方が気持ちよさそうな気がしてきて。もしかしたら、ルルリアがいつも楽しそうにしているから、俺も性癖がうつっちゃったのかなって。父さんも、そういう気持ちになったことってある？」

ものすごくキラキラと穢《けが》れを知らないような真っ直ぐなフェリックスの瞳に、あのお父様でも言葉を詰まらせた。「教えて、お父さん！」と純粋に答えを求める息子に、初めてリリックは視線を明後日へ向ける。確かにリリックは昔、女性に対して嗜虐的な行いをしてきた。しかしそこに、一切の興奮はなかったのだ。

それ故にリリックは、今目の前にいる少年のように、被虐より嗜虐に興奮する気持ちがわからない。本当にわからない。昔どこかで、SとMは表裏一体という言葉を聞いたことがある。しかも思い返せば、父親の血が覚醒したのなら、母親の血が覚醒したっておかしくないのかもしれない。フェリックスはまさしく、変態のサラブレッドなのだから。

愛する人には心からのドM心を発揮し、他人にはドSを降臨。さらにこれは、本人はいたって無自覚な自然体。そんな高度なサラブレッド変態に、まさか己の息子が覚醒しようとしているとは。魔王や覇王だけでなく、変態までもが息子に戦慄した。

「父さん？　どうかしたの」

「……いや、何でもない。それは私より、ドSの先輩《ルルリア》に聞いた方がいい。発散のさせ方も、彼女の方がよく知っているだろう」

「ルルリアが？　そっか、わかった。聞いてみるよ、ありがとう父さん」

「あぁ……」

嬉しそうなフェリックスの様子に、リリックは瞼《まぶた》に熱いものが込み上げてくるようであった。頼りなさそうだった息子の新たなる可能性。自分以上の怪物を飼っている彼は、いずれこのリリック・ガーランドを超えるであろう。その一端を垣間見た父の胸に、寂しさと喜びと溢れんばかりの興奮が生まれていた。

成長したフェリックスは、きっと魔王の隣に相応しい変態――ではなく夫になるだろう。ルルリアと共に手を合わせ、ドMの懐の広さとドSの容赦のなさを無自覚に発揮していってくれるはずだ。

ついでに、愛する二人で自分を虐めてくれたら、もう思い残すことすらないではないか。まさに天国である。おっさんは、今日もとても幸せであった。

そんな親子のほのぼのな会話が終わり、朝食を食べ終わって数刻後。魔王様の部屋に、その婚約者は早速突撃した。その内容を聞いた魔王様の頬が、引きつっていたのは言うまでもない。

それから少しして、「ああんっ」と幸せそうにどつかれている声が、ガーランド侯爵家に響き渡った。おっさんもその声に、大変うずうずしたそうだ。本日の彼らの朝も、幸せに満ち溢れているのであった。

＊＊＊＊＊

「あれ、ルルリア。何を難しそうな顔で書いているんだ？」

「あら、お父様の領地講義は終わったの。今日は早かったのね」

「うん、今日は午後に用事があるみたいだったから早めに」

「そう……。私はちょっと手紙の内容を考えていただけよ」

「手紙？」

ルルリアの言う通り、リリックからの領地講座が終わったフェリックスは、習った内容を復習しようと家の書庫へと足を進めた。そこでテーブルに向かい合うルルリアを見つけ、何気なく声をかける。大体のことはあっさり決める彼女が、珍しく眉を寄せていたことが気になったのだ。ルルリアも予定より早く講義が終わったらしいフェリックスに驚いたが、特に問題はないので素っ気なく返事をした。

ルルリアは今までの境遇もあり、他者との関わりが薄い。それを知っていたため、フェリックスは思わず疑問が声に出てしまった。順当に考えればユーリシアに送る手紙かと思ったが、それならこんなにも悩んでいないだろうし、学園でいつでも会える。重要な案件だったら、わざわざフェリックスに教えないだろう。しかし、他に彼女が手紙を書くような人物が思い浮かばなかった。

「ちなみに誰に？」

「……先生よ」

フェリックスの頭の中に、胃薬の大切さをものすごい勢いで語っていた例の教員が思い浮かんだ。

「……へぇー。自分は胃薬が似合う女の子がいいみたいなこと言っていたのに、へぇー。ちゃっかり文通していたんだ。侯爵家の権力使って、胃薬買い占めてやろうかな」

「何しょうもないことに、権力を使おうとしているのよ。でも、その胃薬の買い占め案は面白そうだから、最終兵器にとっておきなさい。後、私が言った先生は、昔家庭教師をしてくれていた先生のことだから」

「えっ、家庭教師？」

実に清々しいドSスマイルをお互いに披露していたが、ルルリアの説明を聞いて、きょとんとフェリックスは目を瞬かせた。ちょっと話を聞きかじった程度だが、幼少期のルルリアにとって唯一の味方だった人物がいたことを思い出す。彼女に外の世界を教え、娘のように可愛がってくれた親子がいると。

彼女は復讐の道を選んだが、もしかしたら全てを投げ出してその親子について行った可能性もあったのだ。ルルリアがざまぁの執念を捨てなかったからこそ、今こうして自分と彼女は一緒にいる。リリックの性癖を満足させ、そしてガーランド家を再び貴族社会に復帰させることができたのは、紛れもなくルルリアのおかげであった。

その親子に対して少々複雑な思いはあるが、それでもその親子がいなければルルリアはここにいなかったかもしれない。そう考えれば、その先生親子はガーランド家にとっても恩人であった。

「そっか。ルルリアの恩師なら、内容に悩むのも当然か。エンバース家をざまぁして、彼らを追放できたことを伝えるの？」

「……いいえ。エンバース家の没落のことはどうせ伝わるから、それについては省くけど。私は元気に過ごしているから、心配しなくても大丈夫って書くだけよ」

「書くだけって、それだけ？」

恩師への手紙だというのに、あまりの内容の薄さにフェリックスは驚く。彼女が十年間、エンバース家をざまぁするために執念を燃やしてきて、それがついに念願叶ったのだ。ルルリアの味方をしたその先生親子だって、彼女が幸せになれたのなら喜んでくれるだろう。そう思ったのだが、ルルリアの複雑そうな表情にフェリックスは口を噤《つぐ》んだ。

「……先生は、私がこんな性格なことを知らないから。私が作り上げた世間の評判通りに思っている。家族に復讐することを虎視眈々と狙っていたなんて、彼らは思ってもいないわ」

彼ら親子は、表側のルルリアの味方だった。奥さんの薬代のために、エンバース家にやってきた先生は、罪悪感と良心の呵責からルルリアを助け続けた。ガーランド家に引き取られた後も、彼女を心配する手紙が送られてきていたのだ。ルルリアは今でも、自分の裏側を彼らに見せることができなかった。

それは、彼らの純粋な善意を、ルルリアは利用していたからだ。リリックのような相互関係もなく、シーヴァのような協力の示しもなく、ユーリシアのような同盟を組んだ訳でもない。それでも彼らは、何も持っていなかった幼い少女を助けてくれた。見返りなんて考えず、自分たちにできる精一杯でルルリアを支えてくれたのだ。

ざまぁのために、彼女はとにかく突き進んできた。自分の欲望と爽快感のために、どんなものでも利用してきたのだ。他者からの同情や良心、そして悪意すらも。そんな自分の性格は最悪だと、ルルリアは自覚している。エンバース家に対して一切罪悪感なんてないし、この道を選んだことに後悔もない。どれだけやり直しても、あの通りに歴史が動くのなら何度だって同じ選択をするだろう。

そんなルルリアだが、彼らにだけは言い知れぬ胸の痛みを感じ続けていた。

「どんなに言い繕っても、私は彼らを騙し続けた。善意を利用して、必要のない罪悪感を作って、無意識にエンバース家を没落させる道筋を作らせたのだから」

「……本当のことを言ったら、幻滅されそう？」

「幻滅されるのなら、その方がいいのよ。彼らには、私を責めるだけの正当な理由がある。それが当然だもの」

恩師に嫌われたくない気持ちが、全くないとはルルリアも思っていない。嫌悪を向けられたり、罵倒をされたりしても仕方がないことをしたのは、自分だとわかっている。それで、彼らの心がすっきりするのなら、ルルリアは本当のことを彼らに告げようと思えただろう。フェリックスの困惑を含んだ瞳に自嘲を浮かべながら、ルルリアは静かに首を横に振った。

「……でもね、あの人たちは、きっとそうしないから」

彼らとの関係は、ルルリアにとってエンバース家の次に長いのだ。だからこそ、彼らの性格をよく知っている。ルルリアが真実を告げても、彼らは受け入れてくれる可能性が高いだろうということを。そんな打算的な思考が、ルルリアに答えを告げてくるのだ。それなら良かったじゃないか、と自分たちが騙されていたことを許容し、ルルリアの全てを許して、今まで通りに笑顔を向けてくれるだろう可能性を。

だけどそれは、彼らのためになることなど、何一つもない。彼ら親子は真剣に、ルルリアに向き合ってくれた。その誠実さが騙されたものだったと知って、嬉しいと思う者がいるだろうか。傷つかない者がいるだろうか。告げなくてもいい真実など、告げなくていい。偽りの自分だが、それを知らない彼らにとってはそれが真実の姿なのだから。

「あなただって、最初は私に騙されていたことを知って、へこんでいたでしょう？」

「うっ……、まぁそうだけど。だけどそれだと、ルルリアはずっと彼らに本当のことを告げないのか。恩師なんだろ？」

「……恩師だからこそよ。彼らは哀れな少女を助けた、慈悲深い人。それでいいのよ。彼らが気づかない限り、それが真実。私は自分のために嘘を告げたんだから、それを最後まで貫き通すわ」

彼らに許されて救われるのは、ルルリアだけ。それでは、意味なんてないのだ。彼らの恩に報いる一番の方法は、彼らの良心を嘘にしないことなのだから。これから先ずっと、ルルリアは先生たちに仮面を被り続けることになる。

それに寂しさや虚しさがあることを、彼女は理解していた。胸の内をこうして外に吐き出してしまっているのも、もやもやとした気持ちに整理をつけたかった部分もある。いつか彼らと会った時に、リリックとフェリックスにはルルリアの仮面に付き合ってもらう必要があるかもしれない。そういった思惑も含めて、彼女はフェリックスに話をしていた。

リリックはそのあたりの機微を察してくれるが、フェリックスは少し抜けている部分がある。今回の件での一番の懸念は彼であったため、釘を刺す意味も込めてルルリアは目を光らすように鋭く見据える。それにフェリックスはときめいて胸がドキドキしたが、真面目な話だったと思い出し、恍惚になりそうだった顔を頑張って引き締め、真面目に頷いた。蔑まされることはバッチコーイだが、嫌われたくはないので、任せろと堂々と胸を張る。彼も大概打算まみれであった。

「……そうだ、俺もその人たちに手紙を書いていい？　世間でのルルリア視点だと、エンバース家の没落とか重い内容になりそうだけど、俺視点での内容を混ぜれば、相手への説得力や安心感も増すと思うんだ」

「えっ、何を書くのよ」

「ルルリアは俺が幸せにしますとか、俺も幸せにされていますとか？」

「後半はちょっと待ち……、いえ前半も待ちなさい」

それから、あーでもない、こーでもない、と二人で話し合って決めていった。ルルリアはフェリックスとのやり取りに、呆れたり頭痛を起こしたりするような思いであったが、その表情は先ほどよりもどこか生き生きとしている。それにフェリックスは、こっちの方が彼女らしい、と小さく笑みをこぼした。

後日談　第二話

警告：まさかの恋愛要素が本気を出しました

ガーランド家の朝は、鳴き声から始まる。

その響く鳴き声は、卵料理が好きな当主のために飼われている鶏のものではなく、もちろん可愛らしい小鳥の囀《さえず》りでもない。しかしその鳴き声は、本能に大変忠実で、心からの感情が籠ったものであった。

ガーランド侯爵家の当主の部屋から今日も聞こえる、悲鳴にも似た喜びの産声。楽し気な高笑いと一緒に、風を切るようにしなる音も響き渡る。バシンッ、と止めどなく聞こえる音はリズミカルで、野太い鳴き声と共に汗を流し、朝の爽やかな運動が部屋の中で行われていた。

そんな部屋へ向かう、足音が一つ。その足音の主が、朝の侯爵様の部屋に行くのは、何もおかしなことではない。なんせ、リリックの部屋に訪れるのは、侯爵家での朝の日課だったのだから。

故に、彼女は部屋から聞こえてくる不自然な物音に首を傾げながら、その扉を開け放った。

「あはははははっ！　……あっ、ルルリア。おはよう、今日も素敵な朝だね」

「くっ、妻を思い出すようなこの鞭さばき。さすがは、我が息子。おや、ルルリアおはよう。フェリックスの言う通り、清々しい朝だ」

「………………」

「そうだ、昨日ルルリアに教えてもらった武器の練習を今していたんだ。良かったら、ルルリアも一緒にやってみない？」

「なんだと……、私は愛する息子と娘の折檻を朝から堪能できるのか。あぁ、私はなんて幸福な——

——」

パタンッ、とルルリアは無言でおっさんの部屋の扉を閉じた。

「……寝ぼけたかしら」

もう一眠りしよう、と栗色の少女は先ほど見た惨状をなかったことにして、自分の部屋へとあっさり帰っていったのであった。


「あっ。おはよう、ルルリア。さっきぶりだね」

「あら、おはよう。私、今日あなたに会ったかしら？」

「えっ、切れのある放置プレイを、早速朝してくれたじゃないか」

「……本当になんでも喜ぶわね、あなたたち」

「いやぁー」

嬉しそうな笑顔で照れるハイブリッドに、鬼畜魔王が遠い目をする。衝撃的な朝の展開に、一眠りの後に落ち着こうと決めて訪れたお気に入りの書庫。先ほどまで読んでいた本から視線を外し、ルルリアは少しの間たそがれる。窓から差し込む光が大変眩しかった。

「そうそう、実はルルリアに聞きたいことがあってさ」

「……私に？」

「うん。えっと、今日の午後って時間があったりするかな？」

「あら、それってお誘いかしら？」

「ははっ、そりゃあルルリアの婚約者ですから。俺なりに努力をしようと思って」

照れくさそうに頬を掻くフェリックスに、ルルリアは小さく肩を竦めた。

彼の態度に面白さから思わず笑ってしまったが、本の角度を調節して隠しておく。エンバース家が社交界から消えて半年、それ以降このような誘いが彼の口から出ることが多くなった。フェリックスの言う通り、彼なりの努力なのだろう。

ルルリアから誰かを誘うということは滅多にない。彼女の場合、誰かに何かをさせると決めたら決定事項にするように働きかけるような女である。要は魔王らしく命令したり、そう動くように仕向けたりする。そのため、相手の意思に任せるような『誘う』という行為がどうもまどろっこしいのだ。他力より自力を最優先に考えてきた、超アグレッシブ思考であった。

そんなルルリアなので、基本一人でいることが多い。ガーランド家に帰れば、清々しい朝のドS起床法を父と婚約者に披露して鳴かせ、軽く武器の調子を確かめた後、夜の躾まで平和で和やかな一時を過ごすのが彼女の主な日課だ。長年染み付いた気質からか、彼女は一日中ただ誰かと一緒にいることに苦手意識がある。というより、慣れていなかった。

エンバース家の使用人のように相手が自身に無関心であったり、悪意を持つ人間を警戒し続けたり、ただのその他大勢と過ごすだけであったりすれば特に問題はない。人間慣れたら《住めば》都である。貴族の「おほほほっ」、な会話だってバッチコーイだ。副音声まみれな会話とか本当に心が落ち着く。一応特大の猫を被っているので、天然を装いながらぐさぐさ追い打ちして楽しんでいる。そこらの令嬢より、よっぽど貴族社会に適応していた。

問題なのは、ただ当たり前のように傍に誰かがいる時である。まず、日常会話を長く続かせるのが難しい。特に話をする必要がない時だ。学校での令嬢たちの会話なら、令嬢特有の情報網から話を合わせ、有意義な情報を手に入れられるように誘導したりして楽しめる。ユーリシアとの会話は、覇王ロードの手伝いや国のことや社交界のことなど話題は多い。しかし、日常会話ほど困るものはない。魔王の日常って何？　である。

「午後ね、時間はあるわよ。それにしても、誘うにしてももうちょっと誘い文句は考えなさいよ？　いつもそれじゃあ、そこらの令嬢なら鼻で笑っているわよ」

「うーん、だけどルルリアには直球で誘うのが一番だと思ったから。遠まわしでカッコつけた言い方で、ルルリアを誘う俺を想像してもさぁ……」

あぁ、確実に心の中で盛大に噴き出しているな。それか、堂々と目の前で失笑している。ルルリアはさらっと酷い未来予想図を立てた。

「似合わないし、たぶんルルリアから確実に馬鹿にされたような目で見られ……いや、それ天国じゃないか？　くそっ、しまったっ！　ルルリア、もう一回誘い文句を全力で考えてきてもいいだろうか⁉　君に蔑まれるような、『そんな歯の浮いたセリフで私を誘うなど笑止』とか言われながら踏みつけられる、そんなカッコいい誘い文句を必ず習得してみせるッ‼」

「いやよ、そんな未来予想図」

「歯の浮いたようなカッコいい誘い文句が言えそうな人……、今度クライス先輩に相談でもしてみようか」

「使用用途の理由を聞いたら、確実にブチ切れるわよ」

ちなみに後日、後輩から上辺だけの誘い文句相談をされた大きいワンコは、尻尾をぷるぷるしながら、覇王様へ向けて一生懸命考えたカッコいい誘い文句を披露。たまには色情魔一族も良いことをする、と覇王様はワンコの女性経験の成長にほっこりした。


「誘い文句はもういいから。それで、午後は何をするか決めているの？」

「まず、鞭《武器》の使い方のレッスンをまたお願いしたいのと」

「私、ちょっとそれを教えたこと後悔しているんだけど」

魔王様、朝の親子丼がフラッシュバック。フェリックスは護身用に剣の使い方を習っているが、剣を日常的に持つことはできない。短剣などなら忍ばせられるが、さすがに公の場では難しい。むしろ、いらぬ誤解を招きかねないだろう。

そんな時にフェリックスが思い出したのは、婚約者の武器である。あれなら、日常的に携帯することもでき、身を守る武器としても悪くない。殺傷用とは違うので、公の場で隠し持っていても頬を引きつらせるだけで、特にお咎めもないだろう。

そんな純粋な理由でフェリックスはルルリアにお願いし、彼女も「暇だからいいか」と好奇心も含めて了承した先日。その成果は、朝のお父様の喜びの声からよくわかる。迂闊だった。あのお父様が、息子の成長を確かめない訳がない。ハイブリッドを舐めていた。

「早朝の鍛錬で俺が武器の練習をしようとしたら、颯爽《さっそう》と現れて当主として練習台になろう、って決め顔で言ってくれたからさ」

「疑問を持って、そのセリフにまずは疑問を持って。仮にも侯爵閣下で父親を練習台にしないでよ、血の繋がった息子」

「でも、そこがまたぞくぞくとした背徳感に繋がって……」

「その気持ちを理解できる自分が恨めしい……」

ドS同士のシンパシー。ガーランド侯爵家は今日も平和であった。

「後は、ルルリアに見てほしいものがあってさ。父さんからも時間がある時に、って頼まれていたんだ」

「私に？」

「うん、俺も前に見せてもらったけど、ルルリアも気に入ってくれたら嬉しいかなぁって」

この領地でまだ自分が見ていないものなんてあっただろうか。ルルリアは彼らが見せたいものを推測するが、答えになりそうなものは思い浮かばない。二人がルルリアに見せたい、ということからガーランド家として関わりがある事柄だろう。元子爵家の令嬢であるルルリアは、ガーランド侯爵家の人間として習うべきことが多い。彼らが自分に伝えたいことがあるのなら、拒む理由はない。

「見るのは構わないけど、気に入るっていうのは？　気に入らなかったら、何かまずいことでもあるの？」

「こればっかりは、見てもらわないと答えようがないかな……。俺も父さんもルルリアが気に入ってくれたら嬉しいけど、嫌なら新しいものを頼むと思う。もちろん、ルルリアがそれで気に病むことはないよ」

フェリックスの言い方から、彼らが見せたいものが物であることがわかる。それもルルリアが受け取るようなもの。ガーランド家から自分に渡すような物品に心当たりが思い浮かばず、彼女は小さく溜息を一つこぼした。もらえるものは何でももらっておく性格であり、あまり好みというものがルルリアにはない。あるものでなんとか生きてきた人間なので、物欲というものがさほどないのだ。贅沢に魅力を感じない、と言い換えてもいい。

今までの質素な暮らしから、煌びやかな生活ができる今。周りから舐められない程度の着飾りは必要だが、それ以上の欲があまり出てこないのだ。ある意味で、贅沢の限りを尽くしていたカレリアが反面教師として彼女の中で残っている。彼女の欲望を利用して助長させていたのは、紛れもなく自分自身。欲というのは、それだけ隙を作りやすいのだ。

だからこそ、求める欲は厳選しなくてはならない。なんでもかんでも欲しがれば、姉のように奪うことでしか生きられない人間になっていく。だけど、何も求めない無欲な人間になれば、それこそ搾取される側になってしまう。何より、勿体なさすぎる。欲とは野望に繋がる感情だ。現在のルルリアが、一番求めている感情と言ってもいい。

ぶっちゃけ、今の彼女の状態は真っ白に燃え尽きたぜ…、からちょっとずつ色を増やしていっているところなのだ。ただ贅沢という視点で己の欲を満たすことは、彼女にとっては難しいだけ。それはルルリア自身が自覚している。そのため、彼らがその品を気に入ってくれるかという心配は、正直問題ないことだろうと感じるのだ。あまりにもあんまりすぎる物じゃない限り、自分が受け取りを拒否することはないだろうから。

「変なものじゃなければ、私は特に気にしないわよ」

「あぁー、うん。ルルリアならそう言うだろう、って父さんも言っていた。でも、できたら俺はルルリアに気に入ってほしいし、そうじゃなくても君が好きな色やデザインを身に付けてほしい。少なくとも俺にとっては、大事なものだからさ」

「……今更だけど、その私に見せたいものって何？」

どうも少し会話が噛み合わない、と感じたルルリアは、一番大事なところを聞いていなかったことに思い当たる。フェリックスもそれに気づいたのか、「あっ」という表情で、視線を右往左往させた。相変わらず、どこか抜けている婚約者に呆れたような視線になってしまう。それに嬉しそうに悶え出したので、実はこれが彼の作戦だったらすごい策略家なのかもしれない。ただの天然だろうけど。

「えーと、一応確認だけど。ルルリアって、エンバース家からの持ち物ってあったりする？」

「何もないわよ。身一つで売られたし、あの家のものに興味なんてなかったから。没落後も全て王家に任せたわ。それで？」

さっさと答えを要求するルルリアに、フェリックスは頬を赤らめながら、言いづらそうに口ごもる。そろそろ蹴りでも入れてやろうか、と相手が喜びそうな物騒なことを考え始めたルルリアの思考は、その答えを聞いて吹っ飛んでしまった。

「衣裳だよ。その、結婚式の。……俺の母さんが昔、ガーランド家に嫁いできた時に着た――花嫁衣裳」

さすがの魔王も言葉を失う威力だった。

＊＊＊＊＊

レヴェリー・ガーランド。リリック・ガーランドの妻であり、彼の道を存分に踏み外させた諸悪《ノーマル》の根源《敵》。ガーランド家のカオス度を天元突破させたのは、間違いなく彼女の存在と血であろう。ルルリアがガーランド家に足を踏み入れて一番残念に思ったのは、レヴェリーが故人であったことだ。彼女の伝説を養父から聞くだけでも、絶対に仲良くできた。ルルリアが「お母様」と慕えたかもしれない、唯一の女性だろう。

しかし、彼女が故人でなければ、ガーランド家にルルリアが嫁ぐことは不可能であった。リリックは今でも、妻とそのドSな性癖を愛している。だからこそ彼女の死後、『プライドの高い暴食で雑食なドM』という世にも恐ろしい拗らせ方をしていたのだ。三十歳年下のルルリアを妻にしてもいけるエロ親父ではあるが、彼の根底に巣食う変態の化身は亡き妻一筋である。それ故にルルリアを娘として、心から彼は可愛がることができた。

「妻と出会ったのは、お前たちが通っている学園でな。あの時の私は若く、無鉄砲な性格だったと思うよ」

「そうなのですか？」

「あぁ、フェリックスのことを強く言えないぐらいにはな。あの頃の私はまだ己を知らない、どうしようもない青二才であった」

懐かしむように、愛おしむように、リリックは息子と娘に語る。フェリックスが話した花嫁衣装は、リリックが大切に保管しているため、武器の訓練が終わった彼らは執務室へ向かった。そんな二人にリリックは口元を緩ませると、亡き妻が使っていた部屋へと案内したのだ。

部屋自体は定期的に掃除されているからか、寂れた様子は感じられない。衣裳棚やドレッサー、綺麗に整えられたベッドなど、普通の女性らしい部屋だ。壁には肖像画が飾られ、そこには二十代ぐらいの赤毛の男性と優しそうな亜麻色の髪の女性が描かれている。予想はしていたが、フェリックスから「あれが母さん」と教えられ、ルルリアは静かに頷いた。

赤毛や容姿は父であるリリックに似ているが、目元や雰囲気は母親似なのだろう。絵とフェリックスを横目で見比べて、そんな感想をルルリアは抱いた。鷹《たか》のように鋭い目つきをした父と違い、穏やかで人の良さそうな印象だ。ナイスミドルなドMも詐欺だと思うが、母親似の穏やかな雰囲気で覇王や魔王すらも慄《おのの》かせる変態な息子だと、いったい誰が思うだろうか。もしかして、自分以上に詐欺じゃないだろうか、と魔王は遠い目をしてしまった。

見た目と性格が釣り合わないところは、たぶんガーランド家らしい特徴なのだろう。天然なのがより恐ろしいと感じる。未来のハイブリッドの被害者にご冥福を祈った。

「お父様と奥様って、どのようにお知り合いになられたのですか？　確か、レヴェリー様はあまり爵位が高くなかったご令嬢だと聞いたのですが」

「そういえば、確か学園で父さんが母さんに一目惚れして、学園を卒業した後もすごく口説いて、ようやく結婚できたって聞いていたけど……」

「あぁ、そうだな。普通にしていれば、彼女と接点など何もなかった。彼女は自分の性癖を隠していたし、私は自分のことを知らない小童《こわっぱ》だった。穏やかでおっとりとした彼女が、侯爵家として無鉄砲に振る舞っていた私と関わることもなかったしな」

衣裳棚の奥から木でできた箱を丁寧に取り出しながら、リリックは当時を思い出していく。当時のリリックには婚約者などがおらず、親からも学園で嫁を見つけてこいと言われていた。爵位の合う同年代の子女が偶然いなかったこともあり、フリーの侯爵子息という、女性たちからは喉から手が出るほどの有望株な人物となったのだ。なんせ彼と結婚すれば、侯爵夫人になれる。リリックもそんな立場を利用して、やりすぎないように調節しながら文字通り遊んでいたのだ。

特に好きな女性もいなかったため、基本来る者拒まず、去る者追わずな姿勢で、当時何人もの女を泣かせた。地位に群がってきたのは彼女たちで、自分はその相手をしてお互いに少し良い思いをしただけ。恋人だと勝手に勘違いしたのは向こうだ、と気にも留めていなかった。ちなみに家にとって都合の悪い相手は慎重に扱い、子どもができるような真似だけは絶対にしなかったあたり、そこは彼なりに侯爵家としての矜持《きょうじ》があった。

「うわぁー、気のある振りをしていて最低ね」

「いやぁー」

「照れないでよ」

娘に最低呼ばわりされて、嬉しがるおっさん。罵られる父を見た息子はいいなぁー、羨ましがる。さすがは親子である。傍から見ただけなら、仲良し親子の一枚の絵であった。

「まぁ、そんな娘からも最低だと罵られるぐらいに好き勝手やっていた私は、……痛い目を見た訳さ。レヴェリーの復讐でな」

「ドロドロが、さらにドロドロになったわね」

「えっ、復讐ってことは、母さんは父さんに捨てられて……？」

「さっきも話した通り、彼女と私に接点などなかったよ。ただ一つ、彼女の逆鱗に触れたこと以外はな」

人を選んで遊んでいたリリックに、爵位が下の娘は泣き寝入りするしかない。彼の運命が変わったのは、とある一人の少女。爵位の低かったその少女は、泣き寝入りするしかない自分に涙し、それを従姉妹の少女に悔しさと怒りと悲しみを打ち明けたのだ。その少女の従姉妹こそがレヴェリーであり、捨てられた少女は彼女が可愛がっていた妹分であった。

レヴェリー自身も、遊ばれた従姉妹にも悪いところがあったと諭した。本気になってはいけない相手を選んでしまったと。幼げなところがある従姉妹であるが、アホな子ほど可愛いでレヴェリーはその少女を可愛がっていた。言葉や態度で従姉妹を慰めていたレヴェリーだが、内心は「あの色情魔ボンボンッ……！」と燃え上がっていた。

しかし、爵位の低い自分が文句を言ったり事を起こせば、家が大変なことになってしまう。冷たいが、レヴェリー自身が被害を受けた訳ではないので、怒りはあるがそこまで根に持つような事柄でもない。それでも、何もせずこのまま泣き寝入りするのは気に入らない。だから彼女は、アリバイ作りや自分がやったとわからないような工作などを裏で行い、彼の一瞬の油断を狙って復讐を実行したのだ。

「父さんの悪い噂を流したり、遠距離から攻撃したりとか？」

「それとも自分かまたは協力してくれそうな令嬢に、わざとお父様に仕返し目的で近づくとか……」

「拉致って、縛って、踏まれて、高笑いされた。今でもあの手腕に惚れ惚れしている」

魔王はこの時、「お母様と呼ぼう」と尊敬にも似た念をレヴェリーに抱いた。息子は言葉を失った。

「その時に、私は目覚めたのだよ。蔑まれる快感に。踏まれる心地よさに。耳触りのいい罵声に。

潰しますわよ、と言われた時の胸の中のトキメキに……。そして私は、彼女からほど良くなじられた後、意を決して自分の思いを告げたんだ」

「……いったいなんと？」

「『あなたに惚れました、結婚してください』と真剣にプロポーズをして、いかに彼女からのドS行為に自分が喜んだかを懇切丁寧に伝えて褒め称えた」

復讐のつもりで、侯爵様を拉致って、縛って、踏んで、高笑いをした結果、プロポーズをされる。因果関係仕事をしろ。さらに縛られたまま、その行為にどれだけ己が歓喜したかを、一から十まで伝えてくる目覚めし変態。うっかり新しい扉を開かせてしまった当時の彼女の心境は、いかほどかは想像するしかない。

それからの侯爵様は生まれ変わった。女に文字通り痛い目を見せられ、今まで遊んでいた行為をすっぱりやめたのだ。時には女性たちに謝罪して回り、それからの彼は誠実で一途な男へと変わっていったのであった。

「お父様、なんだか現在のお父様の状況と大変よく似ている気がするのですが」

「男が変わるのは、いつだって女だからな」

「カッコよく言っていますけど、学生の頃から成長していないだけですよね」

「ちなみに、どうやって母さんだってわかったの？　正体は隠していたんだよね」

「愛と煩悩と性欲の力で」

「お父様が言うと、洒落に聞こえないわね……」

侯爵閣下による、現在進行形の謝罪行脚プレイと煩悩による行動力。このおっさん、本当に手遅れすぎてどうしようもない。お父様の安定の変態っぷりに、逆に清々しささえ感じてしまう。周りはレヴェリーの玉《たま》の輿《こし》を羨んだだろうが、彼女の影の頑張りにちょっと目頭が熱くなった。

「さて、私の話ばかりしていても仕方がない。これが、ルルリアに見てもらいたかったものだ」

リリックが重厚な木の箱から取り出したのは、純白のドレスであった。別の小さな箱からは頭に乗せるベールやグローブが入っていて、それも精巧なデザインがされたものだと一目でわかる。金と銀の刺繍《ししゅう》が施されたドレスは、シンプルながらもその美しさをより際立たせていた。

「綺麗……」

そして、自分には勿体ない。思わず口にした感想と心の中で思った感想。ルルリアは物に対して、初めて特別な感情を抱いた。

リリックがレヴェリーのために、一流の職人を渡りに渡って作ってもらった一品。絆《ほだ》されていきながらも頑固だったレヴェリーを、最後の最後で落とした証しである。これを初めて見せた時の妻と同じ表情をしたルルリアに、リリックは優し気に目を細めた。

「……お父様、その。本当にこのような衣裳を、私が着ても」

「妻がな、そうしてほしいと言っていたんだ。こんなにも素敵なものが、一回だけの特別で終わってほしくないと。もし娘ができた時に、気に入ってくれたら嬉しい。私の一番のお気に入りだったから、とな」

病気に伏せていた妻が遺した言葉の一つ。大切な息子を抱きながら、もう娘を産むことも、新しくできるかもしれない娘を見ることもできない自分が、将来の娘に渡せる特別なもの。フェリックスの妻に、リリックとそして自分の義娘に、遺してあげられる一番の宝物。女性が一番輝く、特別な日のために。

この衣裳が、特別に感じられたはずだ。ルルリアはそっと皺にならないように、白のドレスを撫でる。長い年月が経っても、色褪《あ》せていない白の輝きが、どれだけこの衣裳が今まで大切にされてきたのかがよくわかる。本当に、自分が着てもいいものなのか。自分のような人間が、着てもいいものなのだろうか。

「……ねぇ、フェリックス」

「グハァッ!!」

「ちょっと、なんでいきなり悶え出すのよ」

「ルルリア、数分だけ待ってやれ。あの舞台の後から、ルルリアになかなか名前を呼ばれなくなって、ずっと悩んで悶々としていた息子の願いがようやく叶ったのだ。少しだけ、幸せに浸からせてやってくれ」

あれ、呼んでなかったっけ？　と割と酷いことを思い出すルルリア。そういえば、学園の演技中以外で、本人の前で名前を呼んだ記憶が思い出せない。だいたい「あなた」とか敬称呼び。さすがの魔王様も婚約者としてそれはまずいだろうと思い、息子に謝った。

「いや、本当に気にしなくていいよ。名前で呼ばれないことをいいことに、自分で勝手に家畜プレイとして楽しんでいたところもある俺に、ルルリアを責める資格なんてないよ」

「切実に、私の謝罪を返してほしくなったわ」

今度からは名前で呼ぼう。この息子をこれ以上成長させたら、本気で手に負えなくなる。だから
お父様、息子の成長に目頭を熱くするな。

「正直よくはないけど、もういいわ。それで、ルルリアは変態親子に頭痛がした。フェリックスにちょっと聞きたいのだけど」

「えっ、うん」

「あなたは、本当に私でいいの？　自分で言うのもあれだけど、かなり嫁として酷いと思うわよ、私。フェリックスの婚約者になったのだって、元々は姉を罠に嵌めるためのものだったわ。あなたの立場やあなたの思いすらも、今でも都合良く利用している女よ」

「うーん、そう言われてもなぁ……」

ルルリアからの問いに、フェリックスは困ったように呟いた。彼女を選んだ理由ならいくらでも言える。彼女の性格や嗜虐的な考え方、ガーランド家のために努力をする姿や、どこか不器用なところも。それを一から全てルルリアに伝えることはできるが、今彼女に言うべき言葉はそうじゃない気がしたのだ。

ふと、そういえば自分が彼女に伝えていない言葉があったことを思い出す。先ほどのリリックの話を聞いて、なんとなく思ったのだ。ルルリアとフェリックスは婚約者で、これまでにも彼女に自分の思いを全力で伝えてきた。母を口説きまくった父と同じように。しかし、父と自分とでは、一つ違うところがある。

リリックは告白して、精一杯に口説いて婚約してから結婚した。そして自分は婚約して、現在好

きになってもらおうとしているところだ。つまり父とは違って、たどる順序が逆なのである。そのため、ルルリアに大事なことを伝え忘れていたことに気づいたのだ。ルルリアからよく抜けていると言われる訳だ、とフェリックスは自分への呆れから笑みが浮かんでしまった。

「……ルルリア、聞いてほしい」

「何よ、改まって」

「俺はルルリアが好きだ。だから、結婚してください」

結婚が特別なように、プロポーズだって男にとって特別な言葉だ。これがルルリアの求める答えになるのかはわからないが、それでも今一番に伝えたかった思いである。彼女に綺麗な装飾のついた言葉なんていらない。ありのままに胸を張って、伝えることが一番だと感じる。故に、この答えでどうだ！　とフェリックスは自信満々に告げた。

ルルリアは一瞬何を言われたのかわからず、驚きに目を瞬かせる。次にだんだん理解してくると、先ほどまで考えていたことも、フェリックスに言いたかったことも、……なんだか難しく考えていた自分が馬鹿らしくなってきてしまった。呆れと同時に溜息を吐いてしまう。

「あなた、……雰囲気を作るのが本当に下手ね。それじゃあ、女の子に呆れられるわよ。もう本当に、馬鹿なんだから」

そして、思わず噴き出してしまった。もう一度純白の衣裳を撫でた手は、先ほどよりもどこか軽く感じる。それに肩を竦め、なかなか収まらない笑みを手で隠した。

「……ありがとう」

「ルルリア？」

「あら、お母様へよ。せっかく素敵な衣裳を遺してくれたんだから、お礼ぐらい言わなきゃ失礼でしょう？」

「あぁ、うん。そうだよね」

渾身《こんしん》の一発をなんとなくスルーされたような気がしてガックリするが、でも今朝の放置プレイを思い出して逆に胸が熱くなる息子。そんな息子を見て、「私もあの頃は若かったなぁー」と昔の告白をしては虐げられる日々を思い出し、興奮に胸がいっぱいになるおっさん。いきなり興奮しだした変態二人に「あぁ、また始まった」と、もはや発作に慣れた娘。親子丼は問題なく幸せを感じていた。


こうしてガーランド侯爵家は、今日も平和にほのぼのと暮らしていくのであった。

後日談第三話

血筋って怖いね（覇王家編）

「お帰りなさいませ、ユーリシア様」

「ええ、出迎えありがとう」

多くの使用人たちからの挨拶を受け、それに一つひとつ返事をした後、ユーリシア・セレスフォードは公爵家の自室へと足を進めた。

邪魔にならない程度に着飾った装飾を外し、外出用に着ていた服を取り換える。公爵家の姫として、本来使用人が行うそれらを、彼女は自らの手で行っていた。さすがに社交界へ出る時はプロに任せるが、部屋着に着替えるぐらいなら自分でやる。もともと数年前までは、それが当たり前だったのだから。

そうして着替え終わった彼女は、部屋を出て迷うことなく応接室へと向かった。

ユーリシアが帰宅したことは、既に家族に伝わっていることだろう。お互いに近況を報告し合うのが、この家でのルールとなっている。ただ、今回の帰省はいつもとは違うため、簡単なものになるだろう。これからの予定などを頭の中で立てながら、ユーリシアは応接室の扉を開いた。

「あっ、おかえりなさい。姉さん」

「ただいま、エヴァン。……特に問題はないか？」

「伯爵家の方から公爵家当てに便りが来ていたけれど、それ以外は特に。急ぎの要件じゃなかったけど、今見た方がいい？」

「……いや、いつものが終わってから仕事をする」

「わかった」

扉の先にいたのは、ユーリシアと同じ黒髪を持つ十歳ぐらいの少年だった。

ユーリシアを見認めると、彼の母親譲りである青い瞳がふわりと微笑む。それを見た彼女も、公爵家に帰宅して、初めて小さく笑みを作ったのであった。

会話は事務的な内容だが、ユーリシアが先ほどまでの使用人たちとは違い、本来の口調で話していることから、この少年にはそれなりの信頼を寄せていた。

邪魔にならないように結った黒髪を後ろに流し、少年の向かい側に座る。それからエヴァンと呼ばれた少年は、呼び出しのベルを鳴らし、使用人に彼女への飲み物と、それからしばらくは応接室へ近づかないようにと言付けをした。

「相変わらず、姉さんの表裏って別人かと思うほどすごいよね」

「そうか。お前こそ、十歳の子どものくせに、人を使うことに慣れてきたな」

「姉と家庭環境の賜物です。そうだ、殿下から贈り物が届いていたよ。とりあえず、僕が預かっているけど、後で部屋に届けておいた方がいい？」

「そうだな、わざわざすまない」

使用人に入れさせた紅茶を一口飲み、ようやくセレスフォード家の和やかな会話へと彼らの中では変わった。ちなみに、お互いに口にした内容は皮肉でもなんでもなく、それぞれが相手への褒め言葉である。この姉弟の中ではこれが平常運転だったりするので、事情を知らない人が見たら、息を吐くような皮肉の応酬に、見ている方が胃痛に襲われるであろう。

ユーリシアが帰宅すると、公爵家はどこか糸が張りつめたような空気ができてしまう。

それは彼女の性格もあるだろうが、一番公爵家に沁《し》み渡っている感情は恐怖である。古くから公爵家にいる者ほど、それは顕著になった。彼女の言葉や動作に、敏感に反応する使用人たち。

新しく入ってきた者は、その空気にのまれ、さらに萎縮してしまうのだ。

「……あの人は？」

「いつも通り。用事があったら、僕を通してって」

「情けない。公爵家の妻が、小娘一人にいつまで怯えているつもりだ」

もっともそんな公爵家の空気を作っている最大の原因は、公爵家の夫人である母親の態度であることは間違いないだろう。

ユーリシアと血の繋がりがない母親。ユーリシア自身、彼女を母と思ったことはないが、それでも彼女は公爵夫人なのだ。しかも、現在彼女は公爵家当主の代理の地位にある。最低限の仕事はしているようだが、色々当主関連で話す内容だってあるのだ。ユーリシアが肩代わりしている仕事も多いのだから。

ただ、だからといって無理やり会っても、きっと有意義な話はできないだろう。

彼女の根底にあるユーリシアへの恐怖によって。これではまるで自分が悪者のようだ、と心の中で憮然《ぶぜん》と彼女は呟く。ユーリシアにとってみれば、幼い頃から邪険にされ、罵られ、手を上げられ、死んでも構わないような扱いをその母親から受けてきたのだ。

クライス殿下と同年代であることから、王家との繋がりを作るための道具にできるかもしれない、という理由で、幼かったユーリシアは生かされていただけにすぎなかった。使い道がまだあるから、と父に言われていなければ、本当に始末されていたかもしれない。

それ故に、今のように悲劇の女をやられても、迷惑だという気持ちが先に芽生えてしまう。ユーリシアにとって彼女との距離は、あの時からずっと開いたままだった。

「未だに、姉さんが父さんを殺したと思っているみたいだからね。姉さんにはアリバイがあるとか、あれは事故だっていくら言っても、次は自分の番かもしれないって全然聞いてくれない」

「私が殺すように指示を出したんだ、と言っていたな。なかなか過激な考えだ」

「……本当に姉さんがそうしたのなら、なおさら死なないために、それこそ贖罪も含めて姉さんのために働くべきだろうにね。殺されてもおかしくないほどのことをした、と自覚があるなら余計にさ。使える人間だってことを、ちゃんと示しておかないといけないのに」

「エヴァン、お前だいぶ黒くなっていないか」

「姉と家庭環境がこれですから」

「ふむ、それもそうか」

可愛い弟が立派に成長しているから、それでいいか。ユーリシアは、褒める意味も込めて、自分と同じ父親譲りの黒髪を優しく撫でた。それに、ちょっと恥ずかしそうに身じろいだが、嬉しそうに目を細めるあたり、まだまだ十歳の子どもなのだろう。

「ちなみに、お前はどう思っているんだ？」

「姉さんが父さんを殺したかどうか？　真実はわからないけど、父さんを本当に姉さんが殺したのなら、母さんが生きている理由がもっとわからないから違うとは思っている。わざわざ母さんの地位を立てているし、母さんの夢もなんだかんだで叶えてくれているからね」

「彼女に関わっても、正直面倒だからな。関係を改善しても、私の利益になりそうにもない。なら、ある程度の自由と願いを叶えて、静かにさせておくのが楽なだけだ」

「それ、姉さんって母さんにかなり無関心でしょ。期待も恨みを晴らすことも全然していない。父さんの地位を蹴り飛ばして、世間からは療養として僻地《へきち》に堕とした時点で、姉さんにとって彼らへの復讐は十分だったと考えれば、その後の母さんへの無関心も納得できるんだ」

「ふむ…」

「そんな性格の姉さんが、敗者となり、姉さんにとって価値のなくなった父さんをわざわざ殺すことを命令するとは思えない。元々父さんを殺すつもりだったのなら、最初から母さんも含め、容赦なくそうしていたはずだ、と僕は考えているかな」

弟からの考察に、ユーリシアは楽しそうに目を細めた。彼女にとって、エヴァンはずっと目をかけてきた存在だ。理論的に、そして感情論を含め、さらに人物評価も交えた話に、満足げに彼女は頷いた。

ユーリシアの母も、エヴァンの母も、性格の良し悪しはあるが普通の令嬢だろう。こういう冷徹なところは、きっとお互いに父親の血を受け継いだのだろうな、と彼女は紅茶をまた一口飲んで考えた。

エヴァンの母親の夢は、自分の子どもを公爵家の跡取りにすることだった。

そしてその夢は、このままいけば問題なく叶えられるだろう。姉であるユーリシアは王妃となるために嫁ぎ、エヴァン以外他に公爵家の血筋はいないとされているからだ。女の身でも、もしもであそこまで攻撃されたのだから、もしユーリシアが男だったら、その比ではなかっただろう。

女だから蔑まれたのに、女だから生き残った。まさに皮肉だな、と彼女は静かに笑った。

結果的に、ユーリシアは父親を蹴落として勝利を収め、そしてエヴァンの母親は少し壊れてしまった。未だに傷跡が癒やされることのない、セレスフォード公爵家。やったことに後悔はないが、それでも時々物思いに耽けってしまうことはある。

彼女がまだ傷が癒えぬこの家でできたことは、目の前の弟に、両親から与えられなくなった知識と愛情を贖罪も含め、そして姉として教えることであった。

「なぁ、エヴァン。お前は、お前の家族を壊した私を恨んでいるか？」

「……十歳児にそんなことを聞かないでよ」

「今までの会話から、今のお前なら答えられそうだと判断した」

本当に容赦ねぇな、この姉。覇王理論全開に、さすがの覇王弟の口元も引きつった。

「うーん、そうだね。こんな風になったのは姉さんのせいだけど、もともとは父さんと母さんのせいでもある。昔の家族三人でいた記憶は楽しかった気もするけど、ほとんど覚えていないぐらい小さかったしね。……姉さんこそ、母さんの息子である僕のことは憎くないの？」

「憎しみより、憐れみだな。お前は、私の復讐に巻き込まれただけの被害者だ」

「……はぁー、やっぱりよくわからないや。わからないから、とりあえず今は公爵家の次期当主としての勉強をしておくよ。弟として姉を支えるにしても、家族を壊した復讐を姉さんにするにしても、力は必要だと思うから」

「そうか、わかった。……ただ、敵になったら容赦しないからな」

「うわぁ、怖い」

くすくすと姉弟は、お互いに純粋な笑みを浮かべ合った。

相手のことを認め、愛し、だけどそれだけでは済まない思いを奥底に持っている。

憎しみ続けた男との血で繋がった、異母姉弟。歪《いびつ》な家族関係だが、それでも確かに強い繋がりが二人にはあった。


「――おっと、どうやら話し込んでしまったようだな。久しぶりに楽しくて、つい会話が弾んでしまった」

「僕もだよ、でもどうしようか。帰りが遅くなるかもしれないし、行くのは明日にする？」

「……いや、今日が命日だからな。きちんとしたものは明日にするが、挨拶と花を添えるぐらいはしてくる」

おそらく、クライスがわざわざ送ってくれた贈り物は、そのためのものだろう。ワンコのプレゼントも一緒に持っていくことにしよう、と決めたユーリシアは、エヴァンから先ほどの贈り物をここでもらうことにする。

そして、品物を弟から受け取ると、椅子から腰を上げた。日没までに戻れば、問題はない。自室に一度戻り、少し急ぐように出かける準備を行った。

「毎年聞くけど、護衛はいる？　花はある？」

「いつも言うが、心配は無用だ。いい番犬がいるのでな」

「あぁ、いつもの人？　姉さんの犬は何人か紹介してもらったけど、その人には僕、まだ会ったことないよね。僕が会ったら、まずい感じの人なのかな？」

「想像に任せる」

「うわぁ……、すごく溌剌《はつらつ》とした、虐めっ子の笑み……」

半眼の少年の視線など全く意に介さず、肩を竦めながら見送られたユーリシアは、足早に公爵家の門を一人出た。

今日は彼女の愛する家族が眠りについた日。

その墓は公爵家の敷地になく、少し離れた小高い丘の小さな花に囲まれた場所に立っていた。

「あれから、もう十年以上経ったのか……」

ルルリアにとっての十年と、ユーリシアにとっての十年の年月。今年は、母に面白い報告がたくさんできそうだ。黒髪を風に靡かせながら、娘は母に会いに行った。

＊＊＊＊

どんなことでも、一心不乱に追求し続けた先には、一種の美しさが存在する。

魔王様が「ざまぁ」を追求し続けたことや、変態が性欲を求め続けることも、ある意味では一つの究極的な美の形なのかもしれない。ツッコミは可である。

そんな己の道をただ突き進むことを選んだ、ある一人の男がいた。

彼も自らの究極系の美を手に入れようと足掻き、今現在も追求し続けている人物である。そんな彼が求めたのは、スタイリッシュな動きによる美しさ。それだけであった。

だが、その道は決して容易ではない。

大切なのは、自然な動作なのだ。その行為や姿自体が、まるで一枚の絵画のように、不思議な魅了を与える美しさに映ることが、必要なことであった。きっと多くの人間にとって、何をくだらないことをと言われてしまうかもしれないが、芸術とはそんな取り留めのないものを追求し続けた姿なのだ。

美しく、力強く、そしてカッコよく。

誰かのために己を磨く場合もあるが、ただ己のためだけに磨くことも一つの芸術への道だった。

理解されなくても構わない。馬鹿にされたってめげない。そう、彼の心にあるのは、深い感謝の心だったからだ。

それは、彼にとって救世主であり、半身であり、片時も離れられない相棒であった。まだ出会って一年と経っていない存在だが、それでも彼はずっと助けられてきた。救われてきたのだ。人間の汚いところなら、彼はたくさん見続けてきた。もうそれに眉を顰めることなく、自身の手を同じように汚く染めても何も感じなくなるぐらいに。もう後戻りはできないとわかっているぐらいに、彼はその道をただ進んできたのだ。

そんな底辺を歩いてきたと思っている彼に立ちはだかったのは、恐ろしい敵の存在だった。

理解しなければ深淵にのみ込まれ、だが理解すれば人として大切なものを失う。そんな恐ろしき相手を、人は――『変態』と呼んだ。

彼の主人は確かに、ドSで容赦がない女傑すぎる覇王である。それでも、まだあれでも良識的な人間だったのだ。そのことを、非常識の塊のような人間たちに出会って、当たり前のように色々巻き込まれたことで、ようやく彼は悟った。

最初は、一週間に一箱のペースだった。

しかし、主人にお友達ができた日から、消費量が倍になった。相乗効果の恐ろしさを知る。さらにざまぁ佳境で、素で過労気味に働くことになり、色々八つ当たりをしながら頑張るしかなかった。この頃には、もう己の精神安定剤代わりになっており、さらにお世話になっていた。

しかし、彼の道はそれで終わることがなかった。そう、彼にとって最大の強敵。

赤髪の色情魔一家。内一人は、サラブレッド性癖という恐ろしい業を携え、心身共に甚大なダメージを与えてくる、存在そのものが彼の理解できない範疇《はんちゅう》へとぶっ飛んでいる存在であった。

何よりも一番被害を受けたのが、その変態に何故か目の敵にされていたことだろう。俺がいったい何をした⁉　と、彼は心から叫んだ。

ストレスで一度医者にかかった時、彼の相棒の一日の消費量に、医者から「あなた人間ですか」と本気の口調で言われてしまうぐらい、彼の身体はもう相棒なしで生きるのが難しくなってしまっていた。医者に腕を掴まれて、結構マジな顔で「服用をやめなさい！」と言われても、もうやめられないのだ。

完全に禁断症状である。ちなみに、ジャンキーの自覚はない。

それほどまでに、お世話になり、半身のように寄り添い合ってきた存在を前に、彼の心は純粋なまでの感謝でいっぱいであったのだ。その存在に、敬意を表してしまうほどに。

だからこそ、彼は考えた。後光が射すかのごとく崇高な我が半身のために、己にできることはなんであろうかと。

そうして思い至った結論が、相棒を美しく輝かせることだった。

いかに美しく相棒を飲み、いかに優雅に飲み干し、そしていかにカッコよく決めてみせるか。

相棒は、ただの飲み薬ではない。飲み薬で終わらせられる存在ではない。

故に、一つの芸術として昇華させることが、スタイリッシュな胃薬の飲み方こそが、今の彼の最大の目標となっていた。

「大自然の息吹に囲まれた中。こうやって優雅に椅子に座り、片手で胃薬の箱を綺麗に開け、親指で薬を弾きながら素早く口に含み、もう片方の手で透明度の高い水が入ったコップの角度を考えながら持ち、最後は太陽の光に照らされながら飲み干す。といった感じで、今さっき実践してみた。なぁ、ユーリ。今の動作で、スタイリッシュに胃薬が飲めていたのかの感想が聞きたいんだが、どうだった？」

「もう一回、医者に診せてこい」

覇王様の王子印の調教《ツッコミ》キックが炸裂した。

＊＊＊＊

「お母様、今年は私に友達ができました。趣味もあって、一緒に笑い合える友人なんです。私を一人残すことにずっと泣いていらしたけど、もう私の周りにはたくさん支えてくれる者がいます。だから、もう泣く必要なんてないですから、心配しないでくださいね」

「おーい、ご主人様。持ってきた花は、この辺りに飾っておけばいいか？」

「あぁ、頼む。風で飛ばされないように、しっかり括《くく》っておいてくれ」

「はいよ」

母親の墓に向かう途中、どこで用意してきたのかわからない木の椅子を持参して、胃薬片手に待っていたシーヴァと無事に合流し、二人は丘の上に佇む小さな墓石に挨拶をした。

目を瞑り、黙祷を捧げるユーリシアを横目に、シーヴァは持ってきた花を墓の周りに飾り付ける。彼女の母親が好きだった淡い桃色の花が、白い墓石に彩られた。

掃除も必要かと思ったが、おそらく公爵家の者が定期的に行ってくれているのだろう。それほど時間をかけずに汚れを落とし、クライスから送られてきた香を一緒に供える。この国で、死者を安らかな眠りへと誘うために、と焚《た》かれる線香のようなもの。

クライスに今度お礼をしなければな、と心地良い香の香りを感じながら、ユーリシアはもう一度手を合わせた。


「今日は家を出るのが遅かったのか？　結構待ちぼうけたぞ」

「なんだ、寂しかったのか？」

「そこらの木材を組み合わせて椅子を作っていたから、暇は潰せた。後、俺は健気な忠犬なんで、いつまでもご主人様を待っているから安心していいぞ」

「ふっ、自分で言うな」

相変わらずの番犬の飄々とした様子に、ユーリシアは小さく噴き出した。

そして、視線を横に向けると、自分と同じ色の髪を手で掻きながら、黒い瞳が真っ直ぐに彼女の母親の墓に注がれている。口を閉ざしたシーヴァは、墓に数秒ほど黙祷を捧げると、またいつも通りの表情に戻っていた。

「……エヴァンと、つい会話が弾んでな。なかなか面白い話ができたんだ」

「あぁ、弟くんとね。そんなに面白かったのか？」

「私が父親を殺したと思うのかどうかとか、私を恨んでいるのかどうかとか色々聞いてみた」

「それを十歳児に聞くか、普通」

この覇王、容赦ねぇ。シーヴァもエヴァンと似たような反応を返した。


「気にはなるだろう？　私は五年前に、あの子の家族を壊した張本人なのだから」

「そして同時に五年間、姉として弟くんを守り、公爵家の次期当主として育てた張本人でもある」

「なんだ、慰めか？」

「事実だろ。第一、あの家族を壊したのは、お前だけじゃない。あの男は、……本当にたくさんの恨みを買っていたんだからな」

なんだかんだ一緒に持ってきてしまっていた手作り椅子にユーリシアを座らせ、汚れを気にすることなくシーヴァは地面にそのまま胡坐《あぐら》をかいて座った。鼻を擽《くすぐ》るような優しい香りが、辺りに広がっている。視線はお互いに、桃色の花に彩られた墓に向けられていた。

「それで、弟くんはユーリを恨んでいたのか？」

「まだ、わからないらしい。とりあえず、今は力をつけることに専念するようだな。実に頼もしい限りだ」

「弟くん、大好きだねぇー。……で、もし敵対することになったらどうするんだ？」

「容赦はしない、そう伝えておいた」

「この姉、怖ぇー」

大げさにおどけながらも、シーヴァは小さく溜息を吐いた。

もしエヴァンがユーリシアと敵対する道を選んだのなら、きっと彼女は言葉通り弟を排除するだろう。無言で拳を握り締めながら、容赦なく。

ずっと傍で見続けてきた小さな背中が、シーヴァには一瞬震えたように見えた。

「あいつのように、療養のために僻地へ行かせるだけじゃ駄目なのか？」

「……あの男と違って、エヴァンは私を知りすぎている。敵対した以上、足元を掬《すく》われる訳にはいかん」

「えーと、ほら、公爵家の血筋を減らしたらまずいだろ。ユーリは王妃になるし、王家と公爵家の子どもを産むにしても、時間がかかりすぎる。弟君が子どもを作ってからでも、王妃に手を出したんじゃ、排除だと色々面倒だしさ。とりあえず、公爵家を任せる人材は何かしら必要じゃね？」

エヴァンの母親は、まず当てにできない。一番いいのは、弟が復讐をしないことだが、ユーリシア自身がそのあたりは彼の意思に任せてしまっている。それでいて、敵対したら容赦しないのだ。

ユーリシア一人なら、確かに厄介な敵だろう。

でも、ここにはエヴァンに知られていない番犬が一匹いる。いくらでも、自分を利用すればいい

い。

だから、シーヴァは言葉を紡いだ。

ただ、ユーリシアに家族殺しだけはしてほしくなかったから。

「ふふっ、珍しく必死だな。だが、確かに公爵家の跡取り問題は面倒だ」

「面倒なら、やめとけやめとけ。その時は、俺がなんとかしておいてやる」

「ほぉ、なんとかね……。そうだな、だったらその時は、エヴァンの代わりになる別の公爵家の血筋を当主に立てれば、問題は解決しそうだな。そうは思わないか、――お兄様？」

「……ユーリ、すごく鳥肌が立った」

「貴重な妹の言葉に失礼だな」

バシッ、と番犬の頭を軽く一発叩いておいた。

「……なぁ、シーヴァ。お前は、貴族になる気はないのか。お母様の隠していた遺品に、当時お母様付きの侍女だったお前の母親が、あの男にされたこと。そして私の母がお前の母を、あいつに気づかれる前に逃がしたことが書かれていた。あれと、お前の出自をきちんと調べさせれば、きっと」

「いらねぇ、マジいらねぇ。貴族とか面倒なだけだろ。後、俺の出自はご主人様に出会ってから、全部きれいさっぱりに消したから、もう痕跡も残っていないぞ」

なんでもないように、あっさりとシーヴァは答える。昔、ユーリシアが復讐を遂げた後、彼女は

今回と同じ質問を彼にした。そして今と同じように、堂々と提案を蹴られた。貴族なんて面倒だと、飄々とした様子で。

「貴族より女の犬がいいのか、お前は」

「その聞き方は、あの変態どもを彷彿させるから、なんか嫌なんだが」

「……茶化すな」

シーヴァの母親は、彼が子どもの頃に二十代という若さで亡くなってしまった。

彼女は無理やり身体を開かされ、望まぬ男の命を宿すことになる。もし当主である男に、公爵家の血筋を宿す子の存在がばれたら、道具として利用されるか邪魔だから消されるかの二択しか考えられなかった。さらに己の醜態を世間へ隠すために、母親である女性は口封じに遭う可能性も高かったのだ。

それにより、公爵家の屋敷にも、実家にも帰れなくなってしまった女性は、それでも懸命に生きた。ユーリシアの母親がなんとか持たせてくれた金品を売って生活し、慣れない下町で自らも働きながら、子育てもしていたのだ。

しかし、元々慣れない環境も重なり、さらに恩人であったユーリシアの母親の訃報も耳に入り、涙を流しながらそのまま床に伏せてしまった、とユーリシアはシーヴァから聞いていた。

望まぬ命であったにもかかわらず、一生懸命に自分を育ててくれた母親を、シーヴァは誰よりも尊敬している。だからこそ、母を苦しめる原因となった父親も自分の存在も許せなかったのだ。

それでも、母が守ってくれた命をなくさないために必死に生き永らえてきた。母やその恩人である女性を死に追いやった男が、のうのうと笑っていることに憎しみを溢れさせながら。その思いを糧にして、一人でずっと歩いてきたのだ。

恩人の娘であり、シーヴァにとって『家族』と唯一認めることができた妹が訪ねてくるまでは。


あの日、療養のためにという名目で、僻地へと追いやった筈の父親が不慮の事故で死んだと聞いた時、ユーリシアは訳がわからず呆然とした。

あれほど憎み続けていた男が、あっけなくいなくなってしまったことに。そして、自分に都合が良すぎることに。父が死んだことに対して、ユーリシアには完璧なまでのアリバイがあった。彼女に嫌疑がかかりそうなものが、何一つ出てこないほどの証拠がいくつも出てきたのだ。

ユーリシアは、父親に自分の大切な者を奪われた。

だから、彼女も彼が最も大切にしていた公爵家の当主の地位《プライド》と栄光を奪った。彼女の復讐は、それで終わったのだ。父親を這いつくばらせた時点で、ユーリシアの思いは成し遂げられたから。

それ以上の報復を行うほど、彼女は復讐に狂っておらず、自身の明るい未来を諦めていなかった。だから、復讐で父親を殺すつもりは全くなかったのだ。たとえ、後の憂いになったとしても。

父親が生きていれば、ユーリシアはここまでスムーズに事を運ぶことができなかっただろう。さらに、彼女に恐怖を持っているエヴァンの母親も、夫のためならいつ裏切るかわからない。王妃としての地盤固めをしようにも、内の敵に神経を使い続けていたことだろう。そんな未来が、父の死と共になくなった。

自分にとって都合がよすぎるからこそ、ユーリシアは考えた。そして考えた結果、彼女は一人だけ心当たりのある人物に唇を噛み締めたのだ。

彼女の父親に恨みを持ち、なおかつユーリシアのためなら動くだろう存在。

父親が亡くなったのは、故意かもしれないし、本当に偶然の事故だったのかもしれない。それでも、少なくともシーヴァが、何かしら父の死に関与しているのは間違いなかった。

シーヴァに聞いても、笑ってはぐらかされるだけだろう。ユーリシアの考えすぎだと、何でもないように。普段はいらないことをよくしゃべるのに、そういったことに関しては、彼はとんでもなく口が堅いから。


「……私なら、大丈夫だぞ」

「何のことだか。俺はいつだって、俺のために俺がやりたいことをやっている。ユーリの母さんには、俺の母さんを救ってくれた恩がある。ユーリには、俺にあいつを絶望させるチャンスをくれた恩がある。そして何より、野良犬みたいに地べたを這うしかなかった……何も持っていなかった俺に、番犬っていうお仕事をくれたご主人様への恩がある。俺は健気な忠犬だからなぁー、それなりにちゃんと返したいんだ」

「…………」

「前にも言ったけどよ。この仕事は給料も悪くねぇし、俺は裏方でこそこそして、最後に大慌てするやつらをニヤニヤ眺めるのが楽しいんだ。むしろ、生きがいと言ってもいい。だから、俺は結構気に入っているんだぜ、お前の番犬」

「……本当に、馬鹿犬め」

「わんわん」

ちょっとイラッとしたので、覇王キックがとんだ。


「なぁ、シーヴァ」

「ん？」

「私は、もう子どもじゃない。自分の道にできる障害は、私と私が共に行くことを選んだ者たちと一緒に、打ち崩してでも前に進む。たとえ、そのせいで己の手を汚すことになったとしてもだ」

「………………」

「わかったな？」

「……わかった。たくっ、この覇王様め」

「……なるほど。時々私のことを、覇王だなんだと物騒な名で呼ぶ者がいたんだが、やはりお前が元凶だったか」

やっべ、本人の前で口滑らしたッ!?　と、魔王様含め勝手に裏で覇王様呼びを定着させていた張本人の頬に冷や汗が流れる。

普通に目が笑っていない覇王オーラ全開のユーリシアに、シーヴァに尻尾があったら、綺麗に内側に丸まっていたことだろう。

そんな元気に番犬を調教する娘の姿を、夕暮れの空によって赤く染まった墓石が、二人を包み込むようにひっそりと影を作っていた。

あとがき

初めまして、Askaと申します。

まずは、感謝のお言葉を。この本を手に取っていただいた読者の皆様、ありがとうございます。自分でも大変強烈なタイトルをつけたと思っていますので、「おい、なんだこれは」と思われた方、正しい感性をお持ちだと思います。それでも手に取って、さらにあとがきまで読んでいただいた慈悲に感謝でいっぱいの気持ちです。

この作品は、「小説家になろう」に掲載していました十万字程度の短編だったのですが、今回ありがたいことに「ネット小説大賞」にて宝島社様から受賞させていただくことができました。受賞を聞いた時は、「えっ、本気で？」と選んでもらったのに失礼なことを考えたりもしましたが、本を作り上げる上で携わって下さった関係者の皆様、お世話になった担当のD様、素敵なイラストを描いてくださった閏様、本当にありがとうございました。

さて、先ほども述べましたが、今作は元々サイトに載せていた短編であったため、読んだことのある読者の方々もいたと思います。当時はたくさんの応援もいただけて、嬉しさとプレッシャーで胃を痛めた記憶が仄かに思い出されます。そんな方々のためにも、「もっと中身を膨らまして、楽しんでもらいましょう」と担当のD様から言われ、確かにそうだと頑張る決意をしました。

二、三万字ぐらい増やす感じかなぁー、とのほほんと考えていましたが……、嘗めていました。ほぼ全文を書き換えて、おそらく八万字近くは新しく書いたと思います。三、四倍です。ひぃひぃ言いました。書籍の大変さが身に染みてわかった半年間でした。

そんなこんなで、初見の方にも、サイトで読んだことのある方にも、楽しめる作品になれていたら嬉しいなぁと思います。

さてさて、「スタイリッシュざまぁ」という、語呂はいいけどおいおいと思ってしまうようなタイトルの今作品。元々、悪役系の主人公や復讐系のお話を書いたことがなかったため、「よし、書いてみるか！」という軽いノリで書き始めたものでした。その時に、「ざまぁ作品です、ってしっかり注意喚起したいな。苦手な人もいるよね。タイトルから全力で伝えよう」と思い、「ざまぁ」と相性のいい単語と意味を探した結果が「スタイリッシュ」でした。溜めに溜めたカタルシスを、最後にスカッとできればいいなと思いました。

そんな感じでできたざまぁ特化型の作品なので、内容も登場人物もぶっ飛んだものになったとしみじみ感じます。内容がネガティブで暗い話なので、ルルリアのポジティブさに私も書いていて救われましたね。魔王なのに。「家族」をテーマに書いてもいたので、色々な家族のかたちを、この書籍にて詳しく書くことができてよかったです。

改めて、「小説家になろう」において作品を読んで下さった方、応援の声をかけて下さった方々。このような機会をいただけたのは、皆様のおかげでもあると思っています。マイペースでのんびり屋な自分を支えて下さり、本当にありがとうございました。

※本書は、「小説家になろう」(http://syosetu.com/)に掲載されていたものを、改稿のうえ書籍化したものです。
※この物語はフィクションです。もし、同一の名称があった場合も、実在する人物、団体等とは一切関係ありません。

Aska（あすか）
大阪出身、現関東在住。「片付ける」を「なおす」と言って、困惑される社会人。10年間のガラケーからスマホにチェンジ。最近世界が変わりました。皆さん知っていますか、LINEってすごいんですよ。最新機器に衝撃です。

イラスト **閏**（じゅん）

スタイリッシュざまぁ
（すたいりっしゅざまぁ）

2016年11月21日　第1刷発行

著者　Aska

発行人　蓮見清一
発行所　株式会社 宝島社
〒102-8388　東京都千代田区一番町25番地
電話：営業03(3234)4621／編集03(3239)0599
http://tkj.jp

印刷・製本　中央精版印刷株式会社

ISBN 978-4-8002-6254-7